約定之冬

上

宮本輝

台灣版序

宮本輝

現今的世界隨著經濟貧富懸殊，人類也陷入了精神性貧富差距的漩渦之中。

愈來愈多的人被膚淺的東西吸引，卻厭惡深刻的事物；過度評價無謂小事，卻蔑視真正重要的大事。

而我想，這個傾向將會日益嚴重吧。

然而，在精神性這個重要問題上，其實無關學歷、職業與年齡。因種種原因無法接受高等教育的無名大眾中，還是有許多人擁有深度的心靈；反觀更有無數從優秀大學畢業的人，做著令人欽羨的工作，仍無法擺脫幼稚膚淺的心智，任由年華虛長。

我二十七歲立志成為作家，至今已經四十年。這段時間以來，我總秉持著，想帶給那些含藏著深度心靈、高度精神性的市井小民幸福、勇氣與感動的信念來創作小說。

四十年來，我所引以為豪的，是我努力在小說——這個虛構的世界裡，展示了對人而言，何謂真正的幸福、持續努力的根源力量、以及超越煩惱與苦痛的心。

因此，那些擁有高學歷、經濟優渥，卻心智膚淺、精神性薄弱的人，應該不會在我的小說面前佇足停留。

而有這麼多台灣讀者願意讀我的小說，我感到無上光榮也十分幸福。衷心希望今後能將作品與更多的朋友分享。

第一章

冰見留美子與母親泰江回到那個家，是出事後整整十年的那個四月底。

十年前，當時二十二歲的留美子與母親，以及十九歲的弟弟亮，在那個剛蓋好的家僅僅生活了十二天。

才剛搬到新家的東西不僅沒有歸位，為數眾多的紙箱都還來不及打開，父親便因臨時出差前往德國杜賽道夫，順利完成當地公司的工廠裡的工作，驅車前往鄰鎮用餐途中，在高速公路上遭大型拖車衝撞而死亡。

才剛滿五十歲的父親貫徹自己對「家」的信念和品味建了這幢屋子，而他在這間心心念念的屋子裡只住了短短的三天。

車禍完全是肇事拖車的責任，但無法只靠電話和傳真完成與德國保險公司的協商，也不能把一切全部委託給當地工廠的員工，又不敢讓大受打擊而心靈脆弱的母親獨自前往德國，於是那年留美子便在杜賽道夫和東京之間來回了三趟。然而，為此她不得不辭掉才剛進大型電機製造商不滿一個月的工作。

儘管做出這個判斷時，因父親突如其來的死亡，留美子本身的精神狀況也不佳，但這是她考量到對方肇事所應支付的賠償金對往後自己一家人的影響實在太大而做出的決定。

母親在得知車禍的消息，與留美子和亮一起飛往杜賽道夫帶回父親的遺體後，並沒有回到剛蓋好的新家。她堅持投靠大她兩歲的姊姊，說要在那裡住到心情穩定下來，而單身的阿姨也這樣勸她。

弟弟亮則是早已決定秋天就要到紐約的大學留學，為了做好準備，一到六月便旋即渡美。

「真不該花一輩子賺來的錢蓋房子的。聽說有些房子就是會要人命。」

阿姨曾以極其悠哉的語氣這麼說。倒不是因為聽了這句話多想，留美子本來就不想獨自住在從澀谷搭東橫線十二分鐘、從車站步行七、八分鐘的那個家。因為她覺得新蓋好的那個家很不吉利。她會這麼覺得，是因為父親出差的那一天，一名陌生少年做了一件讓她不太舒服的事。

母親吩咐她去澀谷買東西，她搭電車回到N站，走在獨棟住宅聚集的緩坡上，站在麵包店前的一名十五、六歲的少年突然朝她伸出一隻手。

留美子驚呼一聲，立時向後退。少年的手上拿著一個藍色的信封。

「請你看一下。」

穿著深藍色運動衫和棉褲的少年只說了這句話，就從通往車站的那條路跑走了。

留美子心想一定是什麼傳單，一點也不想看，在四周找了一下垃圾筒卻沒找到，便扔進裝著浴室清潔用具的百貨公司購物袋，回家去了。然後她直接把袋子放在浴室洗臉台附近，吃過晚飯，睡前要洗澡的時候，才把袋子裡的東西拿出來。

她完全沒把那封信放在心上，本來打算要將那藍色信封直接丟進洗臉台下的垃圾筒裡，卻覺得就廣告信來說信封很有質感，便打開來看。裡面是一封原子筆寫的信，字跡方正，還有一張手繪的地圖。

留美子以幾近全裸的模樣，站著看了那封信。

——你看過在天上飛的蜘蛛嗎？我看過。蜘蛛會在半空中飛。十年後的生日，我就二十六歲了。十二月五日。那天早上，我會在地圖標示的地方等你。如果天氣好，這裡應該可以看到很多小蜘蛛起飛。到時候，我要向你求婚。謝謝你看完這封奇怪的信。須藤俊國——

留美子喃喃說聲：「什麼東西啊⋯⋯」

本來想喊母親，但想說等洗完澡再說也不遲，便進了浴室。她試著回想少年的長相，但除了從運動衫領口露出來那段曬黑的脖子以外，什麼也想不起。

母親不安地說了好幾次是不是最好報警。

「才十五歲吔！男孩子真討厭。不知道會做出什麼事。」

母親本已進了自己的寢室，又跑到留美子房間來，念著窗戶要鎖好、窗簾要拉緊不能有縫隙，晚上晚歸的時候要打電話回來等等。

然後，又囑咐信暫時不要丟。要是身邊發生了什麼可疑的事，那封信應該可以幫忙找出犯人。

「我們搬到這裡才三天呢！我想他一定是認錯人了。我知道了……八成是我看起來像高中生。」

留美子半開玩笑地笑了，但也依照母親的吩咐，把那封手寫的信和地圖暫時留著沒丟。

第二天晚上，通知父親死於車禍的電話就打來了。

所以，比留美子小了足足七歲的十五歲少年親手交給她的那封無法判斷純粹是惡作劇、還是認錯人，或者真的就是寫給留美子的信，便完全被她拋在腦後。

可是，當父親的葬禮結束，母親不願回目黑的新家而堅持要暫住自己姊姊家時，在留美子心中，阿姨先前那句毫無惡意、不經意卻分明是針對自己一家的話，竟與少年親手遞給她的那封信相符重疊，令人不適。

父親再也不會回到他衷心期盼的家了。那麼自己和母親兩人又怎能在那裡生活呢？與其說是和那個家沒有緣分，不如說是他們一家不配再住進那房子裡了……

如此認定之後，她們便標售起房子。以交通、環境而言，很快就會有買家——留美子和母親這麼想，房屋仲介也這麼認為。

然而，房子卻一直賣不掉。儘管有泡沫經濟崩潰等大環境因素，但即便出現了積極表達購買意願的人，一旦進入簽約階段，要不是健康亮紅燈不再考慮購屋，就是發生什麼經濟上、家庭內的問題而使交易觸礁。

房仲說，要是土地大一點就好了。四十五坪想改建為公寓也有困難。

房子的東鄰原本是一百五十坪左右、有著大庭院的醫生家，西鄰是更大的傳統宅院，但雙雙在冰見家完成的半年前改建為二代宅。

如果能連同這兩戶的土地一併購買，想必任何一家房仲都會搶著要，但這種事看來不可能發生。房仲也針對無論如何都想立刻脱手的狀況開了一個價碼，但就連當時初出社會的留美子都看得出那是個趁火打劫的價錢，某種程度來説是惡毒又侮辱人。

三年過去，四年過去，母女倆決定不賣那間房子，就搬回去住吧，也許父親也希望她們這麼做……

母親才提起這件事，阿姨便中風癱瘓了。

阿姨在中堅出版社的會計部上班，終生未婚。父親死後，她對留美子和母親付出的關愛，對她們而言實是無可衡量的心靈支柱。

母親為了照護自己的姊姊，暫且打消了搬回目黑家的念頭。

今年二月，阿姨在歷經六年居家臥病生涯之後去世了。留美子和母親賣掉了阿姨留下來的房子，回到了目黑的家。

傍晚五點，搬家公司的年輕人將家具搬到指定之處後離開了。

「好悶熱啊。氣象預報説中午過後會下雨，還好沒下。」留美子拿著拖把邊打掃門口通往廚房和客廳的走廊邊説。母親從紙箱裡取出餐具，正在廚房的流理台清洗。

「就算沒人住，過了十年，房子還是會有過了十年的感覺呢。」

留美子停下拖地的手這麼說。母親也關上水龍頭，說：「都是你爸爸啦，不管是走廊的地板也好、天花板也好，牆也好柱子也好，都說不准刨、不准弄新，教人家要留著原來舊舊的樣子……這個家的木頭，是拿人家用了五十年、一百年的老木頭直接拼湊起來的。」

「十年前也是，沒有搬到新家的感覺。」

「工務店的工頭都說，這房子很難得，能夠蓋這樣的房子很高興，感動得很呢……一直到現在我都還記得，那天我抱著跟你爸爸兩敗俱傷的決心，要求他至少讓廚房、客廳和浴室用木頭和灰泥以外的建材……」

母親說完，走到客廳茶几那裡，在椅子上坐下。這套桌椅是父親在出差到金澤時在古董鋪裡找到，為新家買的。阿姨家沒地方放，所以十年來就一直擱在目黑這個空無一人的房子裡。這是大正初期帶著一家人到日本上任的德國外交官向日本師傅訂製的六人座山毛櫸實木桌椅。

「放棄檜木浴盆那時候，爸爸真的好沮喪喔。」

在把裝有自己的電腦、文具和電話簿等的紙箱搬到二樓自己的房間之前，留美子想先喝個茶稍微休息一下，便一邊往茶壺裡放茶葉，一邊這麼說。

「因為檜木浴盆貴得讓人懷疑自己的耳朵啊。你爸爸看到估價單那時候的表情啊……人家設計師早就提醒過，要用這麼多木頭，一定要有預算大超支的心理準備……」

房子的後側，隔著矮空心磚牆，有一幢瓦片屋頂的老平房。

十年前，那屋裡住著一位剛把貿易公司交棒給兒子的六十五歲老人，不知老人現在可好？記得老人名叫佐島徹藏……

留美子這麼想著，將熱水壺裡的熱水倒進茶壺，從廚房的窗戶朝那位老人的家望。

從那裡看到的是佐島老人家的廚房窗戶，沒有亮燈，但兩根晾衣桿上晾著浴巾和腳踏墊，顯然是有人住的。

老人的家西側，是一幢屋頂形狀很特別的兩層樓房，住著老人的兒子媳婦。他們在十年前便已四十二、三歲，記得應該有兩個念高中的女兒，現在女兒們都長大了，也許搬出去了也說不定。

父親買的這片土地以及東鄰的醫生家，原本土地都是這位佐島老人所有。所以，醫生家和父親買的土地合計是一片兩百坪左右的住宅用地，但不知基於什麼原因，醫生只買了近一百六十坪的地蓋了房子，所以在四周沒有高樓大廈的住宅用地裡禿了一塊般留下了一片四十五坪的空地。

留美子的父親等於是在全日本的土地不合常理地持續飆漲時，買下了東京都內交通極方便的住宅用地。母親反對，說買了就少了蓋房子的費用，但父親不管，宣稱要以低預算蓋一幢簡樸舒適、靜心宜人的房子，要母親等著看。

父親服務的公司是一家擁有高度技術的精密儀器製造商，在國外也頗負盛名。公司選了國內空氣清新地震少的地方建了兩座工廠。

其中一座位於栃木縣與福島縣鄰接一帶的村子，另一座在岡山縣西北部田園山林交界的村子。這兩座工廠四周有很多世家老宅，由於住戶世代交替，又正值土地熱潮，拆掉老房子改建為採用流行的新建材的單薄建築大為流行。

父親看準了這一點，將那些拆除之際會被當作廢棄物丟棄的地板、天花板的梁木、樓梯板等等，一股腦兒請人家廉讓，再請設計師將重點放在如何組合這些材料來設計。所以，新完成的目黑的家，從外表看，可不是略帶古風而已，而是富有濃厚懷舊情趣，小巧別緻，至於內部，有的淨是五十年以上的柱子、近百年的栗木地板、粗得與房間大小不成比例的梁木、與嶄新灰泥牆格格不入的漆黑天花板、材質與色澤都和扶手的木材大異其趣的樓梯等等，從留美子和母親的眼光看來，無不太過單調老舊，毫無裝飾性可言。

然而，大概是施工時就近看著這些老木材被送來組合，留美子一家人搬完家前去佐島老人家打招呼時，老人對新屋滿口稱讚。

「啊，理想的住家終於完成了啊。走廊和二樓房間用的栗木木板光澤多迷人啊。最粗的那根梁是松木吧。柱子是杉木嗎？這麼多年用下來，很有味道。」

佐島老人那張年輕時想必俊秀非凡的優雅臉龐，露出含蓄的笑容這麼說。

「真不好意思。我倒不是時時偷窺冰見家的房子……」

然後挺直了背脊客客氣氣地行了禮，接過了父親送上的和菓子禮盒。

「我是外行，憑著一股衝動收集了老木材才硬拜託設計師的，所以給施工的師父造成許多難題。等實際親眼看過完成的房子，怎麼說呢，竟寒酸又落伍，破壞了四周氣派的宅邸和街景的氣氛。」

父親雖然這麼說，卻對留美子她們投以「如何，有眼光的人就懂得欣賞」的目光，回到家之後，還說：「識貨的人就是識貨。」得意了許久。

留美子喝過茶，把紙箱搬到二樓自己的房間。留美子的房間和父親的書房相鄰，有面南的大窗戶。從窗戶看得見佐島老人家的瓦片屋頂，以及種在房子另一側大門邊的蘇鐵樹頂。

佐島老人家前方是一條單行道，過了那條路，便是一戶被氣派的圍牆所包圍、最近在大都會中難得擁有白牆傳統庫房的兩層樓人家。

那房子看來也是屋齡三十年左右、隨處可見的日式房舍，連接室內空調與室外馬達的白色管子從窗畔的牆上突出來。

庫房右鄰，是一戶看似最近才蓋好的方形建築，屋頂單薄，是電視廣告裡常見的那種窗戶很多的房子，就位在這一帶面積最大的地坪裡。

那房子和有庫房的房子之間有個空間，空間的五百公尺之後，有一棟看似某公司宿舍的水泥五層樓建築。

而其左側，可望見公園裡最高的楠樹頂端和四根電線桿。

這便是留美子的房間和隔壁父親只有一點五坪大小的書房看出去的風景。

十年都不曾拉開的窗簾已經拆下，昨天換上了新的窗簾，與父親書房共用的那道灰泥牆牆邊，放著剛才搬家公司的四名年輕人搬上來的書架，床則靠著另一側的牆放。

留美子從紙箱裡取出裝有她與父親兩人獨照的相框。

那張照片是留美子大學放榜那天晚上，和父母三人到銀座的壽司店慶祝的時候，母親拍下的。

小時候和父親兩人單獨拍的照片很多，但當留美子接近成人後，不知為何照片要不是弟弟亮臭著一張臉，就是和哪個來家裡玩的人一起拍的，再不然就是父親或留美子中有誰的臉拍糊了。

父親突然死於意外之後，留美子從相簿中選出那張照片放進相框，在書架的一角放到如今，但決定回目黑家時，她想把這張八乘十的照片放在父親書房裡的訂製書架上。

十年前搬家也是匆匆忙忙的，她還記得，東西全數般進屋裡時已是晚上九點，比預計的時間大幅落後。

那天晚上，她們吃了阿姨親手做好帶來給她們的三層大餐盒，各自洗好澡時，已經半夜一點多，幾乎沒有碰行李就睡了。

第二天，父親和留美子都去上班，下班回家後挨家挨戶拜訪附近鄰居。母親一個人收拾整理，但還沒整理完就累了，早早便上了床。

所以，父親終究是沒能在自己夢寐以求的書房裡坐上一坐。

留美子帶著相框走向父親的書房。

那張寬一公尺、深六十公分的書桌——厚實的山毛櫸頂板本來不知是做什麼用的，桌腳是另一種材質的老木頭——就安置在面南的窗戶底下無法拆除，至今仍舊在那裡。椅子是父親的朋友出讓的中國明代古董，乍看之像活像在箱子上裝了靠背般，非常結實，十年來也都和書房的書桌一起留在這裡。

與留美子房間相鄰的那道牆是灰泥砌成，但這個房間只有那道牆和鋁窗不是木頭做的，其他諸如地板、天花板和西側的牆，全都是老木頭。

木板牆下方，有一個高一百二十分公、深一公尺，幾近正方形的挖空空間。這個或許堪稱洞穴的空間，究竟是為了收納什麼而設，父親為何刻意要做，留美子不知道。

要放花瓶來裝飾太大了，如果是為了放電視錄影機或音響，又好像太慎重其事。是為了放訂製書架放不下的文件嗎？還是收納工作方面的資料和筆記……？無論如何，在這個細長冷清的房間裡，就有這麼個謎樣的洞穴。

「有一個時期，大家都用水泥叢林來形容大都會。大概是我高中的時候吧。在高度成長時代，東京也好大阪也好，到處都蓋起大樓，施工中的大樓鋼筋鐵骨都露出來……我走在都心的路上，心裡想著，真的是水泥叢林啊。」

決定要在目黑蓋房子的時候，母親曾一臉受不了的樣子不滿地追問為何要那麼病態地執著於木頭時，父親是這麼說的。

「我既不是以『自然派』自居，也不是執迷不悟地被什麼信條附身。只是想要有個能讓身心安適的歸處。如果有大小適中，既不過亮也不過暗，房子本身是活的、會呼吸的這麼一個家，即使在水泥叢林裡待到筋疲力竭，也能讓人覺得回到家就活過來了不是嗎？」

父親說話從來沒大聲過，更不曾對母親動手，但其實性子急、脾氣暴躁，卻在蓋自己理想的房子上展現了十足的耐性。

「而蓋出來就是這個家啊……」

留美子把相框放在桌上，往那張硬得讓人覺得好歹該來張薄座墊的椅子坐下。

聽見了上樓聲響，接著母親站在敞開的書房門前，說：「這個，我們帶到貴美家，可是十年來從來沒打開過。」

母親雙手抱著一個顏色變深、封箱的膠帶也已經變質的紙箱，連弟弟亮以水性馬克筆在上面標明的「書房」兩個字也褪了色。

母親說，父親暫時放在這書房的東西都在裡面了。

「覺得可能很重要的東西，那時候都全裝在別的箱子裡了。這裡頭呀，我記得是三塊石頭，四、五本不知什麼的簡介，還有你爸爸在韓國買回來的一個小文卷匣……應該就這樣了。」

母親將紙箱放在桌旁，並說剛才打電話訂了車站附近的壽司店的外送綜合壽司。

「石頭？什麼石頭？」留美子問。

「不知從哪裡撿回來的。有分大中小，你爸爸說擺起來像一頭鯨魚……」

母親說，不管父親如何解釋，她就是怎麼看都不像鯨魚，但又不想丟，便和小文卷匣一起收在紙箱裡了。

「書桌的檯燈和這個房間的立燈都裝在別的箱子裡，不過我忘了是哪個箱子了……」

母親這一提，留美子才發現父親書房的天花板沒有照明。

十年前搬來時，她頂多進過這書房兩、三次，而且都只是為了搬東西進來，又急著整理自己的房間，所以沒留意過父親書房是什麼樣子。

「你爸爸堅持說，照明要比自己的視線低，所以書桌就只有一盞看書用的檯燈。至於房間的燈……」

母親往那個奇妙的洞穴旁一指，「那裡也放了一盞大概一公尺高的立燈。」

說完，便下樓去了。

天色漸漸暗了，沒開燈便看不見書房的天花板、牆和地上的木頭節眼了。留美子想在壽司送來前，至少要把自己的衣服整理好，便走近窗邊想關書房的窗戶。

從那裡，看到佐島老人家的廚房有移動的人影。不是佐島老人。

隔著廚房的毛玻璃移動的，看來是個體型相當富泰的女性，剛才晾在衣架上的衣物也收進去了。

自己搬得動的小東西，昨天留美子便已請她上班的稅務會計事務所的四個同事幫忙，開了兩輛車搬過來，那時候，留美子和母親又再度去拜訪十年前曾經拜訪過的人家，但佐島老人家沒有人，隔壁老人的兒子家也空無一人。

冰見家剛搬來隨即又成空屋的緣由左鄰右舍都知道，但大概都認為已經是十年前的事了，幾乎沒有人提起，只是形式化地回答「謝謝你們特地來拜訪，以後也請多關照」。

「難怪這房子賣不出去……」

留美子關上書房的窗戶，本想先回自己房間的，卻撕下了在阿姨家儲藏室深處一放就是十年的紙箱膠帶，取出裡面的小文卷匣、三塊石頭和幾本厚厚的簡介。

五本簡介中的兩本，是父親大學畢業後服務了二十八年的公司的公司簡介，其餘的是相機、冰箱和照明器具的商品介紹。都不是什麼非留不可的東西，留美子只將公司簡介放在書架上，其餘放回紙箱。

小文卷匣上了鎖，串著紅藍流蘇的鑰匙以膠帶貼在小文卷匣的蓋子上。

留美子將小文卷匣放在書桌上，擺好三塊石頭。這幾塊石頭的確平平無奇，在河岸邊俯拾可見。

其中一塊形狀像是豎起來的飯糰，有小孩子的拳頭那麼大，另一塊是略微扁平的圓柱形，而第三塊的形狀則像顛倒的銀杏葉，有好幾處深藍色的條紋。

「鯨魚啊……要怎麼擺才像鯨魚？爸爸很可能是個怪人……」

留美子想起不會喝酒、半杯啤酒就滿臉通紅的爸爸，餐桌上、廁所書也必備小記事本，在家休閒時穿的長褲口袋裡也一定有一本，在上面寫下隨時想到的數字、x、y等等，以及一條又一條的曲線。

留美子不知道父親生前在設計精密機器的現場盡心盡力的究竟是什麼樣的工作。但是，父親全心投入這些工作，無論是用餐時、入浴中、看電視、上班通勤中，工作上的數理計算從不曾離開父親的腦海，如今倒讓留美子懷著一股欣羨之情。

「一件很有意思的工作落到我們公司手上了。也許，我終於遇到做為一個男人值得紀念終生的工作了。」

臨時出差到德國的那天早上，留美子聽到父親對母親這麼說，但留美子和母親至今仍不知道那是什麼樣的工作。

留美子趁著往西方天空落下的夕陽，擺弄三塊石頭。改變排列順序，將石頭分別或直或橫或正或反地放著，忽然便擺成了類似鯨魚的形狀。

雖然只是見仁見智的程度，但若把飯糰形的石頭當作頭部、圓柱形的當作軀體、像銀杏葉的當作尾巴，再模擬鯨魚來排列，便清清楚楚地活像一條鯨魚。

留美子望著石頭笑了。

「真的呢，是鯨魚。抹香鯨吧。」

留美子維持著排列出來的形狀，將三塊石頭放在書桌上微弱的夕陽餘暉之中。然後，她撕下膠帶，拿起小文卷匣蓋子上的鑰匙，插進鑰匙孔。這個小文卷匣也是父親前往韓國洽公時，在古董店發現買回來的。這把鑰匙類似舊時庫房的鑰匙，反而很難與鑰匙孔密合，但稍微使力一轉，便發出細微的金屬聲，轉動了。

打開木蓋，裡面有一個信封。

雖然覺得父親的私人信件最好別看，但父親這樣的人竟然也有會收在古董小文卷匣裡的信，倒也令人會心莞爾，留美子便拿起那個藍色的信封。原來是那封十五歲的少年親手遞給留美子的信。

留美子不覺皺起眉頭，懷著碰到恐怖東西的心情般抽出信紙，一確定就是十年前那封讓人不舒服的信，便出了書房，在二樓走廊的大窗戶前站定。

本來是想問母親信怎麼會在父親的小文卷匣裡的，但大窗戶看出去的正對面那戶人家的庭園實在太美，她不禁停下了腳步。

留美子家的門幾乎朝正北，門前的路也是單行道，寬度僅能供兩輛車勉强會車。隔著這條路，與留美子家相對而立的這戶人家掛著「上原」的門牌，在矮石垣上種了扁柏作為圍籬，修剪得很工整，樹身卻很高，遠比古老的木門和人都高大，從外面完全看不到裡面的屋宅。

這戶所謂早期洋房風格的房子並沒有特別大，無論是魚鱗狀的牆，獨具匠心的厚重窗戶，還是裝上門扉的石造粗圓柱，在在流露陳年典雅的風味。

但讓留美子看得出神的，是庭院裡壯觀的樹木。茂密壯碩得足以遮蔽整條從大門通往玄關的石板路。

楊梅、冬青、龍柏、大花山茱萸……除此之外，還有幾棵留美子叫不出名字的樹，棵棵都是挺拔的大樹。

玄關旁的牆邊種了藤蔓玫瑰，爬在魚鱗造形牆上的枝椏結了無數花苞。藤蔓玫瑰的樹幹也很粗，看來種了也有十年，不，近二十年了吧。

十年前怎麼沒注意到上原家的庭院竟如此美麗呢……留美子這麼想，但後來才察覺自從負責貝塚造園這家公司的稅務之後，才開始欣賞庭園的。

每個月，她都要到這家總公司與農園都在靜岡的園藝公司監查，至今正好滿一年，每次去都增長了對「庭園」的知識。但不如說，若少了這些知識，便無法正確掌握園藝公司的資金進出。所以留美子在短短一年當中，記住了不少園藝植物的名稱。

父親會不會是在蓋這個家的時候，便已考慮到將對面上原家的庭院作為借景呢……

確定自己家二樓的窗戶別有用心的大小以及位置之後，留美子心想，這裡恐怕比上原家的人更能欣賞上原家的庭院之美。

「爸爸的小文卷匣裡有這個。」

一進客廳，留美子便這麼說，把藍色信封放在母親面前。

「這是什麼？」

母親問完便找起老花眼鏡。

「就是那封很怪的信啊。一個十五歲的男生給我的，說蜘蛛會飛什麼有的沒的莫名其妙的信。」

「咦？什麼時候的事？」

母親泰江大概是忘了把老花眼鏡放在哪裡，邊往疊在一起的空紙箱裡找眼鏡邊問。

「十年前呀！就是我們剛搬到這裡的時候，一個沒見過的男生在車站的麵包店前給了我這封信啊？」

但母親還是想不起來。

留美子為了幫母親想起信的事，便一起找老花眼鏡。眼鏡在洗臉台的架子上。

看完信，母親終於想起來了，問留美子：「這個怎麼會在你爸爸的小文卷匣裡？」

「我不就是在問這個嗎……那時候是媽媽說，只怕將來會出什麼事，先把這封信留著，就不知道收到哪裡去了。」

母親老花眼鏡也沒摘就望著天花板，好像在努力回想當時的事。

「收到這封信的時候，爸爸已經到德國去了吧。」

留美子雖然這麼說，但記憶模糊，無法明確想起父親出事那一天前後幾天的事。那段期間發生的種種事情次序紛亂地交疊在一起。

「爸爸就是在收到這封信的第二天出事的。」

聽留美子這麼說，母親便扳著手指頭數，說：「這樣的話，你爸爸就已經離開日本了。」

她這時候終於想起來。

「對啦，是我。是我把這封信收在小文卷匣裡的。我想說最好還是給你爸爸看過，就放在二樓的書房裡。沒錯。我想等你爸爸從德國回來就給他看……要住到貴美家的時候，什麼都沒想就放進小文卷匣裡了。畢竟那時候精神狀態不是很好……」

「討厭啦，這種東西竟然又跑回我這裡來了……好不吉利喔。」留美子說。

「撕掉丟了吧！」

母親把空紙箱放在留美子腳邊。

對講機響了，是壽司店的店員來外送。留美子把藍色信封往紙箱裡一扔，往門口跑去。

第二天晚上，工作不如預期順利，留美子將近七點才離開她服務的檜山稅務會計事務所所在的西新宿S大樓，搭山手線先在澀谷下了車，正要前往東橫線換車時，撞上了一名雙手抱著一個大紙袋的男子。

「對不起。」

雙方同時這麼說，又同時無言互望。是那個與留美子以結婚為前提交往了三年、去年秋天分手的男子。

「啊！」

留美子輕呼一聲後便說不出話來，正想著是不是該說些什麼，卻發現男子的妻子牽著一個三、四歲的男孩站在他身後。

「好久不見。」

男子這麼說，但留美子微微一點頭，便匆匆折回山手線的檢票口。

折返之後，才為自己竟如此慌張覺得窩囊，臨時想到如果現在到東京車站，大可趕得上弟弟亮所搭的那班新幹線的抵達時間，便逃也似地跳上了進站的電車。

明明直接與男子錯身而過也沒什麼，卻在周章狼狽之下折回到男子與他的妻兒要走的方向，讓她好氣自己。

留美子認識這名大她五歲的男子時，男子已經與妻子分居了。夫妻已經說好要離婚，但男子在結婚的同時，擔任岳父所經營的公司的董事，他向留美子解釋，在圓滿離開那家公司之前，無法正式離婚。而岳父的健康堪慮，實質上公司等於是由他擔任社長，所以先將工作交接給妥當的人選再離婚才是做人的道理。

請你相信我，我不會讓你等上一年的。我已經近兩年沒有回到妻子所住的家了，今後也無意回去。離婚最後的協商也打算由律師陪同在其他地點進行，不會在兩人生活過的家。我把現在一個人住的公寓鑰匙先交給你，你隨時可以自由進出。那麼，你應該能明白我妻子並不會來訪，也不會打電話過來……

留美子相信他，至今也認為他當時的話並不假。

然而，是否應該將男子在認識她、與她關係匪淺之後不久便得知妻子懷孕並一直加以隱瞞這一點，以性質迥異於「謊言」的「沒有告知事實」來表達，現在留美子不願去想。

如果是被騙了，那就是被騙的我太傻——留美子是這麼認為的。所以，意外撞見他與妻兒走在一起，竟心慌意亂折回來時的路，才讓留美子覺得自己好沒用，明明有位子卻站在靠近車門的地方，從手提包裡取出母親泰江來電時草草寫下的便條。

上面寫著弟弟亮從名古屋搭乘的新幹線列車名稱與抵達時刻，以及車廂編號。

母親告訴她抵達時刻時，並沒有要她去接亮的意思，留美子原本也沒有這個打算，只是隨手抄在桌上的便條紙上而已。

留美子不願去回想男子與他妻兒的模樣，便望著便條紙，決定今晚請亮吃點好吃的東西。要不是有這個機會，只怕也難得和總是阮囊羞澀的弟弟單獨用餐……

留美子想去的是銀座一家營業到深夜三點的店，名叫「都都一」。這是一家由名廚新開的店，賣的是割烹料理，但也可以只點一、兩道自己想吃的，加上白飯和湯。留美子服務的事務所所長檜山鷹雄帶她去過一次，後來留美子也和朋友去過幾次。

「真是一筆意外的支出啊。」

留美子對電車門上玻璃映出來的自己說。

「我是個信守約定的人。」

這男子不知說過多少次的話，彷彿又從車廂各處響起。

亮穿著一件怎麼看都太大的冬季夾克，帶著一個四四方方、足足有半個榻榻米大的厚紙包行李下了新幹線，一看到留美子，「咦？來接我的？」

他一臉驚訝地說。

「對呀。來跟你討債的……你還欠我五萬，還來。這次你可別想逃了。」

留美子這麼說，伸出了一隻手。

冰見亮個子雖然不算高，但中學、高中都是橄欖球社社員，肩膀寬得引人注目，上面頂著一張略嫌太小的臉。並不是因為肩膀寬而顯得臉小，而是亮的臉本來就比日本男性的平均大小小得多。

「咦！等一下啦！我是為了向姊姊借錢才來東京的說。」

「別鬧了。上次借的五萬都還沒還，竟然又要借，你在想什麼啊你！」

「因為，我沒錢買回程的機票啊。姊，借我錢啦！好啦，姊。」

「不要姊姊、姊姊叫這麼大聲。都不怕丟臉啊。」

留美子走在亮五步之前，下了月台的樓梯。四周的人都因為亮喊「姊姊」的聲音看著留美子。

「姊，你現在穿的是高科技的內衣吧。胸部變大了呢。」

亮雙手提著那個四方形的大行李，從留美子身後說。

「不要這麼大聲啦！還有，也不要再叫姊姊了。」

留美子停下腳步，好逃避那些聽到亮講話而把視線落在被叫姊姊的女子胸部上的中年男子的目光。

「那，留美，拜託，再借我五萬。過年前一定還。」

「你那行李不能想辦法處理一下嗎？拿這麼大的行李上電車，不會被車掌罵嗎？那到底是什麼啊？」

「韓國李朝時代的多寶槅。是我送給留美的禮物。」

亮說，然後喊餓。

「你特地從大分帶來的？」

「我今天在和歌山的熊野買的。我買了直徑一點五公尺寬的杉樹根，和五百年櫸木的風倒木，還有龍柏，買完一直稱讚這架子很棒，製材所的老爹就很好心說等你發達了再付錢就好。我趁他還沒改變心意，拿舊毛毯裹了，再包了紙，就扛回來了。全都是為了留美。」

「冰見家的血裡真的有木頭啊。也許以前有祖先是柴夫。亮也好，爸爸也好，都得了愛木頭的病。」

留美子看亮的行李實在太重，便放棄搭電車到有樂町，出東京車站便上了計程車。亮的那個李朝時代的多寶槅勉強塞進了後車廂。

亮在紐約的大學學的是資訊工程，畢業後回日本的研究所繼續進修，後來在指導教授的推薦下進了電腦產業的大企業。

本來電腦程式開發工程師當得好好的，兩年後卻突然辭職，在朋友父親開的大分縣的製材所工作，還說這一生要奉獻給「木工」，也沒跟母親商量一句就跑到大分縣去，在那裡一邊工作，一邊租了間已經廢棄的農舍當自己的住處兼工房，做起實木桌和裝飾架。

至今亮所做的東西只賣出過兩件。一件是厚厚的杉木原木桌，另一件是龍柏木做的裝飾架，所得的收入據說都拿去買將來會用到的原木。

亮說，能屯積多少樹齡高的原木，左右了他十年後、二十年後、三十年後的工作。

「竟然說冰見家的血裡有木頭……好歹也說前世是樹精之類的嘛。」

亮說完，從計程車裡望著東京的夜景。

留美子知道，這個平日沉默寡言的弟弟會多話、開玩笑的對象，就只有母親、身為姊姊的自己，以及極少數的朋友。

在其他人面前，便無法發表自己的意見和獨特的機智，實在很吃虧。

儘管覺得弟弟這麼內向，多虧他能耐得住為期四年的美國留學，但她也知道弟弟一旦投入一件事，就算踢到鐵板也不輕易放棄，就像他國、高中從來都沒有當過橄欖球隊的正式隊員，教練和學長不知勸過他多少次，說他恐怕不適合，但他終究沒有退出橄欖球社。

明明是這樣的個性，卻丟下了任誰看來都前途無量的職業，一句話都沒跟母親商量，便一頭栽進了完全沒經驗也毫不相關的領域。

位於大分縣U市的製材所老闆勸他，在我這裡也學不到什麼東西，你去跟有木工名人之稱的師傅學，我幫你介紹，但他本人則表示在處理「木頭」的第一線還有東西要學，白天便在製材所上班。

銀座的「都都一」要到晚間十二點過後才會熱鬧，所以當留美子和亮進入只有吧檯座位的店內時，只有兩組客人。

「這裡會不會很貴？老爸還在的時候，帶我去過這附近的牛排館，之後我就沒進過這麼高級的店了。留美，你常來這家店？」

亮向穿著白色傳統烹飪服的年輕板前師傅徵求同意，將大行李在入口附近靠牆放好之後，悄聲這麼問。

「當然啦，這裡是銀座，雖然是名廚半玩票性質開的店，也不算便宜。不過也不貴啦。一個月一次的話，我的薪水也還吃得起。」

「半玩票性質，怎麼說？」

「晚上看完電影或舞台劇，就算想吃點什麼再回家，可是日式料理店也好壽司店也好，不都是九點、十點就打烊了嗎。加班到很晚，想吃點好吃的東西，那個時間也沒有什麼店可以讓人不用擔心開銷……這裡的老闆常這麼想，後來就決定乾脆自己來開一家這樣的店。」

留美子點了「白肉魚悶蛋」和「絲絹昆布鮮蛤蒸」再加上「竹筍飯」。亮則是拿著菜單猶豫再三，才點了「燉合鴨里肌肉」和「沙鮻天麩羅」。

「可不可以點一瓶熱清酒……」

亮在耳邊有所顧慮地問，留美子便笑著說：「我也要喝，那就兩瓶好了。」

這時候，背後發出一個很大的聲響。原來是本來在店門口打掃的實習板前師傅，大概是沒想到會有這麼大的東西放在那種地方吧，拿著掃把和裝了髒水的水桶想從留美子和亮身後進來，卻撞上了亮的東西。水桶裡的水全都潑在亮的東西上。

店裡的人邊道歉邊拿著毛巾趕過來。

「走路不會看路啊！」

一個原以為是客人、穿著毛衣的中老年男子，一臉不悅地罵年輕的板前師傅，拿毛巾擦拭包裹的紙，但水已經滲進去了。

「這東西不怕濕的。」

亮雖然這麼說，還是急著拆下包裝的紙。邊角的部分墊著毛毯、木紋肌理黝黑而毫無光澤的多寶槅便露出了古色古香的模樣。
「混帳東西，要先把客人的東西擦乾淨，用新的紙包起來才對吧！」
「都都一」的老闆不耐煩地瞪著在意地板上的水更甚於客人濕掉的東西而拿著拖把準備拖地的板前罵。
「哪裡，是我不該帶著這麼大的東西來。真不好意思，給你們添麻煩了……」亮這麼說，拿毛巾擦了頂端的部分，但並多寶槅並沒有很濕。
「這是什麼？」老闆問。
「架子。」亮回答。
「是古董吧？」
「韓國李朝時代的東西。」
「客人您從事這方面的買賣？」
「呃，這個，也不太算……」
「那麼，這是要出售的嗎？如果是的話，能不能賣給我？」
「呃！」
「哎呀，這東西好啊！李朝時代嗎……那就是十九世紀朝鮮的文物了？」

「是啊。」

「出十萬，就是占您便宜了。二十萬如何？」

「啊！」

「那，三十萬。如果您願意以三十萬出讓，我可以當場付現。」

「嗚！」

「不行嗎？」

「咿！」

留美子趁老闆不注意，輕輕踢了亮的小腿肚一下。

「請您以三十萬割愛吧！」

「喔、喔！」

「喂——！把我的錢包拿來。」

也不知到底想說什麼，亮就只會啊、咿、嗚的不斷眨眼，留美子朝他的小腿肚又踢了一腳，使眼色要他趁對方還沒改變心意，趕快賣掉。

亮也沒清點對方交給他的三十張萬圓鈔，就這麼握在手裡望著留美子。留美子笑著對他點頭，他才總算說：「我想這應該是栗木做的。是李朝時代的東西沒錯。請您找懂得的人來評鑑。」

老闆笑著說：「好，東西已經是我的了。」

然後指著吧檯深處的牆，吩咐年輕的板前師傅把東西搬過去。

「牆壁的那個空間啊，我老覺得礙眼，實在很不舒服。掛什麼畫都沒用。擺壺啊、盤子的也沒用。插了花的日子簡直不忍卒睹。可是空在那裡，又不是一回事。就是在等這個李朝時代的架子啊！除此之外什麼都不配。」

老闆指揮板前師傅：再靠右一點，不對，再往左一點。要師傅把這古色古香的李朝多寶槅放在看似收放餐具類的有拉門的台子上。然後，在架上各擺了兩個他自己喜愛的酒杯和碟子。

「大概二十年前，我硬買了一個香盒。是桃山時代的。就適合拿來擺在從上面數來第二段的右側那一格。」

「都都一」的老闆問能否事後將收據寄來，給了亮一張名片。

他們點的菜上了吧檯，兩瓶熱清酒由老闆親自送來。他為留美子和亮斟了酒，望著多寶槅說：「呀，真是說不出的好啊。這個因為我們年輕人粗心而出現的時候，我好像被雷打到一樣，我想找的就是這個啊！如何，看看這味道……」

老闆回到店後之後，留美子啜著熱清酒說：「你好沒用喔。」敲了亮的頭，「啊、咿、嗚、欸、喔……亮會說的話就只有 aiueo 這五個字嗎？就不能把自己的想法說清楚嗎？虧你這樣還能在那個鼓吹個人主義的美國住上四年。」

「因為，今天賣給我的人說兩萬就好了啊。所以這家老闆問我十萬如何，我嚇到了。」

說完，亮吃了「燉合鴨里肌肉」，喝了酒杯裡的酒。

「真好吃，好吃到腦髓都麻了。」

瞇起了眼睛。看他一副狗狗讓人搔到癢處的神情，留美子便把自己點的「白肉魚悶蛋」的盤子往亮推，叫他吃吃看。

「才兩萬？那個李朝時代的多寶槅……」

「別這麼大聲啦，店裡的人會聽到的。我都覺得好像犯了罪，坐立難安了。」

「兩萬就要人家等你發達了才付，你一個二十九歲的男人不會覺得不好意思嗎？如果兩百萬還說得過去。亮的錢包裡平常都帶多少錢？」

「現在是一千二。」

留美子吃了一片亮的「燉合鴨里肌」。

「幹嘛啦！沒有經過別人的同意就搶別人的東西。」

留美子一巴掌往亮的後腦勺拍下去。

「你還好意思說。一個二十九歲的大男生錢包裡竟然只有一千二……只有一千二，還敢搭新幹線在東京車站下車，你拿什麼證明你是個社會人啊！人生會發生什麼事，難可逆料。你是要為了區區一片鴨肉就和上天賜給你的這個可靠的姊姊為敵是嗎？那好，這道『沙鮻天麩羅』你也不要吃。酒也不准喝了，這些可全都是我請的。」

亮便說今晚我請客，問起要不要點「春季綜合生魚片」。

「從天上掉下了三十張萬圓鈔嘛。要吃什麼盡量點，我請。」

「真的呢。錢從天上掉下來。兩萬的垃圾變成了三十萬呀。這種錢就叫作不義之財。我要點這道『炭烤近江牛』，還要再一瓶酒。」

亮張望了一下四周，把聲音壓得更低，說：「一開始老闆問我這個多寶槅賣不賣的時候，我嚇了一跳就『呃』了一下。接著，他問我二十萬如何，我本來是要說『啊，那樣收太多了』，可是太驚訝，只說得出『啊』，結果老闆竟然開價到三十萬，我喉嚨好像堵住了，就『嗚』……他問我『不行嗎』的時候，我是要說『實在不能收您三十萬』的，也出聲了，卻只『咿』了一聲就接不下去了。」

「那最後的『喔、喔』呢？」

留美子拚命忍住笑問，就怕嘴裡的那口鴨肉噴出來。

「那個當下我幾乎沒有意識了，就只是出聲，沒有什麼意義吧。」

亮說完，吃了「沙鯵天麩羅」。

弟弟這麼軟弱，母親常擔心他能不能適應社會，留美子也對弟弟人太善良、沒有自己的主張、面對別人時總是退讓不止一步的個性時而焦躁、時而不耐，但有時也會想，搞不好這孩子是個「大人物」。

眼看著明年就要三十歲了，卻還說要收集自己的原木，而且說得稀鬆平常，把製材所給的微薄薪水存起來，買原木買得毫不手軟。

半年前之所以會借五萬圓給亮，是因為亮不知透過什麼管道知道有一根長三公尺、直徑五十公分的山毛櫸原木，而且是遠離樹根的部分，就木材而言非常稀有，但亮的錢不夠買下這根木材。

但是，由於是還沒有乾燥的「生木」，所以那根山毛櫸原木必須等上好幾年才能加工做成「東西」。

留美子是認為，與其買這種東西，不能先磨練身為木工的手藝，再買已經乾燥的優質木材，做成桌椅櫃架嗎？但亮卻一味說想接觸原木。

既不慌也不忙……不知是個性的關係，還是不知何時何處建立起的信條，亮的這個做法，從某種角度來看甚至可說非常了不起，留美子只要和亮在一起，就覺得情緒平和，有時會覺得自己汲汲營營的日子很空虛。

然而，無論是突然辭掉大型電腦公司的工作時，還是決定靠朋友的介紹到大分縣U市的製材所工作時，亮都沒有說過他想這麼做的緣由。

「炭烤近江牛」上桌後，亮便從口袋裡掏出他收下的三十萬，抽出五張萬圓鈔，遞給留美子。

「借了這麼久，今天這頓就算是利息吧。」

「你就是出手這麼闊，所以錢才會馬上就沒了。俗話說，錢和父母不會永遠都在身邊。你知道嗎？」

留美子這麼說，將酒瓶裡的酒倒進亮的酒杯裡。

「說得真好……不過，這五萬還是先還你。借了這麼久，謝謝。」

接著，亮說，和歌山縣的熊野有一位多半是現今日本最厲害的木匠。

「再等個一、兩年，我可能會去拜他為師。」

留美子明知問這個問題等於是給弟弟的決心和意願潑冷水，還是問：

「一、兩年後去拜師，那等亮能夠以木工方面的工作賺錢還要多少年？」

「快的話，十年吧。」

亮一點也沒有被潑冷水的樣子，一副事不干己般回答。

「過了十年你就快四十了。在那之前你要一直過現在這樣的窮日子？」

「嗯……大概吧。」

「你沒有喜歡的人嗎？」

「本來有，不過被甩了。本來說好要結婚的。」

接著，亮突然改變了話題。他轉得太生硬，所以留美子知道亮不是為了擺脫自己不愉快的回憶，而是怕碰觸到姊姊心頭的傷口。亮知道留美子與那個前男友之間的來龍去脈。和那個人結婚，已等同於既定事實般篤定，所以留美子當然也向母親介紹過，亮回東京的時候，也曾三人一起吃飯。

「自然發生的山林火災和森林火災，是因為空氣太過乾燥時又不斷颳起强風，樹與樹互相摩擦，通常是因摩擦生熱而導致起火……」

亮說：「森林火災火勢强，滅火作業又很困難，所以損害也是全球級的，不是嗎？可是我啊，現在漸漸相信這背後其實是有大自然偉大的智慧。」

樹木密集叢生的山頭和森林，樹齡超過百年的巨木為數衆多。所有的樹都會結果，形成種子散落在四周。有些也會由鳥銜著帶到遠方，或成為松鼠和兔子等小動物的食物，養活許多以果實為主食的生物。

然而既然是種子，最重要的使命便是繁衍下一代。

而它們幾乎不是在巨木下腐爛，便是落入土中，無法達成原本的使命，任憑時光流逝。在巨木底下難以發芽，土壤裡的養分又被衆多樹木吸收，愈來愈貧脊，失去蘊育新生命的力量……

「我覺得啊，這樣的狀態持續了幾十年，那些年老的樹便會在寂靜的滿月之夜，互相商量討論起來。」

「商量討論，你是說那些樹公公樹婆婆？」

「嗯。他們會說，你看看時候是不是到了，該騰出點位子來給年輕一輩了吧？」

亮一臉認真地這麼說，在留美子的酒杯裡斟了酒。

「然後，等到氣象條件符合的那一天，他們便彼此摩擦對方的肌膚，點燃火苗，把整座山或森林燒光，自己燒焦化為理想的養分重回大地，讓那些在土壤中等待這個時期的種子發芽、成長，讓一座新的森林誕生。」

亮頓了一頓，這麼說：「這樣發芽的新樹木，要長成頂天立地的大樹，讓廣大的焦土成為廣大的森林，至少得要五、六十年。所以說，我為了當想當的人、做想做的事而決定的路，靠這條路來養活我自己所花的十年，其實很短吧？」

「這真是十分有趣又意味深長的三段論法呀。」

留美子打趣地說，但覺得這好像是頭一次接觸到總是深不可測又沉默寡言的弟弟的內在那一面，便望著他的側臉。

留美子把亮剛還她的五萬圓塞進他胸前的口袋，說：「等你發達了再還我。姊姊欣賞弟弟的志氣。」
又說，不會讓他花掉今晚有如天上掉下來的那三十萬中的任何一毛。
結果亮向年輕的板前師傅問起老闆今天是不是已經回去了。
「這個，我也不清楚……不過我想應該已經回去了……」
留美子問起找老闆有什麼事，亮便壓低聲音說：「我想把這個李朝時代的多寶槅要回來。」
「咦？要回來？你是說不賣了？」
「嗯。愈看愈覺得是好東西。我是因為老闆的氣勢和三十萬的現金昏了頭，想也沒想就賣掉了，可是，我想留著這個多寶槅。」
「那可不行。東西已經賣掉了，錢也收了。這個多寶槅已經是人家老闆的了。這是社會的規矩呀。說什麼把錢還你，請把我賣你的東西還給我，世上沒有這個道理。」
聽留美子這麼說，亮把本來從口袋裡拿出來的紙鈔放回去，低聲說：「說的也是。留美說的對。」
然後便不發一語，把東西吃完。看他吃東西，感覺很痛快。每一道菜都仔細品嚐，在全部吃完之前，筷子的動作和咀嚼的力道都維持一定的節奏，留美子覺得好像今晚才頭一次看見。

十年。短短十年。卻又好長好長的十年。

留美子在內心悄然低語。

十年前，父親在國外死於意外。當時不僅哀慟父親的死，對自己一家人將來的生活沉重的不安也落在肩頭，便不顧一切地辭掉了朋友們欣羨的大企業工作。因為她認為，為了母親往後的人生，以及已決定要到美國留學的弟弟的學費和生活費，不能沒有這筆對車禍的賠償。

至於自己的將來，那個當下她並沒有太擔心。

當時她才剛進公司，對於所謂的工作、所謂的社會，其實還一無所知，一進公司很快就明白，能代替自己的人要多少有多少。

換句話說，這是因為自己並沒有任何特殊專長。

「對女人而言，最可悲的，便是和無聊的男人結婚，忍耐著因此而衍生的許多無聊。」

從留美子上中學起，父親便常說這句話，在父親出事後，又經常在耳邊響起，所以當留美子得到意想不到的高額賠償金時，便決定自己也要重新學習，培養一身專業能力。

從小她便喜歡拿數字加加減減、排列組合，同時好友的父親又是稅理士，在這位伯父的建議下，她二十三歲時開始以稅理士為目標。

上了兩年專門學校，接著邊在稅理士事務所打工邊準備考試，二十七歲第一次挑戰稅理士資格考，但落榜了。好幾個稅理士都說一次就考上的人是特例，但第二年、第三年接連挑戰，也都沒有成功。

正當她整理好心情，決定要是第五次挑戰還是沒有成功便要重新考慮自己的將來時，愛上了一個人。

在等他與妻子正式離婚的那三年，留美子不免傾向於認為自己考取稅理士執照這件事不怎麼重要。

因為她發現，日本社會對女性稅理士的偏見太深，很多老闆直言我們公司的稅務交給女人妥當嗎？但奇怪的是，在有口碑有成績的稅理士事務所上班，以該所一級職員的身分前去服務客戶時，反而比男性更受禮遇，也更受信賴。

她與目前服務的檜山稅務會計事務所所長檜山鷹雄，是在稅務會計業務專用的電腦軟體研習會認識，對方主動問她願不願意到他的公司上班。

檜山鷹雄當時三十五歲，事務所才成立三年。留美子對電腦軟體的吸收之快及應用能力似乎令他大為驚歎，但他事後說，其實是看上留美子的口條佳、反應快，以及身為女人的清新，有預感她將會成為事務所的重要戰力。

檜山鷹雄雖然有些恃才傲物，但身為稅理士的能力比留美子見過的任何人都優秀，而且始終堅持客戶應遵循稅法，以光明磊落的稅務管理為絕對方針。檜山的作法是在這個方針所允許的範圍內，絞盡腦汁為客戶追求合法的節稅策略，雖有客戶斥之為「無能」而改找其他稅理士，但目前客戶已經增加到五名員工無法負荷的程度了。

留美子在檜山稅務會計事務所做了一年半的文書總務，接下來的一年，以檜山助手的身分隨同他拜訪許多客戶，有了實務經驗之後，「這是我們公司最厲害的。」在檜山如此吹噓下，她目前直接負責五家客戶的稅務。

但在那之前，她不知忍受了檜山多少叱責和毫不留情的痛罵。下班回家後將自己的電腦和事務所的連線，加班到近天亮的日子也不少。而在這所謂的學藝時代中，留美子沒有結果的戀情也同時並行。

所以，對留美子而言，從二十二歲起到今天的這十年宛如一瞬，卻也有種比同年代的人多活了兩、三倍的錯覺。

留美子和亮一回到目黑的家，只見母親泰江以疲累萬分的神情坐在客廳的椅子上，洩氣地說：「唉，我又找不到我的老花眼鏡了。」

母親不戴老花眼鏡，不要說看報了，連電鍋上的刻度、洗衣粉外盒上標示的用量和用法都看不見，所以從早到現在什麼事都沒能好好做。

「留美子，你最後一次看到我的老花眼鏡是在什麼地方？」

被這樣問起，留美子想起會不會是母親在看那封十年前的信的時候，便說：「我看到眼鏡放在這張茶几上……再來我就不知道了。我不想再找媽媽的老花眼鏡了。都不知道跟媽媽一起把這個家翻過多少遍了。找東西可是累人的。不知道為什麼，就是很耗體力耗精神。」

對留美子這番故意說得很刻薄的話，母親一臉洩氣地說：「想得到的地方我都找了，找得我好累。我在這裡看了那封信，後來吃了外送的壽司，然後做了什麼呢？睡前又坐在這張椅子上，把要丟的東西丟進紙箱裡……」

「那一定就是紙箱啦！眼鏡一定不知道怎麼搞的掉進那個紙箱裡了。」

亮說完，伸手摸摸走廊地板，又仰頭看柱子和天花板。亮在這個目黑的家也只住過十天，當時他對「木頭」還不感興趣，一直抱怨：「這什麼爛房子啊，跟鬼屋沒兩樣。」

「對啦！就是紙箱。一定是掉進去，媽媽沒注意到就拿去丟了。」

留美子這麼說，問起母親那堆紙箱本來不是約好專門的業者明天要開卡車來載走的嗎。

「剛才已經來載走了。」

母親說：「他們說，離我們兩站的地方有人搬家，他們來載垃圾，結果垃圾比預估的少，卡車的車斗還有空位。」

「那是幾點的事？」

留美子問。母親回答才三十分鐘前的事。

「我打電話拜託業者看看。不過他們可能會嫌麻煩，推三阻四吧。」

留美子看了抄在記事本裡的業者的電話。

一打電話過去，接應的年輕人說要聯絡司機，語氣親切得令人意外，而且五分鐘後就回電了。

卡車司機在來過冰見家之後，開到車程五分鐘外的一家便利商店的停車場，買了飯糰，現在正在車裡吃飯糰，吃完就會折回冰見家。

留美子連聲道謝後掛了電話，說：「得送點東西給司機先生才行。」

業者的卡車很快就來了。冰見家丟的紙箱一共有七個。留美子和亮在門口把裡面的東西都翻出來，找到了母親的老花眼鏡。

「找到了嗎？那，我可以走了喔？」

司機一說完，便立刻發動了卡車揚長駛去。只要找到老花眼鏡，也就不需要裝了垃圾的紙箱，但又不好意思叫住已經開動的卡車要他也把這個紙箱帶走，所以留美子和亮便把紙箱帶回了客廳。

母親為折返的司機煮了咖啡，但聽到還來不及道謝司機就走了，便喃喃地說：「真是不好意思啊。」

拿清潔劑洗了老花眼鏡。

「該不會有別的重要的東西也掉進這個紙箱裡吧？」

亮這麼說，把紙箱裡的東西翻出來，裡面九成九都是紙類。

「看吧，我就知道……這封信不是很重要嗎？」

亮苦笑著把藍色的信封放在茶几上。

留美子望著那封信，架在茶几上的手托起腮，也沒多想，聞著咖啡香便在心裡說：「這封信又跑回來了……」

由於覺得不太舒服，留美子把那封信丟到了紙箱裡，但又莫名好奇，把信拎出來，看了信封裡的信。

——你看過在空中飛的蜘蛛嗎？

十年前十五歲的少年以原子筆寫下的文句，鮮明依舊。

——我看過。蜘蛛會在空中飛。十年後的生日，我就滿二十六歲了。十二月五日。那天早上，我會在地圖上標示的地方等你。如果天氣好，這裡應該能看到許多小蜘蛛起飛。到時候，我會向你求婚。謝謝你看了這封奇怪的信。須藤俊國——

十年前，留美子對這封感到不舒服，幾乎對少年所繪的地圖視而不見，現在看地圖畫的是岡山縣總社市A町，山與山之間有田地的圖例，一條河從中流過，上面有兩座橋。

叉叉便打在橋與山之間的田地之中，有細小的文字注明「從甲斐家前的路向東走十五分鐘」。

留美子心想，那名少年今年十二月就要二十六歲了。

他恐怕已經忘記自己十五歲的時候，曾經親手把這樣一封信交給一名年長他七歲、名叫冰見留美子的女子了吧。

萬一還記得，那麼這個人想必個性非常怪異。

如果這名少年沒有認錯人，信的確是要交給名叫冰見留美子的年長女性，那麼他到底是在哪裡見過我的呢？

當年我在東横線的N站出入，只有短短三天，那三天之內來回於家裡和車站之間，包括買東西在內，應該也才五、六趟才對……

無論如何，少年實際看到我冰見留美子，頂多也才兩、三次吧。

他到底是在哪裡看到我的？

信中所附的地圖非常簡略，但山是山的形狀，稻田也以短短的線條畫出整整齊齊剛插秧的稻苗，以圓滑的曲線畫出流經山與山之間的河，也有看似青鱂魚的小魚悠游其中。

山腳下的村子有六幢瓦片屋頂的人家，有神社，神社裡「樹齡八百年的杉樹」的說明旁，的確也細心畫了一棵有模有樣的大杉樹，仔細一看，還有一隻狗睡在樹根旁。

十年前看這封信的時候，留美子都沒有把這些看進去。只一味地覺得不舒服，一點也不想去看這幅充滿童心，而且簡明精要的地圖。

留美子不知道岡山縣總社市位於岡山縣何處。既然是「市」，那麼想必人口不少，但地圖所標示的地方，卻有股現今日本漸稀少的閒靜山間小鎮的氣氛，可以想見距離市中心有一段距離。

留美子把咖啡壺裡剩下的咖啡倒進小咖啡杯裡，邊喝邊開始覺得這封信裡有些什麼讓她沒有斷然認定寫信人是變態跟蹤狂。因為這幅地圖中所蘊含的神祕溫柔，觸動了她的心。

留美子不曾被病態跟蹤狂盯上過，但大學時，朋友曾蒙受其害，因而看過好幾封跟蹤狂所寄的信。

那些信裡一再重複著「跟我在一起」、「我在某某處等你」之類的話，但字本身稜角尖銳，從一張信紙裡便感覺得出狂亂逼人的不正常。

字又小又難辨識，也有錯字疏漏，寫的人不僅精神狀態不穩定，字面上也散發出一股只能說是異常的力量。

相較之下，十五歲少年寫的信，卻充滿了溫柔與溫暖。

「這個小弟弟，是在哪裡對我一見鍾情的呢？」

留美子喃喃地說，上了二樓，把藍色信封放進自己的抽屜。

原因是，手繪地圖固然不知為何令她捨不得丟掉這封信，但她也萌生了惡作劇之心，想看看十年前這個十五歲的少年，如果是住在這附近，在十年之後的今天變成了一個什麼樣的青年。

留美子準備去洗澡而來到客廳時，只見亮不斷地活動左手的無名指。

「總算能正常活動了。」

亮看著手指說。他解釋，去年十月在檜樹的育林山區進行「修枝」作業時，不慎被柴刀砍傷了手指，縫了四針。由於傷到肌腱，手指只能彎曲一半，不過三月的時候，就算彎曲也不會痛了。

「修枝是什麼？」留美子問。

「算是要砍下原木之前的一道手續吧。」

種下一棵樹苗，過了十年、十五年，就必須進行「修枝」這項作業。留下樹頂算起三分之一的樹枝，剩下的三分之二以柴刀或鋸子修剪掉。

不這麼做，樹枝會增加、變粗，樹無法長成好木材。

亮這麼解釋：「修枝是很耗體力的粗活。要穿上鞋底有釘子的靴子，爬到還很細的樹上，為了五、六十年後把樹枝除掉。現在會修枝的工人愈來愈少了。年輕人根本不會想繼承這種麻煩又賺不了錢的工作。」

「五、六十年後？」留美子拿著咖啡杯這樣問。

「對啊。」

「去年十月你修枝過的樹要等五、六十年才能用？」

「對啊。修枝以後，再來就是等個五、六十年，等那棵樹長大。不這樣，沒有好樹可以收成。」

看亮說得稀鬆平常，留美子知道自己沒有聽錯。

「這樣算起來，等你去年十月修過枝的那棵檜樹以一塊好木材的樣貌再次出現在你面前的時候，你不就八、九十歲了嗎？」

「嗯，對啊。育林就是這麼回事。我們現在拿來蓋房子的木頭啦、用來做桌椅家具的好木頭，都是爺爺留下來的。然後由孫子裁切製材再拿來賣。我也一樣，不知道能不能活到八、九十歲，就算能，到時候也沒有那個體力幹利用那些木頭的活了。」

「哦……」

留美子指著客廳後方那根多半是杉木的柱子，問亮他認為那根柱子被砍下來製材的時候樹齡大概是幾年。

「那根應該有八十年吧。然後當別人家的柱子當了有一百年吧。」

老爸蓋的這個家，處處都是很了不起的木頭——亮說完笑了，

「簡直是木頭的寶庫啊，這個家。老爸真的很有看木頭的眼光。而且，灰泥牆也是傳統的正統灰泥，沒有摻加化學黏著劑，所以柱子和灰泥之間多少會有縫隙，牆上也有細微的龜裂，不過因為旁邊的木頭年代夠老，就一點也不礙眼了。」

聽到亮的話，準備先去洗澡的母親說：「可是，我還是想把這個客廳弄得亮一點。」

「女人嘛，還是會想用可愛的窗簾啦、百葉窗之類的家飾來裝飾房間呀。

可是，要是在這個家裡掛上花朵圖案的窗簾，怎麼說啊，就是不合適，很突兀……」

留美子也這麼說，然後為了準備明天出差上了二樓。

走廊的窗戶看得到上原家的庭院。庭院中央有一盞水銀燈，但燈沒開，在門口附近，修剪得宜的龍柏樹下，一盞高五十公分的圓形庭園燈散發出暈黃的燈光。

門旁的房間掛著蕾絲，凝目細看，隱約可見室內的擺設，但留美子認為這麼做很失禮，便望向由庭院底部升起的黃色燈光打亮的喜馬拉雅杉。

亮來到二樓，探頭看父親的書房。

「哦，真是個好房間。」

亮低聲這麼說，在書房的椅子上坐下，說：「我偶爾回來的時候，這個房間就給我用吧？」

然後縮起身子進了那個不知為何打造出來的奇妙洞穴裡，豎起膝蓋，整個人往板壁靠。

「人一待在這種地方，心就會靜下來。在這裡看書也好，也可以什麼都不想只是發呆。」

「咦？那個洞是給人窩的？」

留美子問。

「我猜應該是，就是為了在這裡窩著才特地做出來的。留美你也進來看看，會覺得很安心，好像躲在一個只屬於自己的小天地裡。」

留美子要亮出來，換她進了那個四方形的洞穴。確實，要是有座小檯燈，真的沒有比這裡更適合閱讀的空間了。

「問你喔，樹齡好幾百年的樹，不是不能隨便砍嗎？育林的山也不會有那麼老的樹吧……可是，有些酒吧的吧檯那種一整片都是來自同一棵樹的，或是有些很大的餐桌桌面用了樹齡五、六百年的一整片木料，那些樹是誰去哪裡弄來的？」留美子問。

亮說，有專門找這種樹的業者。

「他們眼光雪亮，平時就緊盯全日本的寺廟、神社和有老樹的大戶人家，像颱風過後之類的時候便展開行動。」

等老樹被强風吹倒，或是得到消息知道哪家神社樹齡五百年的銀杏樹倒了、終於枯死了，便趕去買下來。

對於不了解樹木價值的人而言，倒了枯了的巨樹不過就是難以清理的麻煩，所以有人願意搬走真是感激不盡，不但會說「不用錢」，有時甚至還會送點小禮。業者則是將這些貴重的木頭直接賣給熟識的製材所或木工，或是在木材產地定期舉辦的「銘木市」出售……

「在國有林裡枯了倒了的樹，政府會拿來拍賣。像山毛櫸啦、橡樹啦、核桃樹啦、栗樹啦、刺楸這些數量很少的樹，大多是依公家單位的判斷才到市面流通的。」

亮說他自己喜歡紅松，但紅松要從西伯利亞進口，然後撫摸亡父書房的書桌。「這就是紅松，西伯利亞產的。」

「你怎麼知道？我一直以為是山毛櫸。」留美子問。

「木紋很密，很香。這麼大的紅松板，只有西伯利亞北方的馬伏這個地方，在徹底管理之下才長得出來。樹齡大概三百到五百年之間吧。美國和加拿大進口的北美喬松特性也和紅松類似，但西伯利亞產的紅松還是與眾不同。木質本身就很柔軟，時間愈久觸感也會更加柔和……」

亮也窩進書房的洞穴，和留美子面對面，豎起膝蓋靠牆而坐。

「老爸說，小時候爺爺家附近有個家具師傅，聽說是『名人』級的。」亮說，「每天一放學，他也不和鄰居朋友一起玩，就跑到那位師傅工作的窗邊看他工作看到天黑。」

父親自己也想當家具師傅，但身為高中數學老師的祖父堅決反對。據說祖父是這麼說的：我這輩子就只能當個高中老師，但我希望你多用功，窮究數學之理……

「所以，當我說我想念電腦的時候，老爸一副很遺憾的樣子笑了，一遍又一遍地跟我說：『做東西的工作真的很棒。我們一輩子只能活一次。正因為只有一次，不找個開心的工作來養活自己多不划算啊。』」

母親從樓下喊著要他們早點去洗澡，留美子便出了洞穴。

亮說，昨天他從早到晚都在磨刨刀。

「有道是一刨三年，意思是說要真正學會怎麼用刨刀得花上三年的工夫，我真的是最近好不容易才明白：啊啊，原來刨刀是這樣運作的啊。」

亮也從洞裡出來，在走廊上停下腳步，望著上原家的庭院。然後，說他最近對自己的選擇和決心是否正確心生迷惘。

「迷惘？」

留美子也從窗戶欣賞著上原家的庭院問。

「其實也不能說是迷惘，可能只是因為對未來感到不安影響了我的決心吧，但我愈來愈不明白職業和業餘的不同……」

以前有許多人在工作之餘自己製作書架、椅子作為休閒活動，那時候稱之為「週日木匠」。

現在則是有很多人自己選買木材，還備齊了專用的工具，甚至有專用的工作室，平日晚上和假日都埋首於木工。這些人的數量更遠遠超過了號稱「週日木匠」的那個時代。

他們所製作的餐桌、椅子、架子、餐櫃，有些乍看之下，不僅令內行人跌破眼鏡，甚至標價出售也不足為奇……

亮這麼說。

「有些漂亮得我根本沒得比。可是，一旦實際開始使用，一、兩週之後就會明白：啊啊，果然是外行人做的東西。我沒辦法明確地說出到底哪裡不同，可是，同樣是專業的而且是有名的木匠，用同樣的材質做了同樣的東西，用得愈久，就愈能感受到它的好。到底是哪裡不同呢……我現在就是不明白這一點……可是我覺得要是沒搞懂，我就沒辦法走下去……」

留美子明白亮解釋不出來的意思，但那是個與自己無緣的世界，她不知道該說些什麼鼓勵他才好。

「可是，能看出這一點，就代表亮有所成長了，不是嗎？」留美子說。

她覺得這種說法真是空泛不負責任，思索著要補充幾句話，但亮的眼睛出現了光彩。

「是喔……留美，這也是我有所成長的證明啊……」

亮回到書房，坐在椅子上，背對著留美子說，當父親車禍過世，在遺體回到日本的翌日所舉辦的葬禮上，他與棺木裡的父親最後告別的時候，心裡只覺得懊悔和空虛。

「可是，我留學回來，才當了兩年電腦工程師就搞得身心俱疲，這時我答應了天上的老爸，我要做老爸當初一心嚮往的工作。」

「你答應爸爸？你怎麼答應爸爸的？」

留美感到意外，朝著亮的背影問。電腦工程師可是炙手可熱的工作，但年輕的亮才當了兩年就身心俱疲這件事，也令她意外。

「電腦工程師的工作啊，不管是設計系統也好，開發軟體也好，結果靠的都是個人的能力。而在電腦這方面，所謂的個人能力只分成兩種。會的，和不會的，就這兩種，沒有中間可言。」

所以，重要的工作就全都落在會的人身上。集中到超越一個人的肉體所能負荷的程度。

「我那兩年放的假，十根手指頭數得出來。過年三天加週末和假日，總共十天左右。從早工作到半夜，好不容易睡著了，也會被床頭的手機叫起來。有人會說把電源關掉再睡不就好了，可是明明負責重要的工作，又不知道什麼時候會出什麼問題，怎麼能這麼不負責任？半夜被手機叫起來，穿著睡衣上直接套上西裝趕到公司的事，多到都數不清了。」

最先是把胃搞壞了。接著是失眠。一杯牛奶，半片吐司。光是把這點東西裝進胃裡，就噁心反胃三、四個小時，鬧到想吐。上床睡覺，才瞇了一個小時便醒來，然後就再也睡不著了……

「當我發現，啊，原來我這個人已經慢慢崩解了，那種恐懼讓我快發瘋的時候，我看到了某個人做的橡木餐桌和椅子。老爸跟我說過他要是有錢真想買那個人做的家具，哪怕是只是一件也好。」

「在哪裡看到的？」

「百貨公司辦的木匠家具聯合展示會，我剛好為了找書去了那家百貨公司裡的書店。」

那是張彷彿再怎麼魁梧的大男人都容得下的大椅子，而餐桌和椅子也沒有任何裝飾，乍看之下簡直就像小朋友在勞作課上做的，感覺很粗糙。

「我心想，哦，這就是老爸喜歡的木匠做的家具啊，就去試坐。」

那一瞬間，彷彿被一個巨大又温柔的東西包圍，全身上下都好安心……

「所以我就決定了。我坐在那張椅子上，答應老爸說，好，我要做這份工作。閃電承諾啊。」

母親又叫喊要他們趕快洗澡，留美子便下了樓梯。明天她必須當天來回大阪出差。

第二章

上原桂二郎戒掉以前每晚必喝的睡前酒已經四年了，但戒了睡前酒，就寢時間就變得更晚了。

雖說是睡前酒，也就固定是兩杯 double 的蘇格蘭威士忌加水，如果沒有遇到特別狀況，他不會多喝。

然而，在極少數的情況下，當心情極度低落，或是相反的難得雀躍的時候，兩杯也會變成三杯、四杯。

多虧了這睡前酒，他從前總是睡得很沉，偶爾喝多了點，第二天也不至於宿醉。

每年兩次健檢，至今並沒有發現什麼異狀，但到了五十四歲，被熟識的醫生勸告十七歲開始抽的菸最好戒了，於是他三個月前戒掉了一般紙菸，改抽高級雪茄。

兩個兒子取笑他說紙菸和雪茄結果還不都是菸，但桂二郎獨獨針對這番意見提出了反駁，其認真的程度連自己都難為情了。

紙菸是以喉嚨和肺來品嚐，而雪茄則是讓煙在嘴裡打轉，享受味道和香氣，所以完全不能一概而論。桂二郎如此主張，而且實際上自身也深信不疑。

桂二郎五十歲那年，小他兩歲的妻子病故了。當時，兩個兒子俊國與浩司分別是二十二歲和十八歲，俊國即將自大學畢業，而浩司則因沒考上第一志願的大學，猶豫著是否要重考。

換句話說，兩個兒子在遭遇人生第一個關卡的時期，母親以四十八歲正值中壯年的年紀撒手人寰，桂二郎為自律而戒掉睡前酒，最近更進一步將紙菸換成了雪茄。

桂二郎是在三十歲時結的婚。桂二郎是初婚，但妻子幸子當時守寡三年，與已故的前夫有一個名叫俊國的孩子。

桂二郎和幸子結婚時，俊國兩歲，戶籍上的名字由須藤俊國變成了上原俊國。

桂二郎把客廳的窗戶開了一個小縫，從雪茄專用保濕盒裡拿出 Cohiba 的 Lanceros，用雪茄刀剪了雪茄帽頂，將打火機的火力控制在最小，邊烤著雪茄的前端，邊望著正對面冰見家特別的建築。

之前原屬於佐島家的土地分割出售，由於醫師買了超過原先分割的坪數，使得剩下的土地在這一帶略微偏小。

這塊地正好就在上原家正對面，從上原桂二郎專屬的客廳搖椅上看過去，一直沒有買主出現的建築用地，上方空無一物。這是因為上原家的樹籬又高又厚，看不見路也看不見空地。

到了十年前，妻子向他說起好像有人買下了那塊地，幾天後便有人在施工了。至於誰要搬到自家對面，桂二郎並沒有放在心上。只是隨著工程的進展，妻子一副打小報告般、多少帶著看熱鬧的表情，讓他在幾分苦澀之中，天天聽著關於這逐漸成形的房子有多奇怪的報告。

這是因為，桂二郎向來認為說三道四之輩可恥，而妻子所具有的幾項美德之一，便是不像一般女人那樣愛嚼舌根。

儘管聽得馬耳東風，答得敷衍了事，但將妻子口中的片段匯整起來，便能夠推側出幾個月後將成為「對面鄰居」的冰見家建築，不僅是將古時武家豪邸縮小，而且應該是將原已蓋在某處的房子解體後，在新的土地上重組。

冰見家一完成，上原家正對面便出現了一幢以武家豪邸來形容實在太小太簡樸、但除去全新的屋瓦、牆壁、門扉便活像某座山裡年代久遠的老舊宅院般的建築。

在這番所謂的屋主的堅持當中，總有一股揮之不去的炫耀之意，但與四周的人家相較更顯得「嬌小」的冰見家，其中的況味卻也足以使桂二郎早上坐上前來迎接的公司車時，或夜裡晚歸下車時，在屋前暫時佇足。

會蓋這樣一幢房子的屋主究竟是個什麼樣的人？真教人想拜見一下其尊容——桂二郎難得被勾起了好奇心，但冰見家的人才剛搬來便遇上大難。

桂二郎在飯店中接到來自妻子的電話，得知冰見家才五十歲的家長因公在德國死於車禍的消息時，人也正好也在慕尼黑。

妻子在電話中說：詳情我也不清楚，但冰見先生好像跟你同一天離開日本的，所以說不定你們搭的是同一班飛機。

上原桂二郎十天後自慕尼黑返國，當時冰見家的人已經離開剛落成的家。妻子聽到的消息是，雖不明情由，但一家人暫時會寄居在冰見太太的親戚家。只是，冰見家的人卻從此沒再回來。

而昨天，冰見家的人回到空了十年的家了。

桂二郎看著出現在庭院的龍柏與喜馬拉雅杉之間的冰見家二樓透出的燈

光，為了選睡前抽的雪茄，又一次打開了雪茄保濕盒的蓋子。

他覺得今晚若要抽剛烤過的 Cohiba 的 Lonceros，抽菸時間太長了。那根雪茄長十二點九公分，整根抽完大約需時一個小時又十五分鐘。

既沒有想看的書，也沒有想聽的音樂。桂二郎不知不覺養成了一個奇怪的習慣，在一天的最後若不抽到事先決定好的長度，就覺得有什麼事沒做完以至於睡不好，所以他將前端略微烤焦的 Cohiba 的 Lanceros 放回雪茄保濕盒。

雪茄專用保濕盒是杉木做成的大盒子，將雪茄保存在百分之七十的最適濕度，而桂二郎的盒裡常備著十二款雪茄。

古巴產的哈瓦那雪茄有 Montechristo 兩款、Romeo Y Julieta、Cohiba 三款、Bolivar、Rafael Gonzalez、H. Upmann，多明尼加產的有 Davidoff 的 Aniversario No.1、Grand Cru No.1，以及 Premium 的 No.1。

視當天的心情和身體狀況，有時候覺得 Cohiba 的 Robustos 很香，有時候卻覺得太辣，香味太膩。

有些夜晚 Davidoff 的 Aniversario No.1 抽到快燒到手指還捨不得放手，有時候抽不到三分之一就想嚐嚐 Bolivar 厚重的土味，便又點起 Bolivar 來。

無論如何，就寢前的四十分鐘到一個半鐘頭那段慢慢品著雪茄，開著一縫窗眺望庭院的時間，對桂二郎而言是絕對必要且不可或缺的。

桂二郎堅持不把雪茄的煙吸進肺裡，但偶爾也會破例吸進少量。這時候絕大多數都是生哪個員工的氣，或是公司營運上出現了與自己的預期相左的狀況。

若非晚間餐會拖得太久以至於晚歸，當桂二郎換上睡衣，獨自一人坐在客廳裡，打開雪茄保濕盒，將一根根雪茄拿到鼻前聞聞，斟酌著今晚要抽哪一根，時間都固定是晚間十一點左右。

若是覺得當天晚上的雪茄味道很好，他會抽到剩四分之一左右便停下來，喝完沒有加糖的熱可可後刷牙，然後給起居室的窗戶上鎖，走進寢室——這一連串的步驟完全不被打擾地順利進行時，當晚會睡得很沉，也不會做不愉快的夢。對桂二郎而言，這「萬事太平」之夜的儀式不能沒有雪茄。

妻子離世四年，身邊偶爾也會有人勸他再婚。雖不至於誇張到所謂的人生規畫，但在桂二郎的心中，再娶這件事完全不在考慮之中。他並非為死去的妻子守節，更非堅持禁欲主義，只不過是認為所謂的妻子一生只有一人罷了。

桂二郎也從身邊親友再婚後的生活上學到，過了某個年紀之後的再婚，失去的比得到的多，他這個教訓深深刻印在對下半輩子的心理準備中。

人一旦年過五十，拖累也相對增加。再婚的對象也一樣，好比孩子、手足、姪甥等，自己有，對方一樣也有。

朋友知交也幾乎都是從妻子還健在時便開始往來，他們對桂二郎的妻子同樣也有相關的回憶。

這些對於成為新伴侶的人而言，並不是什麼可喜之事。

至於近親，因為臨時來了一個外人而被打亂的狀況，想必也會多得超乎預期。

若需要女人，大可養個情婦，只要有錢，逢場作戲的女人要多少有多少。

但這乍看之下乳臭未乾的信條，卻被才二十二歲的次子浩司拿來取笑：

「要是遇到喜歡的人就再婚嘛。」

他一臉開朗地說。但是，每當極其偶然地提到這方面的話題，今年十二月就要滿二十六歲的長子俊國雖然不發表意見，臉色卻會頓時沉下來。

俊國是遺腹子，他的親生父親在他出生時已死於意外，因此他完全沒有關於生父的回憶，一向將母親的再婚對象上原桂二郎視為父親。

在桂二郎心中，將俊國與浩司一視同仁是牢不可破的戒律，他根本用不著刻意去意識這條規定，無論是浩司出生前後，他都十分疼愛俊國。

兩人年齡雖相差近三十歲，但不知為何就是「合得來」。除了合得來這個說法，他找不到其他形容。

而向俊國表明自己並非他的親生父親，是在俊國小學畢業時。

桂二郎和妻子原本都打算等他再大一點再告訴他，但妻子的亡夫的父親，也就是俊國的祖父須藤潤介，實在想念這唯一的孫子，便寄來了一封情意懇切又萬分客氣的信。

過去的媳婦已再婚離開須藤家，如今身為上原家的人過著平靜幸福的生活，深知若自己冒然出現不但會擾亂兩人的心境，恐怕也會造成年紀尚幼的俊國的混亂，因此向來强自忍耐。但念及獨子年僅二十五歲又三個月便留下妻小離世，一心只盼能參與這世上唯一繼承了他血脈的兒子，也是自己唯一的孫子成長，而今這個願望已遠超過迫切，幾乎令人發狂……

當時六十六歲的俊國的祖父捎來的長信中，洋溢著這位曾任岡山縣總社市某小學校長的真情與禮節，桂二郎因而認為比起難以捉摸的青春期，十一歲的現在或許是更適合告訴俊國真相的時期，便向妻子表達了自己的意見。

須藤家的公公，在自己至今接觸過的人當中人品最為優秀的一位——妻子這句話，讓桂二郎做出決定。

桂二郎字斟句酌，將真相告訴了十一歲的俊國，並說自己也會同去，問他願不願意去見爺爺。於是，俊國說如果爸爸一起去他就去，爽快得令桂二郎意外。

俊國的生父是土木工程師，大學畢業後便在一家總公司位於東京的知名土木工程公司任職，與在同一家公司上班的幸子相識結婚。然而，才剛得知妻子懷孕，便在大雨不斷的水壩建設工地，因支撐滿載大量材料的小火車的鐵纜鬆動，雨中補強時死於意外。

據說因鐵纜斷裂而啓動的小火車，就連十個大男人合力也無法推回原位。

俊國十一歲那年暑假，桂二郎造訪了須藤潤介位於岡山縣總社市A町的住家。將俊國託給祖父，自己當即返回東京。因為須藤潤介答應他，若俊國想回家，便立刻親自送他回東京。

從那年夏天起，俊國每年至少會到岡山縣總社市的祖父家一次，有時候也會到一個人住的祖父家過年。

須藤潤介在屆齡退休離開小學之後，耕作祖先留下來的田地，同時仍繼續從事教育工作，但兒子英年早逝，兩年後又與妻子死別，從此沒有倚靠任何人，獨居至今，現年八十歲。

桂二郎的父母均已亡故，因此次子浩司從來沒有祖父母。

然而，俊國卻因為十一歲起每年和突然出現的祖父接觸，看到了一個人老去的過程。

這想必不是唯一的原因，但與浩司相比，俊國更擅長傾聽。就這方面，桂二郎向來認為浩司較為任性，自我主張太强了點。

俊國在廣告代理商工作已滿四年，浩司今年也自大學畢業，到汽車廠上班，目前正值研修期間，才剛搬進工廠附近的宿舍。

上原家自曾祖父那一代起便經營製作廚具的公司。說是廚具，其實最初不過是生產炒鍋、飯鍋、茶壺的地方工廠，但祖父天生具有經營之才，將平凡的地方小工廠拓展為商品進駐全國百貨公司和大型商店的廚具製造商。

父親人生大半都傾注於穩定上原工業的經營，但桂二郎卻不侷限於炒鍋、飯鍋、水壺、熱水瓶、平底鍋等的製造販賣，而將公司的成長賭在系統化的大型廚具上，致力於開發飯店、餐廳、便當業者等與烹飪相關公司所需的器具，讓公司的市占率成長至全國第三。

桂二郎是在三十三歲時繼承家業，也就是婚後第三年。

儘管心知遲早必須繼承上原工業，但桂二郎一出大學校門，便到不為一般人所知卻是關西最大的團膳公司上班。這家公司專門承攬大企業、公家單位員工餐廳、大學和專科學校學生餐廳。

早在二十二歲時，桂二郎便認定只是繼承父親事業繼續生產鍋具未免無能，進而確立了為將來布局的堅定信念。

桂二郎在稍加猶豫之後，點燃了Cohiba的Robustos，再次凝目細看冰見家二樓的窗戶，心想應該見見冰見家的長女。因為她是十年前俊國幹下他本人形容為「無可挽回的大犯罪」的對象，儘管在桂二郎看來，這件事有著少年的荒唐滑稽。

十年前，還是高中生的俊國一反常態，顯得坐立難安而且不願開口說話，一副心事重重的表情，等那天確定會晚歸的父親等到半夜一點。

然後，趁母親不在時，向桂二郎坦承自己做了無可挽回之事。

從小便纖細但同時也大方沉著的俊國頭一次在桂二郎面前露出畏怯的眼神，令桂二郎感到事情非同小可，便要他老實說出做了什麼。

十五歲的少年犯下的滔天大罪？

桂二郎當下在腦海裡出現的，是竊盜和傷害事件這兩個詞。

無論如何，事情做了便已經做了。無論做了什麼，自己身為父親，都必須保護俊國。若犯了法，也只能立刻向警方自首，依法贖罪……

在極短的時間內，桂二郎的腦中閃過這些念頭。連公司的特約顧問律師的臉都冒出來了。但是，俊國毅然決然般自白的「無可挽回的大犯罪」，原來是親手交了一封情書給一名連話都沒有說過的、年紀比他大的女子。

「情書？裡面寫了什麼？」

桂二郎邊問邊飛快動念思索為何這會是「無可挽回的大犯罪」。心想，若是以威脅的語氣强迫對方與他交往，那麼這確實可能是犯罪行為。

「我寫十年後要向她求婚。」

俊國仍低著頭，唯有雙眼朝向父親。

又說，也寫了他在岡山爺爺家附近看到的「飛天蜘蛛」。

「飛天蜘蛛……？那是什麼？」

被桂二郎問起，俊國解釋得不清不楚。

桂二郎伸手按住俊國的雙肩要他冷靜下來，問：「給別人情書怎麼會是犯罪？」

「因為，她完全不知道有我這個人啊。而且，比我大很多……」

「大很多是大概幾歲？」

「不知道……我想她大概二十歲吧。」

當時被稱為跟蹤狂的犯行愈來愈多，不久前電視也才播出過專題報導。那是一部紀錄片，拍攝的是受害女子報案後直到犯人被捕的過程。那個犯人從高中便一直糾纏著一名女子。

我可能也會被當成這種人遭到警方起訴……

桂二郎與個子幾乎與自己同高的俊國面對面，露出安心的笑容，一屁股在地板上坐下。然後說，這種事還不算犯罪，要他放心。結果俊國問他用了假名也不算犯罪嗎？因為他用了須藤俊國這個名字。

這也算不上犯罪，不用擔心——說完，桂二郎露出笑容。

然而，第二天起，俊國便不再走正門，而是先小心觀察後門的動靜才小心翼翼地出入。

看來他是認為對方就住在對面，不能被看到。但是住在正對面的這一家人，卻因為突如其來的不幸搬走了。

桂二郎知道俊國不用現在的本名而使用生父的姓「須藤」，並非單單只有那一次。

因為他在俊國國二時，碰巧知道了俊國在課本背面寫「上原俊國」，但翻開之後的內側卻寫了「須藤俊國」。

倒不是所有的課本、筆記和其他東西上都寫了「須藤俊國」，但桂二郎在了解俊國內心的同時，也覺得難以捉摸，而自己總歸是無法回到青春期，若把這事看得太嚴重未免孩子氣，便裝作一概不知。

儘管桂二郎生性不拘小節，但兩歲起便當成親生兒子般養育的俊國，竟有背著所有人用須藤這個姓的時候，仍不免傷心。

然而，他將這些種種感傷牢牢鎖在內心深處，繼續與俊國當父子。

桂二郎認為對俊國的態度，並沒有因俊國偶爾使用須藤這個姓而產生絲毫變化。在這方面，他自認是能夠控制感情的人。

社長好可怕⋯⋯桂二郎知道這是年輕員工對自己大致的印象。

至於這是誰把員工的感想告訴他的，還是在什麼機緣之下無意間聽到的，桂二郎已經想不起了。

但就桂二郎所知，社長上原桂二郎無論是風貌、聲音、動作、談話的內容，一切的一切都令年輕員工敬畏有加。

大學時，只是靜靜地聽聽音樂，在餐廳裡吃東西，信步走在路上，都會被當時同在一起的朋友問：「你在生什麼氣？」

而且這種事不止一次。

「沒有啊，我一點也沒生氣啊。」

意外之下略感訝異地這樣回答的事也發生過好幾次。所以桂二郎當時經常端詳自己在鏡子裡的臉。

自己的五官的確不是容貌可人的俊男，但也不是電影裡會出現的典型壞人、那種一眼便令人緊張得不敢直視的臉。

雖然很難說是「儀表堂堂」，但也不至於討厭自己的長相。

眉毛很粗，鼻子不高但厚實，嘴唇也許上下都偏薄。

眼睛，既不往上吊，也不往下垂。左眼底下有一顆俗話稱的「愛哭痣」，有人認為這讓長相顯得討喜。

身高應該是日本人的平均身高吧。全身的骨架與祖父相似，很結實，但體重並不像骨骼推測的這麼重……

桂二郎客觀地為自己的容貌做了結論，換句話說，問題應該不在於五官，而是表情。

笑容很少……應該是這麼回事吧。

自己也是活生生的人，遇見好笑的事會笑，笑容也並沒有特異地扭曲歪斜。在人們一般會笑的場面，自己雖然沒有意識過，但可能笑的次數很少吧……也或許是自以為在笑，但表情還不到笑容的程度，反而變得像在生氣……

因此，有一段時間，桂二郎努力在與人交談時盡可能面露笑容。但持續不到十天。因為他討厭明明不好笑卻硬要笑的自己。

「自己就是自己。」

桂二郎認為心頭閃過的這句話值得奉為信條，便弄來高級和紙和大枝毛筆寫下來，但由於沒練過書法，紙上出現的字難看得連自己都大吃一驚，連忙撕了丟掉。

從此他便不再去想自己的長相，於十多年後得知了年輕員工對上原桂二郎這個人的印象。他半開玩笑地向董事赤倉雄市說起這件事，赤倉卻說：「員工怕社長才好。」

才二十八歲、當了四年社長祕書的小松聖司則是說：「我也是年輕員工，老實說，我還是會怕社長。不過這也是社長的優點，所以您還是別放在心上……」

桂二郎想起當時小松聖司那副詞窮的表情，不禁笑了笑。

自己這張要說冷漠也算冷漠、太過缺乏親和力、似乎令人備感壓力的臉，無疑是天生的五官造成的，但桂二郎則認為中學時發生的一件事，畢竟也造成了莫大的影響。

才剛上中學的時候，有個人登門拜訪。據說是祖父學生時代的好友。

祖父在浴室跌倒跌斷了膝蓋的骨頭，不得不長期住院，但住院期間，祖父堅決拒不復健，因此如醫生警告般，雙腿衰弱，在形同癱瘓的情況下出院。

「這把年紀了還鍛鍊自己的腿做什麼？我這輩子都在鍛鍊，我要從鍛鍊身體畢業了。只能躺著是會給身邊的人造成不少麻煩，但只要有人感到任何一絲麻煩，就送我去收容老人的機構。我從年輕起就不斷活動，不斷工作，維持自律。我累了，不想再活動工作自律了。」

這些話很有祖父的風格，全家人也都知道祖父是個言出必行的人。

於是，回家之後，祖父便展開臥床生活。正好在這時候，祖父一位舊制高中時期的同齡老友前來探望。

這位老人臨走前，看到在門口玩的桂二郎。

「你的長相很好。」他說。「只要鍛鍊你的心，將來還會更好。你要讓你的臉變成一張不是隨處可見的氣派的臉。」

老人只說了這句話就回去了。就這樣。老人看桂二郎的時間，僅僅只有一、二分鐘。

然而，「只要鍛鍊你的心，將來還會更好。你要讓你的臉變成一張不是隨處可見的氣派的臉。」這句話，大大地刻在當時讀中學的桂二郎心中。不知為何，他率直地想，好，我要長成一張氣派的臉。

話雖如此，他並沒有因為這句話而進行任何具體的精神訓練。只不過是大略知道人有長得好的臉、長得很氣派的臉罷了。

「你的長相很好。」

明白這短短一句話指的不是美醜而是相貌，桂二郎覺得自己幾乎整個人都得到了稱讚。

而與須藤潤介初次相見那一天，他也對桂二郎說了和老人同樣的話。

「你的長相很好啊。」

「我長得很凶，年輕員工都說很可怕。」

桂二郎這麼回答，心裡想著，須藤潤介才是有一張「好臉」。

須藤潤介身材矮小精瘦，頭髮稀少的程度與年齡相符，眉毛裡雜著白毛。

鼻子是日本人難得一見的高挺，但眼睛又小又細。感覺得出那雙眼不時含笑。但絕非取笑別人的笑，而是將對方的好壞都看在眼裡，並且雙雙予以包容的笑。

桂二郎心想，此時，須藤潤介位於岡山縣總社市A町河畔那個樸素的家四周，一定美極了。

美的，不僅是四周。只有兩間四坪房的木造老平房也很美。須藤潤介將與門口硬泥地相連的四坪房稱為自己的書房，在那裡擺了一張小書桌。書桌沒有抽屜，而是放了一具乍看像工具箱般，又可說是大儲物盒般的箱籠。書架則是在用來當作寢室的後側四坪房裡，上面一本教育類的書都沒有。

日本古典全集二十六冊。柏格森全集九冊。大漢和辭典。英和辭典。以及百科全書三十八冊和五位畫家的畫冊。

這些書總是在書架的同一個地方，書架上無論哪本書都沒有半點塵埃。

兩個房間裡，一件裝飾品也沒有。

須藤潤介每天早上會用掃帚與畚箕而非吸塵器打掃，再以抹布仔細擦拭榻榻米。睡前若看到任何髒污，會和早上一樣清掃一遍。

天花板、牆壁和柱子都舊了，而且一朵鮮花也沒有，但這整個屋內就是美。儘管確實是有些太過冷清，但屋內時常散發一股清冽之氣……

許久不見，桂二郎想再見見須藤潤介。已經兩年沒見了。

去年，得知他一直以石油暖爐過冬，便送了薄型電暖器。東西不貴，卻是世界知名的義大利品牌，這麼一來就算忘了關也安全無虞。然而，桂二郎一直對只送了東西就沒再問候感到後悔。

儘管再怎麼精神矍鑠，須藤潤介也已經八十歲了。雖然請鄰町的主婦每週兩天來幫忙打理雜務，但並非全天二十四小時都有人關心注意。

必須考慮到萬一發生什麼不測的情況。

桂二郎交代俊國要常打電話給爺爺，每晚可能做不到，但至少三天一次，俊國也把這件事放在心上，但他的工作經常加班，想打電話的時候常常都已經超過晚上十一點了。

須藤潤介每晚十點一定上床。

雪茄的長度只剩下四公分左右，桂二郎便擱在菸灰缸上，決定這個週末到岡山一趟。目前已排定了哪些事呢？明天必須見兩組客人。

後天……

「就是因為這樣，才會事事一延再延啊。」

桂二郎喃喃地說，拿杯裡的水澆了雪茄的火，刷了牙，進了寢室。

幫傭廣瀨富子會在早上七點半來到上原家。

富子年長桂二郎三歲，今年五十七，在上原家幫忙已經二十年了。有兩個兒子、一個女兒，二十二年前與丈夫離了婚，離婚五年後，前夫死了。兩個兒子都結了婚，但小女兒仍單身，現在與富子在公寓同住。

在上原家工作了二十年，該如何伺候桂二郎她瞭若指掌，飯的軟硬、菜的鹹淡、茶的濃淡……一切都了然於心。

桂二郎正在洗臉台前刮鬍子的時候，

「西裝要穿前些日子做的那一套咖啡色的嗎？」富子問。

「嗯。不過沒有適合的領帶啊。」桂二郎說。

「我事先挑了四、五條可能適合的……」

「不行，每一條都不適合。我不太相信領帶和西裝不搭調的人。所以，我對領帶也很挑剔。」

說著，他一身睡衣便來到廚房旁的大圓桌，看報，然後打電話給祕書小松聖司。雖然大可進公司之後再問本週的行程，但昨晚上床之後依舊莫名掛念須藤潤介，而且一直延續到早上。

雖然不喜歡打電話到員工家，但桂二郎還是認為叫富子打不如自己打。是他女兒接的，記得她應該是小二吧，說爸爸還在睡。

小松聖司的妻子立刻來接電話。

桂二郎說「不好意思，還在休息就來打擾」準備掛電話，小松聖司的妻子說本來就正準備去叫他起床。

隨即便傳來小松剛睡醒的聲音。

「社長，有什麼事？出事了嗎？」

「沒有，沒事。抱歉啊，你還在睡。我是想問明天起的行程。」

明天上午是與各分公司和營業所負責人的月例會，晚上要和S社的社長聚餐。後天沒有非要社長出馬不可的活動。大後天，傍晚六點起要出席T社會長的七七大壽壽筵……

小松報出一連串的活動。

「是嗎，這麼說，我後天早上到大後天傍晚都可以自由行動了。」

桂二郎告訴小松他後天要到岡山縣的總社市，請他安排後掛了電話。

「這沙丁魚乾真不錯。」

桂二郎邊吃早餐邊對富子說，又要了一碗豆腐味噌湯。

「沙丁魚乾是橫田先生送的。說是上好的沙丁魚去風乾的。」富子說。

「哦，他送的都東西很好吃。他們搬到他太太娘家附近，已經多少年啦？」

「好像是高知的四萬十川附近。」

「何止附近，他信上說就在四萬十川河邊，在一個相當上游的村子。」

光聽到岡山縣總社市，富子好像就明白了桂二郎的目的，便問俊國是否也要同行。

「不了，他應該有工作吧。我一個人去。」

「要在那兒過夜嗎？」

「這個，要去了才知道。」

富子便說那幫您收拾可以過一夜的行李。

吃完早餐時，迎接的車子來了，司機杉本按了三下喇叭。這是杉本的暗號。按三下，然後便在車上等候。

桂二郎找不到適合新西裝的領帶，便改穿藍細直紋的灰色西裝，走向停在門前的車。

正要上車的時候，冰見家的門開了，走出一名年輕女子。正想著從年紀看來，應該就是俊國十年前寫情書的對象時，女子說了聲「您早」。

桂二郎也道聲早，在令人不敢相信是四月底的强光和熱度中，脱掉了走出門時才剛穿上的西裝外套。

「這天氣好像夏初呢！」

冰見家的女兒說，視線朝向上原家敞開的大門。

「好美的庭院呀。」

「會嗎……內人亂種了各種樹，太雜了。」

桂二郎說。然後，為對方搬來時送的京都著名鹽漬昆布店的禮物道了謝，邊猶豫著不知該不該對十年前的不幸表達悼念之意，邊說：「十年前，好不容易成了對門鄰居，卻發生了意外……」

說到這裡，之後的話便含糊了。因為他覺得，事到如今，不應舊事重提。

冰見家的女兒為桂二郎的話道謝，笑著說：「我們讓房子變得像鬼屋似的，就這樣在上原先生這麼漂亮的家門前一丟就是十年……」

她究竟幾歲呢……外表看來大約二十七、八，但實際上也許超過三十了。

聽她說起話來乾脆俐落，以老派點的說法，算得上「俊俏」。是個相當有魅力的女孩啊。

也難怪十年前才十五歲的俊國對她一見鍾情，不顧一切地寫了情書給她……

桂二郎這麼想著，邊說：「哪裡的話。這十年來，屋裡雖然不曾亮過燈，但我下班回到家，一看到冰見家的房子，不知為何，總有放鬆的感覺。這麼好的房子很難得啊。」

「這是先父的精心傑作。」

桂二郎問了女子的名字。她說她叫冰見留美子，也說了是什麼字。

「我是上原桂二郎。以後也請多多指教。」

由於是早上上班時間，不便耽擱她太久，桂二郎便點頭致意，上了車。冰見留美子說：「小心慢走。」

然後邁步走向通往車站的路。

車子已經開動了，但桂二郎打開車窗本想說話，卻從照後鏡中發現司機杉本正看著自己，便沒說，直接關上了車窗。

「真是不錯。最近很少看到那麼清麗的女孩了。」

桂二郎對杉本說。

明年就要滿六十歲退休的杉本，說了一個女明星的名字，表示剛才那位小姐和那位女明星年輕時很像。

桂二郎沒聽說過這個女明星，便問她演過什麼電影。

杉本舉了戰後上映的幾部電影，說：「可是，我想現在沒有人記得她了。她只在五、六部電影演過配角，後來就默默消失了。」

「哦……這樣你竟然還記得啊。」

「我是她的影迷。有一部電影，她的戲份頂多才五、六分鐘吧……可是，才一眼我就成了她的影迷，還去問電影公司她的藝名。」

杉本說，因為電影一開始雖然會打出工作人員和卡司的名字，但看不出只有兩、三句台詞的演員是哪一個。

「那是昭和三十年（一九五五）左右的時候。」

「杉本先生是昭和十六年（一九四一）生的吧？」

「是的。」

「那麼，杉本先生就是在十四歲的時候對那位女明星一見鍾情了？」

「是啊，是個滿臉青春痘的早熟小鬼。」

「那位女明星當時幾歲？」

「二十歲。」

「這也是你去問電影公司的？」

杉本說是的，她出現在銀幕上的時間實在很短，所以他在電影院坐了整整一天就為了多看她幾眼。說完，他伸出一隻手頻頻摸後腦。

「哦……沒想到杉本先生也曾經這麼青春啊。」

桂二郎笑著，想起自己高中時，也曾經愛上義大利老電影裡的少女，同一部片看了三次。那個少女只出現在某其中一幕，而且頂多才三十秒。桂二郎連她叫什麼名字都不知道……

「那位女明星和剛才那位小姐有那麼像嗎？」桂二郎問。

「很像。看到她的臉，我嚇了一跳。」杉本說。

「四十五年都沒看到的女明星，到現在你還把她的長相記得那麼清楚，真厲害。這就不是淡淡的愛慕了，你當時一定很為她著迷吧。」

照後鏡裡出現了杉本羞赧的笑容。杉本的第三個孫子應該就快出生了。

只要是杉本開車，桂二郎都坐得很放心。

開車這件事，無論是走在塞車的市中心也好，還是走在高速公路上，桂二郎都認為有「流」這個東西。這個流究竟是怎麼生成的他不知道，但開車不順著這個流就會失去平衡，陷入一種莫名的不安之中。

桂二郎認為這不是車速過快過慢的問題，該如何邊保持自己的步調邊順著這個流走是取決於駕駛技術之外的「什麼」，而杉本作為司機的這個「什麼」是值得信賴的。

杉本休假時，會由總務部的年輕人代他開車，但即使因為社長就坐在後面，年輕人開車小心謹慎得無以復加，還是會與那個流不太協調，而使桂二郎感到異樣的疲累。

不是感覺而已，實際上也真的會累，一回到家，身體就因煩躁而處處沉重僵硬。

所以桂二郎很希望不顧公司規定，請杉本再繼續為自己開兩、三年的車，但杉本似乎非常渴望退休。

他最近才知道，原來親自走一遭松尾芭蕉的「奧之細道」是杉本多年來的夢想。而且不是開車、搭電車，而是用自己的雙腿去走。

到了公司，一進社長室，桌上已有堆積如山的報告。聯絡事項也有十二件。其中也包含哥哥總一郎打電話請祕書室轉達的事項。

——令兄請問：能否介紹了解越南現況的人——

紙上這樣寫。

上原工業當初決定由弟弟桂二郎繼承時，哥哥總一郎在大學鑽研物理，但他半路改變研究主題，研究名為「渦蟲」的生物，現在在九州的大學當教授，擁有自己的研究室。

桂二郎不清楚「渦蟲」是種什麼樣的生物。據說是淡水生物，棲息於河川、池塘、泥沼底部，身長約三點五公分，寬約四公釐。桂二郎曾聽哥哥說過，只知道這「渦蟲」最大的特徵便是從身上切取一小部分，那一小部分也能再生為完整的個體。

這個人不愛講話的程度，令人真心懷疑他是否懂正確的日文，而且他也不擅交際，要是做弟弟的不主動聯絡，兩、三年都會不通音訊，只有在有事相求的時候，才會寄來一張只寫了事情的明信片。

桂二郎不止一次懷疑如此欠缺社會協調性應該算是一種異常，儘管總一郎是自己的哥哥，卻也不想和他來往。

「不必找我，了解越南的人，老哥身邊要多少有多少吧。」

桂二郎把寫了哥哥留言的紙揉成一團扔進置紙簍，卻想起了有朋友在外務省，還有一個大學時代的朋友在報社工作，四、五年前結束越南外派回國時，曾經在同學會上照過面。

桂二郎取出記事本，打電話到哥哥的大學研究室。鈴聲一連響了十次，正想掛掉時，傳來一個年輕男子的話聲。

對方說請稍等，桂二郎便將聽筒抵在耳朵上邊等邊看其他聯絡事項，但過了將近五分鐘，除了腳步聲之外什麼都沒聽到。

正當他不耐煩想掛電話時，剛才的男子說：「教授說他現在在忙。」

請轉告他他弟弟來電……桂二郎按捺著怒氣這麼說完，只想摔電話，大罵：「你自己想辦法吧！混帳！」

接電話的男子多半是哥哥的助手或學生吧。那種人似乎都生活在與社會絕緣的地方。自己有事託別人，竟然以一句「現在在忙」打發，這算什麼？會教人這樣回話的哥哥有問題，讓人等了足足五分鐘之後，直接覆述這句話的年輕人也很有問題……

「書都念到哪裡去了！」

桂二郎為了發洩怒氣，故意放聲大罵，邊罵邊拍自己的辦公桌。

小松聖司敲了社長室的門進來，說已經訂了好前往岡山的飛機。

「需不需要我一道去？」

「不了，不用。我一個人去。」

「考慮到當天來回和住宿一晚的可能，訂了兩班飛機。隨時都可以取消。社長如果要留在那裡過夜，是住倉敷市內嗎？」

倉敷市距離總社市須藤潤介的家約有三十分鐘的車程。

「是否也要預約倉敷的飯店？」

小松問。

桂二郎曾一度與俊國一起在高梁川畔的須藤家過夜。

高梁川河面寬闊，水量也很豐沛，是一條水質清澈的河。即使在雨後，河水也幾乎不會混濁，處處可見水鳥在水面停留，也有人乘著小木舟撒網捕魚。

只是，隨時擁有豐沛的水量，也代表大雨之際有洪水氾濫的可能，所以兩側河岸均以高高的堤防加以防護。因此從堤防上眺望河岸人家，感覺似乎家家戶戶的屋頂都在自己腳下。

從民宅多的河岸往上游走，凸肚臍般微微隆起的山丘點在，堤防也漸漸愈來愈低。

町的西北部，伯備線、國道一八〇號線與高梁川三者匯聚之處，已經難以判斷究竟是否仍在總社市內或是已進入鄰市高梁市，從此處再往西北，然後略向西行，便是須藤潤介家。

要說群山環繞，那兩座山未免也太過嬌小，交通雖不至於不便，但此處蜿蜒的高梁川更加清澈，河畔草原水草茂密，雖可望見伯備線的單線鐵軌與小小的平交道，但國道在那裡轉了彎，所以除了大型沙石車或聯結車的車頂，其他的車無法進入視野。

潤介家右側種了許多柿子子樹和無花果樹，是住在潤介後側鄰居的。左鄰則是一對於倉敷市水利工程公司上班的中年夫婦，擁有祖先代代相傳的田地。那塊地位於這三戶人家與高粱川之間，一到四月，油菜花便會在連接田與田的農路上同時綻放。

桂二郎在須藤潤介家過夜，是四年前後國大學畢業那一年的四月。

桂二郎原打算見面寒暄之後，便獨自由岡山機場回東京的，但看著水鳥母子在油菜花圍繞的高粱河畔戲水看得忘了時間，無論如何都趕不上飛機，便在潤介相勸之下住下來。

在須藤潤介家那個安寧之夜，令桂二郎難以忘懷。

伯備線的最後一班車只怕早已駛向遙遠的另一個城鎮，但宜人的旋律卻仍留在桂二郎心頭，他感到不可思議，悄悄來到戶外，只見月光下，一隻水鳥正在水面上滑翔。

那隻水鳥不知是受了什麼驚嚇，還是只是睡昏了頭，低低滑翔後驚慌失措地返回水面，然後靜靜地回到牠原先所在的水草叢中。不過就是如此短暫的一小段情景，至今卻仍經常因為某些小事而在心頭重演。

在那之前兩個月左右妻子走了，辦完了七七法事，當時桂二郎的心也逐漸趨於平靜。

葬禮當天，沒想到須藤潤介竟隻身前來，桂二郎身為喪主，在回應其他衆多弔客的弔唁之辭的同時，想著至少要讓俊國送他到羽田機場，但潤介不知何時便自葬禮會場消失了。

為了直接見面為此事道謝，桂二郎與俊國一同前往潤介家。

在水鳥夜半滑翔高梁川所留下的漣漪，與伯備線迴盪於心頭的火車聲中，桂二郎想起妻子去世前兩週微笑著說的話。

「誰教你都不碰我的胸部呢……」

不知從哪裡聽說最先發現乳癌小腫塊的泰半都是丈夫或情人等男性而非本人，妻子便開了這個玩笑。

明知是玩笑而非責怪，但這句話仍令桂二郎萬分愧疚。

若站在須藤潤介家門前，還能看到深夜睡昏頭的水鳥滑翔嗎……伯備線的最後一班車仍會在心中奔馳，久久不去嗎⋯⋯

月光下的水鳥也好，電車聲也好，都勇往直前，奔向不是自己的世界的另一個地方——桂二郎這麼想。

讀了報告，看完裡頭所記載的詳細數字，桂二郎想起前天筵席上一位自始至終均以「為何辛苦為何忙」為話題的實業家那番不全然是酒席戲言的話。

他笑著說「我賣命工作就是為了擁有好女人」。而且他所謂的「好女人」是專指性方面。接著，他開始具體談論何謂性方面的好女人，遭到熟識的藝妓和女侍反駁，與她們展開愉快的爭論。

其實不僅在筵席上，最近與桂二郎同輩的男人，動不動就會談到自己到底是為了什麼如此奮鬥。

或許是到了思索這些的年紀吧，像是工作開完會，或是在高爾夫球場上從一個洞走到下一個洞的路上，有的人會神情凝重，有些人則是自嘲般說起為了什麼奮鬥，問起「上原先生，你呢？」尋求回答。

桂二郎總能毫不遲疑地回答這個問題，他有他的理由。

那便是「為了自己的生活」，更是「為了員工們的生活」。除此之外，他想不出任何理由。

既然上天賜予自己生命就必須盡力去活，而在上原工業服務的員工應該也是如此。想必每個員工都上有年邁的雙親，下有妻兒吧。人人都懷著各自的苦衷煩惱，靠著自上原工業賺取的薪資生活。還單身的員工遲早會有建立家庭的一天。每個員工背後，都存在著另一個人，或是兩個人，或是五個人，也許還更多。

為此，上原工業必須生產、販售大大小小的鍋具和廚房用具，並賺取利潤。為了賺取利潤，社長有社長該做的工作。員工們也有各自的責任、義務與工作。每個人都盡本分做好自己分內的工作。所以，昨天工作了，今天也要工作，明天也必須工作……

對桂二郎而言，這是再理所當然也不過的道理。

但是，為了不讓這理所當然之事遭遇困難，必須在「經營」上運用智慧與技術。鍋具在成品上幾乎沒有差異。其他同業的產品既不比上原工業的高明，也不差勁。

而這些廚房用具決非要價不斐，而且，也不是一再買了就丟、丟了再買的東西。

正因如此，「經營」本身嚴格的合理化是公司的命脈。

由於桂二郎有這種想法，在僱用方面慎重得不能再慎重，選擇外包工廠時，對於技術與品管的要求仔細到了冷酷的地步。

但是，與上原工業的關係一旦成立，無論是個人還是外包工廠，上原工業都會負責……這是身為經營者的上原桂二郎從不曾宣之於口的對自己的承諾。

對董事、常董和扛起業務重責的人，也不曾當面提過。

對哥哥和接電話的年輕人還餘怒未消，桂二郎對祕書小松聖司說：「當天來回太累了。幫我預約倉敷的飯店。」

須藤潤介多半會勸他若是時間許可就住下來。而且，也一定會幫忙安排餐點和寢具。這樣太勞煩一位八十歲的老人家了。

桂二郎這麼想，看了看表。十點半。現在拜託京都那家料亭的老闆娘，也許願意趕在後天傍晚之前幫忙做兩種棒壽司。

請堂堂料亭的板前師傅做不是在店裡吃的棒壽司，說失禮確實失禮，但位於八坂神社往東不遠的這家料亭「桑田」的老闆娘和桂二郎很投緣。

「桑田」的老闆娘本田鮎子與桂二郎同年，據傳，她嫁到本田家以小老闆娘之姿首次見客時，平日見慣美貌老闆娘和藝妓的財界貴客因她過人的美，震驚得一時之間誰也說不出話來。

她細心熨貼，聰明伶俐，隨口開的玩笑婉轉含蓄，桂二郎到大阪分社時一定會帶著分社長和客戶老闆前往「桑田」。

「桑田」的棒壽司是料理與料理間中場休息時，端出來不起眼的一小片壽司。因為是稍事休息，切得並不厚。雖然薄得很不過癮，但每次吃到，桂二郎不禁都要讚嘆：「真好吃。」

老闆娘鮎子總是開玩笑地質問桂二郎。諸如，好歹偶爾也稱讚一下主廚精心做的主菜呀！或是，社長就只會稱讚為了墊檔的一小片棒壽司。

儘管老闆娘的工作都到很晚，但桂二郎認為那位精力充沛的「桑田」老闆娘應該已經起床了，便打電話到本田鮎子家。

光是一聲「喂」，鮎子就聽出是桂二郎，以含笑的聲音說：「好的好的，要棒壽司是吧。這次該送到哪裡去呢？」

「要天下聞名的『桑田』特別做棒壽司真是過意不去……」

「還說呢，我們店裡能博得社長一聲好的，明明就只有那一項而已。」

鮎子說。

「去年請你們送到……」

桂二郎才起個頭……

「岡山的總社市？」

鮎子便這麼問。

「嗯。能麻煩嗎？如果可以的話，後天傍晚送到就再好不過了。」

鮎子說現在有指定配送時間的宅配服務，後天傍晚送到的話時間上綽綽有餘。

「雖然是加了醋的東西，但也絕對不能有什麼萬一，這方面我會要師傅多費點心思的。」

「不好意思啊。要兩條鯖魚，兩條穴子魚。不，各三條好了。不過就只有我和兒子的爺爺兩個人吃就是。」

鮎子也知道桂二郎的家庭狀況。

「那麼各三條太多了。還是各兩條吧？與其剩下，不如意猶未盡。」

「說的也是。那麼好吃的東西，剩下就太可惜了。那就各兩條好了。」

說完，桂二郎問起鮎子的丈夫的近況。

「天曉得他都在忙些什麼呢……他那個人呀，什麼忙都幫不上，只知道風花雪月。」

鮎子笑了。

除了招待客戶，每年十二月中，桂二郎也會固定與妻子同去「桑田」。明明每年只見這麼一次面，妻子卻與鮎子十分契合，不知何時兩人竟成了知交，經常通電話聊上半天，只要鮎子為公事上東京，兩人便會單獨約出去吃飯。

妻子曾向桂二郎提過，「桑田」第三代的繼承人，也就是鮎子的丈夫，把店交給能幹的妻子，一頭栽進自己的嗜好，卻沒提到那是什麼嗜好。

鮎子似乎把自己夫婦的煩惱毫不隱瞞地告訴了桂二郎的妻子。然而，桂二郎不知道這兩位投契的女士都聊了些什麼。也沒想過要向妻子詢問鮎子的家庭問題。因為他總覺得這麼做於禮不合。

「真好。可以把一切交給能幹的美麗妻子，專心在自己的風花雪月裡……真教人羨慕啊！」

鮎子只是以笑回應桂二郎的話，便改變了話題，說滋賀縣有一家很好的高爾夫球場，只要拜託那裡的理事長，可以拉開與前後組客人的間隔，安排兩人單獨打球，所以問桂二郎要不要去那裡打球。

「來場一個洞一個洞比的逐洞賽。」

「你又想洗我的臉了。要是你肯讓我幾個差點我就打。」

「阿桂就算再怎麼差勁也是男人，怎麼能讓呢。是你要讓我這個女生才是常識呀！」

「別鬧了。要是讓你，我豈不是十八個洞全輸。那我就太可憐了。」

「誰教阿桂的高爾夫球真的打得不好呢。」

「是小鮎你太厲害了。你的高爾夫球太精準，不會出錯，實在不可愛。你要打得更令人憐愛才行啊。」

下次去大阪，我晚上就住京都的飯店，你再帶我去那個高爾夫球場——桂二郎說完掛了電話。

桂二郎一和鮎子開始聊，小松聖司便離開社長室回到自己的辦公桌，看社長掛了電話，才又進了社長室，報告原訂於三天後舉辦的T社會長七七大壽壽筵取消了。

「聽說中風病倒了，無心慶祝……」

桂二郎立刻交代送禮過去，心想，這樣三天後就和黏子去打高爾夫球吧。

過了兩天，桂二郎自羽田機場來到岡山機場，上了計程車告知地點後，請計程車司機走山陽自動車道轉岡山自動車道，再從總社交流道下高速公路。

從機場到總社市，其實不必繞遠路走高速公路。有路穿過低矮的山間與國道相連，走這條路也不必付高速公路過路費，但桂二郎喜歡岡山自動車道自倉敷往北的這段景色。而且他喜歡的就是出了邃道之後出現在車窗左側那一瞬間的風景。

因為是高速公路，不能停車好好欣賞。別說停車了，連減速都不可得。所以桂二郎喜歡的這片風景，就時間而言短短五秒便結束了。

計程車一從山陽自動車道轉入岡山自動車道，桂二郎便搖下了後座左側的車窗。

那片景色應該就要再度出現了，會和以前一樣嗎……

桂二郎不由得摒息以待，請司機在穿過邃道時，稍微減速盡可能靠左側車道慢慢行駛。

司機沒問理由，只是照做。桂二郎喜愛的風景出現了。

從地圖上看，那裡是總社市東側一角，兩座渾圓低矮的山——與其說是山，不如說是衆多樹木的隆起，遠處也有類似的山丘點在。河就在眼底流淌。這條河自田地中穿流而過，流往矮山。民宅稀稀落落，蛇行的河映照著日光，使兩岸朦朧微暈，河的深藍愈靠近山腳愈黑愈細，波光閃閃地朝著鄰近的山腳下蜿蜒而去。

還沒數清河岸有多少民宅，這片風景便被另一座矮山遮蔽，看不見了。

「都沒變呢。從這條高速公路上看，真是一幅美麗的田園風景。」

桂二郎對計程車司機說。

「因為這條高速公路蓋在地勢高的地方。」

司機說，「從高處看，什麼都很美。」

他的話裡帶著怒氣。

「我頭一次來的時候，還沒有這條岡山自動車道，從田裡往東側看，開朗寬闊，低低的群山可愛極了。」桂二郎說。

「那條小河畔比高梁川更美。在旁邊就可以看到裡面的魚。讓人由衷讚嘆吉備路真是個美麗的地方。」

現在那條河的河邊，到處散亂著菸蒂、塑膠袋、飲料空罐，去散步都會一肚子火——司機說。

「你住總社市嗎？」

桂二郎一問，司機回答自己來自鄰近的賀陽町，但妻子的娘家在總社市，以前放假的日子都會帶孩子到那條河撈魚。

車子下了總社交流道，開上通往伯備線總社站的路。南側是大片大片的田。俊國每次來玩，祖父潤介一定會陪他到那片田地，放他親手做的大風箏。俊國和祖父放風箏的時候，還沒有岡山自動車道這條高架高速公路。

通往車站的路上車很多。計程車前後都是載滿沙石的聯結車，不斷吐出黑煙，桂二郎便關上了車窗。

司機朝南側和北側指了指，說高梁川的上、下游都蓋了沙石場，從早到晚高梁川兩岸都有載沙石的聯結車頻頻來去，河畔的老房子整天晃個不停。

「可是高梁川還是很乾淨。要是哪天那條河也不清了，日本的山河就完了。」

車站附近多了一家大大的柏青哥店，在小鎮裡顯得實在太過突兀。

「這柏青哥店還真是給人天外飛來大殿堂的感覺啊。」

桂二郎低聲說，但司機只是苦笑，什麼都沒說。

經過總社車站，駛過前往高梁川的路，一進通往河岸的路，便如司機所說，聯結車變多了。但水草茂密、浮洲點點的高梁川水流豐沛清澈依舊，水鳥母子在水面上列隊而行。

載運沙石的聯結車並沒有經過須藤潤介家門前，而是走新開的道路，來到堤防變矮、高梁川分岔的地方，再向北，高架上的岡山自動車道也被山擋住看不見，出現了油菜花盛開的寧靜山里。

「就是那裡。請停在中間那戶門前。」

桂二郎一這麼說，司機便問：「咦？原來您要去須藤老師家？」

看他年紀應該不到四十，也許是須藤潤介的學生，桂二郎便這麼問，司機回答自己的妻子是須藤老師的最後一屆學生，停了車，走到須藤家門前。

「老師，有客人找您！」

司機把門開了一道縫這麼說，然後歪著頭，繞到屋後。

前天晚上，桂二郎曾打電話通知潤介，說要到倉敷市洽公，想順便過去打聲招呼。為的是怕若說特地前往，可能會害潤介費心耗神猜想他所為何來。

「是不是不在啊。」

司機這麼說，要往高梁川河畔走，桂二郎制止了他，說門沒上鎖，想必不會走太遠，自己也不急，就在這裡等，然後付了車資。

多麼燦爛的油菜花啊……能夠從潤介打掃得乾乾淨淨、卻又並非特別工整的屋前小庭院眺望這片油菜花，是多麼奢侈的一段時光啊……因為心裡這麼想，桂二郎巴不得司機早點離開。

桂二郎在一塊坐起來很舒適的圓庭石上坐下，取出木製雪茄盒，裡面有兩根又粗又長的雪茄。他帶來了兩根不同品牌的雪茄，那麼，這只能以春光明媚來形容的正午，適合抽哪一根呢？他從雪茄盒裡取出兩根雪茄，分別聞了香味。他選了 Bolivar 的 Royal Coronas，以微風扶搖的打火機火苗點著，等前端的灰燒到三釐米長，才將第一口吸入肺裡。

平常他原則上是不會吸進肺的，但雪茄順利點著，燃燒的情形又很理想，忍不住想讓肺品味一下。

遠遠地傳來聯結車行駛的聲音，但不至於擾人。

雪茄有著沃土的味道。使得距離二十步之遙的油菜花群釋放的香氣更加濃郁。

在高速公路上看到的那條河，桂二郎心想，記得是叫足守川。是嗎，原來那條河畔散亂著菸蒂、飲料空瓶和塑膠袋啊……高梁川的上下游都在開採沙石，可愛的小山遭到挖掘，美麗的河流也要被污染了嗎……

地方小鎮蓋起了巨大柏青哥店那種毫無品味可言的建築，掛起了名為消費者金融實為高利貸的招牌，自動貸款機林立……

「我好像也有點累了。」桂二郎向死去的妻子說，「我要死的時候，也想死於癌症。你所嚐過的苦，得知死期不遠的心境，我也要一一體會，我也想和你一樣，跨越死亡的那一瞬間。我到底幾歲會死呢？」

桂二郎是第一次像這樣和亡妻說話。

但是，一直到那一刻來臨之前，我必須努力活著，努力工作。的確覺得累，但對工作的鬥志卻絲毫不減。

公司的業績並沒有顯著的成長，但在當前不景氣的時勢之下已可謂十分順遂。萬一發生了意想不到的不測，公司面臨了危機，他也隨時有奮力一搏的準備。像這種時候，自己一定會奮不顧身，使出所有的體力、智力、精神來重建公司吧……

「誰教我只有工作呢。既沒有所謂的興趣，也沒有讓我心動的女人。更沒有不遠千里也要一嚐的老饕味蕾。酒也是……現在喝了兩杯double的威士忌，就不想再喝了。自從去年五月那次高爾夫以來，右背那一帶，也不知是肌肉還是神經，或是其他的，變得好痛。可能是所謂的肋間神經痛吧……明明打得不好，卻想把球打得更遠，結果把整個背扭過頭了。誰教我平常不練習，連暖身也是徒具形式……自作自受啊。」

桂二郎心想，但願潤介不會在雪茄抽完前回來。他不想中途熄掉味道這麼好的雪茄。雪茄一旦熄掉，味道就會遜色很多。

而會覺得雪茄味道這麼好，多半代表此刻的身體和精神都狀況極佳……

抽了將近一個小時，雪茄已經短到再抽就會燙傷嘴唇，而須藤潤介彷彿在哪裡看準這一幕般現身了。

他從高梁川上游，從桂二郎所坐之處北側遠方的田裡，以令人不敢相信是八十歲的腳步走來。

桂二郎將短短的雪茄在攜帶式菸灰缸裡捻熄，站起來，向遠處的潤介行禮。潤介也站定，好似個一板一眼的年輕軍人般回禮，但雙方的距離甚至都還看不清彼此的表情。

明白潤介的健康並不像自己一直暗自掛念般需要擔心，桂二郎露出笑容，朝油菜花走去。

潤介說他去採山菜。

「看您精神這麼好，真是太好了。」

桂二郎和潤介同時說了同一句話，又一次深深行禮。潤介的塑膠袋裡，裝的是剛摘來的山菜。

「本來打算在你抵達的時間前回來的，可是我找山菜時把眼鏡給弄掉了。」潤介說。

不戴眼鏡，便無法分辨是一般的草，還是可食用的山菜，不戴眼睛，也看不到掉落在山坡上草木叢生之處的眼鏡。

潤介這麼說，然後笑了。

「啊，當下真是不知如何是好啊。你在倉敷的工作已經結束了嗎？」

「雖說是工作，也只是跟人見個面，開個小會而已。明天再去就行了。」

桂二郎這麼說，潤介便開了門，勸他若方便，不如今晚就在這個家過夜。

「雖然寒蠢了些，你也知道的。」

潤介說，他早就準備好要做山菜天麩羅。

「就只差山菜這個主角，所以我就去摘了。」

桂二郎進了屋，在硬泥地上邊脱鞋邊朝八十歲的潤介獨居的簡樸屋內打量。以紙門相隔的兩個四坪的房間，和桂二郎初次造訪時一模一樣，沒有任何變動。

沒有抽屜的書桌也好，放置文具的盒子也好，擺放的位置沒有一分一毫的移動。老榻榻米一塵不染，門檻、柱子也擦得光可鑑人。唯一的改變，就只有放在牆邊那台桂二郎送的薄型電暖器。

「現在還得開暖氣嗎？」

進了房間，桂二郎邊往給他的座墊上坐，邊指著電暖器問。

「夜裡氣温低得出乎意料。桂二郎你送的這台電暖器，真的非常實用。多虧有這台電暖器，我這個冬天過得很暖。」

潤介在廚房燒水，泡了茶。

「您上次非常捧場的鯖魚和穴子魚棒壽司，應該傍晚會送到。我已經拜託京都一家料亭的老闆娘了。她們的棒壽司配上當令的山菜天麩羅，真是絶佳組合。」

「哦，那真的非常可口啊！還能吃到那麼好吃的東西，不枉此生啊。」

不枉此生這句話出自潤介之口，不禁令人有讚頌燦爛生命之感，桂二郎決定領受潤介的好意，今晚在此打擾，便從手提包裡取出了手機。

那是小松聖司幾近强制地要他帶著的，但他平常不會開機。只有在自己要打電話的時候才打開，打完電話就關掉。

小松說，這樣替社長辦手機就沒有意義了，請社長至少要學會怎麼聽取留言。他教了好幾次，但桂二郎明明按照他教的按了鍵，螢幕上出現的卻淨是他無法理解的幾則畫面，從來沒有成功聽到他要聽的留言。

何必這麼麻煩，一通電話打給小松聖司，問他有沒有急事快多了。

再說，小松不在桂二郎身邊的場合都是不需要祕書的時候，不是下班後、假日，就是像今天這樣的私人行程。

「您順利抵達了嗎？」

手機裡傳來小松的聲音。

「飛機有沒有晃？」

「有一點。不過，在半空中，而且又用那麼快的速度飛，當然會晃。飛機飛得太平靜，我反而覺得不對勁。會想到暴風雨前的寧靜這句話。」

桂二郎說要在須藤家過夜，要小松取消倉敷的飯店。

「那麼，我也會聯絡富子女士。」

小松提到上原家的幫傭，然後說目前沒有必須向社長報告的事項。

桂二郎掛了手機，也關了電源，把手機放回手提包裡，心想，其實也不必特別通知富子。

兩個兒子都出社會，搬出去住了。妻子也不在了。自己一、兩天不在，非知道自己的行蹤不可的，也只有公司裡一小部分的人。

這樣固然輕鬆，但多少會感到孤獨。說孤獨太誇張了。也許應該說，有一種無根之草之類的厭世感悄悄探頭……要說孤獨，遠比自己孤獨的老人就在眼前……

桂二郎邊這麼想，邊看著潤介的臉一。他雙手捧著茶碗，正品評自己所泡的茶般喝著茶。

看他兩鬢邊的老人斑似乎增加了，但氣色很好，臉本身也不見鬆弛。背脊也很挺，雙手的動作也很敏捷。

「身體有沒有哪裡不舒服呢？」

桂二郎邊脫外套邊問。

「天冷的時候，這裡的神經痛會發作，有時候半夜會痛醒，但一到春天就不痛了。」

潤介摩挲著右膝說。須藤潤介說他在就讀舊制高中時是劍道選手，在一次比賽中扭傷了右膝。本來都忘了曾經負過這樣的傷，但到了五十多歲，舊傷竟成了神經痛的老毛病。

須藤潤介於一九二〇年，大正九年生於岡山縣。父親是論語研究的知名人物，終生奉獻於教壇。潤介自京都的舊制高中畢業後，在當時電機方面最好的大學進修，畢業後任職於舊財閥旗下的電器製造廠，但經人勸說，改投海軍省通信部門，以海軍技術將校的身分在南方海域上迎接了終戰的那一刻。

回國後之所以成為東京某高中的物理老師並非時勢所趨，而是出自潤介强烈的意願。然而，戰時到戰後這段時間的事，潤介都不太願意提起。

昭和四十年（一九六五），四十五歲時，受當時岡山縣教育方面身居要職的人物所請，回到出生的故里擔任小學老師。

當一介老師未免太埋沒人材，潤介受到擔任各種要職的强力邀約，但直到他屆齡退休為止，都堅持站在教壇上教導當地的小學生。

桂二郎是戰後出生的，並不知道身為軍人擁有什麼樣的精神內在。當然，陸軍與海軍想必大不相同，但猜不出既非一般士兵，也非指揮官，而是服務於通信這個特殊部門的技術將校參與了什麼樣的戰事。

但，接觸過幾本海軍相關書籍之後，他似乎能夠明白須藤潤介那應該不是光憑劍道訓練出來的君子之風。

「您戒菸了嗎？」

桂二郎記得以前來拜訪的時候，潤介的確曾抽菸，便這麼問。

「有一天就突然不想抽了。」

潤介說，以真抱歉沒注意到的神情，從後面的四坪房拿了菸灰缸過來。

「不不不，我也戒菸了。改抽這個。」

桂二郎從脫掉的外套的內口袋裡取出雪茄盒。

「我戒了紙菸，改抽雪茄。晚上睡前只抽一根。有時候也不抽。剛才在那裡等須藤先生回來的時候，邊賞油菜花邊抽了一根。」

潤介朝桂二郎的雪茄上標示品名的標籤看了一眼，說：「是Montecristo的Corona啊。」

「哦，您知道啊。竟然光看標籤就知道……」桂二郎驚訝地說。

「有個時期我抽哈瓦那的雪茄。是海軍時代了……我的長官在英國生活了很久，是他喜歡。」

偶爾陪這位長官抽雪茄，抽著抽著，自己也不知不覺上了癮。戰後，在橫濱一家菸具行找到了那位長官喜歡的荷蘭雪茄公司生產的哈瓦那雪茄，但實在太貴買不下手，倒是在神田的舊書店裡買了碰巧翻到的一本雪茄的書。

潤介這麼說，然後笑了。

「當時，那實在不是一個小小高中老師買得起的東西。不過，多虧了那本書，我對雪茄也多少有些了解……Montechristo 這個品牌是什麼時候才出來的啊？當時古巴和美國交惡，所以我記得古巴自行生產的品牌並沒有進口到日本來。Davidoff 和 Dunhill 用的都是哈瓦那產的菸葉。」

潤介說，在神田的舊書店買到的那本書，在搬回岡山時不知道跑到哪裡去了。

「須藤先生在東京擔任高中老師，為什麼回故鄉之後卻成了小學老師呢？之前我就一直很想請教。」桂二郎說。

「一開始人家是請我當高中老師，我也是這個打算。不過，因為有點想法，所以硬是拜託讓我到小學任教了。」

潤介只說了這些，卻不提「有點想法」是什麼樣的想法。

桂二郎還有另一件事想問潤介。那便是俊國十年前親手交給比自己年長的冰見留美子的情書裡寫的，「飛天蜘蛛」。

俊國對桂二郎說，他在爺爺家附近的田裡玩的時候，有很多蜘蛛從眼前朝空中飛去。

當時，桂二郎以為那是俊國童話般的妄想，聽過就算了，但知道冰見家的人搬回來的時候，不知為何十年來都不曾想起的「飛天蜘蛛」這幾個字又在桂二郎心中復甦。

桂二郎將俊國十五歲時的情書事件告訴了潤介，說：「他很堅持他真的看到了，說蜘蛛在天上飛……」

「是啊，蜘蛛會飛，是飛天蜘蛛。歐洲把這個現象叫作gossamer。」

潤介拿出紙與鉛筆，寫下「gossamer」。

「在東北地方，據說是叫作『迎雪』（雪迎え，yukimukae）。自古相傳一發生這個現象，緊接著雪季便會到來，因此而取名為『迎雪』。」

潤介說，雖說是飛，但不是像鳥類那樣飛翔，而是靠自己吐出的絲作為浮力飄動。

「蜘蛛在空中飛舞是為了擴棲息範圍的本能行為，一旦遇到理想的氣象條件，蜘蛛便會屁股朝天來吐絲。不是只吐一條。一次吐個三、四條……長度從四、五十公分到二公尺左右。這些絲順著風，再利用與地表有溫差的上昇暖空氣，抓住飄起的絲乘風而行。」

「哦……」

桂二郎的腦海裡，驀地裡浮現了無數小小蜘蛛在嚴冬正式來臨前短暫回暖的田中一齊登高而飛的模樣。

「那是哪一類的蜘蛛？」

桂二郎懷著肅然起敬的心問。

「幾乎大多數的蜘蛛都有這種習性。」

「大多數的蜘蛛嗎？」

「像狼蛛這種大型毒蜘蛛就不知道了，但棲息於日本的蜘蛛的話，像是綠鱗長腳蛛、花蟹蛛、星豹蛛……」

潤介說這些蜘蛛只要到山野、田地或濕地用心找找，都不難找到。

「像かげろう（kagerou）這個詞，現在是用來形容因為太陽的熱度而使風景看來在蒸氣中搖曳的樣子。但有一說認為過去這是用來形容蜘蛛為了飛行而吐出的絲，乘著風不知從何而來，又不知所蹤的樣子。也被說成是絲遊或遊絲，西元六世紀左右有一首中國的詩裡提到『落花隨燕入，遊絲帶蝶驚』。直譯的話，大概是落花的花瓣跟在燕子身後飛舞，空中飄浮的遊絲纏上了蝴蝶大吃一驚……這個意思吧。」

「かげろう……原來指的是在空中飛舞的蜘蛛絲嗎？不是有《蜻蛉（音同kagerou）日記》……據傳藤原道綱的母親所寫的……」

桂二郎問。

「是的。有學者斷言這裡所說的蜻蛉，正是我國稱為『迎雪』的現象，而《源氏物語》的蜻蛉卷裡提到的，其實正是『gossamer』。不過也有很多人持不同意見就是了……」

「蜘蛛利用自己吐出來的絲能飛多遠？」

桂二郎問。翻山越嶺、跨海渡洋的小蜘蛛大旅行占據了桂二郎的整顆心。

「要是沒有順利攀住風或上昇氣流，大概飛個一、兩公尺就會掉落在地面或樹枝上，也有很多雖然順利昇空了，但一飛上去就被鳥吃掉的吧。不過據國外學者的研究，也有飛行了兩千公里的蜘蛛……」

一根蜘蛛絲，細得若有似無，只消風略略一吹，馬上就纏在一起。樹枝、電線桿、電線、屋瓦、鳥……妨礙蜘蛛飛行的障礙物實在太多，若非一連串的僥倖相助，長途飛行應該很難……
潤介這麼說。
「俊國騎腳踏車衝回來叫『爺爺，有好幾十隻蜘蛛在空中飛』的表情，我現在都還記得。」
潤介笑著走進隔壁的四坪房。然後，說他曾經買到一本書，作者雖然不是生物學家，但對「迎雪」這個現象深感興趣而深入研究，但後來好像和大部分的藏書一起捐贈了。
「關於飛行蜘蛛，我多少知道一點知識，但從來沒看過幾十隻蜘蛛一起飛的盛大場面。俊國騎腳踏車載我回到現場的時候，蜘蛛已經不見蹤影了。」
然而，潤介說為了想向俊國正確解釋蜘蛛為何會飛，好不容易找到了那本名為《飛行蜘蛛》的書，作者叫作錦三郎。
「我也利用這本書，把蜘蛛會飛這件事教給我的學生。這本書不帶感傷、私情、幻想，只是詳實記錄自己觀察到的事實，我認為足以信賴，是很寶貴的一本書。」
潤介繼續說，看了這本書五、六年之後，與住在九州天草的學生時代好友重逢之際，偶然提到飛行蜘蛛的話題，朋友說起一次乘船海釣時，有一隻小蜘蛛連同細絲纏上了釣竿而使他大為驚訝的往事。

「他說，他是在距離港口三公里左右的西南外海上釣魚。天氣很好，風很小，幾乎感覺不到，但魚卻遲遲不上鉤，他生起悶氣，便躺在甲板上抽菸。結果天上竟落下一道一時紅一時藍的奇妙細光，纏上自己的釣竿，他覺得奇怪便定睛細看，原來是蜘蛛絲。之所以知道是蜘蛛絲，是因為釣竿上有隻小蜘蛛。四周沒有島。他說，他是在離港三公里的外海上。」

「為什麼蜘蛛絲會又紅又藍的？」桂二郎問。

不知為何，他很想看看那本《飛行蜘蛛》。而且桂二郎不明白自己心中那些抓著吐出來的絲飛向空中的無數小蜘蛛為何出現之後竟不消失，多少感到不太舒服。

「透明的蜘蛛絲受到太陽光的照射，換句話說……是折射效果吧。」

「哦，原來如此。」

那隻蜘蛛降落在距離港口三公里的天草某處的海面上。

萬一沒有那艘釣船，只能墜海而死吧……

蜘蛛因本能與習性運用自己的絲飛行，但一旦到了空中，便只能將一切交給風，聽天由命。

也許會在半空中被鳥吃掉，也許會掉落在某處的河川池沼中淹死。也有些得不到昇空的條件，無法離開自己的出生地，不得不在該處落腳吧……

「小小蜘蛛竟然那麼勇敢，我一直到五十四歲的這一刻才知道。」

桂二郎說。蜘蛛的飛行，畢竟只有勇敢堅毅才能形容。

「『迎雪』也是俳句的季語，有幾首很不錯的。」潤介說。

「倏國十年前看到很多蜘蛛在飛，是在什麼地方呢？」桂二郎問。

「在五重塔的東南方不遠。十年前農田比現在來得多，也沒有什麼高速公路。」

潤介所說的五重塔位於備中國分寺寺內，在總社車站東南方步行約三、四十分鐘之處。

「而且，農田四周蜘蛛的數量也變少了。可能是農藥的關係吧。」

以前的人不知道是蜘蛛的關係，想必覺得一團團圓球般的絲線在空中浮游的樣子很不可思議吧……

潤介笑著這麼說，又說：「絲一旦變成那種狀態，蜘蛛就抓不住絲而落地，於是只剩下一個奇妙而半透明、輕飄飄的小球隨著風飛來，在某些人眼中是風雅，相反的也有些人覺得不祥吧。那東西一飛來不久就會下雪。所以東北地方的人稱之為『迎雪』，實在形容得非常貼切。」

宅配的車來了，裝著「桑田」老闆娘請主廚做的鯖魚和穴子魚棒壽司的箱子送到了。

桂二郎立刻將棒壽司從箱子裡取出來，將以紙各別包好的棒壽司放到日照不到的地方。若拆開外頭的紙，裹在竹皮裡的棒壽司應該已經切成方便食用的大小。

「幸好改成各兩條。我本來訂各三條，『桑田』的老闆娘勸我各兩條就好。」桂二郎說。在他心裡，小蜘蛛們還抓著細絲，繼續飛向遙遠的彼方。

「就連各兩條，對我這個老人家可能也太多了，不過我可不會剩下。」

潤介難得說這種俏皮話，逗得桂二郎笑了。

聽潤介說明天可能會變天，桂二郎便想趁春光爛漫時再多賞一下油菜花田，於是來到門前的小庭院，再度坐在庭石上。

儘管往來並不頻繁，但與須藤潤介也相交十多年。若沒有俊國這個孩子，也不可能有這段忘年之交。

妻子先夫的父親與自己在這十足山村的岡山縣某處共享天倫，仔細想想，也堪稱妙事。然而，無論是一通短短的電話，還是一張季節問候的明信片，桂二郎總覺得不斷從須藤潤介身上學到一些重要的事。

君子之交淡如水，每當想到與潤介的友誼，總不免想到這句話。

自己固然算不上君子，但潤介卻是個真真確確的君子。德行高氣質佳的人稱為君子，環顧自己周遭，真能配得上君子之稱的人其實並不多。然而，若說將來可能會成為君子的人，倒是能想到好幾個。

S社的第二代社長……那將來是個大人物。現年才三十五，雖然有時不免得意失言，但是個君子之才。

祕書小松聖司也算是有那個素質。

營業本部的係長雨田也是個優秀的人才。還有總務部的土井、會計部的江川……

喔，忘了一個要緊的人了。俊國也是……

桂二郎又想抽雪茄了，但為了晚上決定忍耐。

自己與幸子之間所生的浩司又如何呢……作人有些略嫌輕漫的地方。才二十二歲，也難怪他，但他對什麼都很散漫……

從中學起，他對同母異父的哥哥便視為競爭對手，經常硬要逞强，現在雖然表面上已經看不見了，但也許同質的心態並沒有完全消除……

但是，浩司也有很多優點。雖然具有領袖氣質，卻不會給跟著自己的人壓迫感。當老大的人常有的自大和無禮的口吻，似乎與浩司無緣。

人們因敬愛而靠近他。然後不知不覺在圈子裡被拱成老大。所以他畢竟是有什麼吸引人的地方吧。

無論如何，他才二十二歲。接下來他會進入社會，到處碰壁、遇到挫折，再從中逐漸成長吧。

小松聖司三十六歲。雨田洋一三十七歲。土井精太郎三十歲。江川康夫二十九歲。個個都很年輕，卻又懂得如何待人處事。也懂得人人各有苦衷。而必要時又有膽有識，不畏不懼，對自己的專業之外也熱心學習，有說不出的可愛……

桂二郎望著油菜花田，在心中一一描繪他們的風貌。

桂二郎做了白菜豆腐味噌湯，潤介做了山菜天麩羅，將兩種棒壽司盛了盤，擺上小小餐桌時，是晚間七點的時候。

潤介向桂二郎勸酒，說這備中的地酒是昨天為了桂二郎張羅的，但他自己卻不喝。

「我的學生經營酒造，就在距離這裡車程一小時的地方。不過這款酒不是拿來賣的。這麼說也不對，是只賣給特別簽了約的料理鋪和個別的客人的限定商品，既不甜也不辣，沒有怪味，卻有這款酒獨有的味道。以前我每晚都一定要小酌的時候，他每年都會送我十瓶一升瓶。從前年開始，我說我不能喝酒了，婉拒了他的好意。不過，我昨天打電話請他送了一些過來。」

潤介這麼說，為桂二郎將那款酒倒進家中裡唯一一個備前燒的二合酒瓶。

「我終究是不能再喝酒了。」

「喝了會不舒服嗎？」桂二郎問。

「就算只喝幾口也會滿臉通紅，不覺得好喝……前年，突然變成這樣。我就想，啊啊，這是上天叫我戒酒吧……我酒量本來就不算好。」

潤介在壽司店常用的那種大茶杯裡倒了茶，喝得津津有味。那茶是去年五月桂二郎送的。

做這些茶的是一家大家電製造商的社長，他唯一的嗜好便是自己親手揉製靜岡自家茶園裡摘的新茶，在茶罐上貼上印有自己名字的標籤，分贈親朋好友。他每年都會送桂二郎兩罐。

桂二郎已連續十年都將這兩罐茶葉轉贈給潤介。

那位社長的經營合理化是出了名的冷酷無情，但桂二郎沒喝過比他親手製的新茶更好喝的茶。

潤介說，那兩罐茶他只有在特別的日子才喝。特別開心的日子。亡妻和兒子的祭日。自己的生日。以及海軍時代一位摯友戰死的日子。這些便是潤介向桂二郎所說的特別的日子。

「啊，這味噌湯真好喝。」

潤介喝了一口桂二郎做的味噌湯，一臉驚訝地說。

「熬高湯的時候，我覺得小魚乾好像放太多了……」

「不不不，這味噌湯的滋味奧妙難以言喻。沒想到桂二郎還有這門好手藝……」

「我念大學的時候在京都借宿，不過我們那時候的借宿只供宿不供餐。沒錢的時候大學生一定都是吃泡麵，但我都是煮一大鍋味噌湯，淋在白飯上吃。湯的作法是宿舍的阿姨教我的。宿舍裡昆布、小魚乾、柴魚片都有，她讓我自行使用。」

桂二郎這麼說，喝了酒瓶裡的酒。

「好喝。口感像水一般，嘴裡餘味餘香卻有剛直之感。這是名酒啊。」

「我會轉告我學生，說對日本酒很講究的上原桂二郎對你的酒讚不絕口。」

潤介從穴子魚棒壽司吃起。

「用來做棒壽司的穴子魚常會因為太軟而不成形，或是相反的為了定形而做得太硬，但這穴子魚怎麼能如此鬆軟，卻又和下面的米飯緊緊黏在一起呢？雖說是平平無奇的棒壽司，也因為師傅的本事和品味，好壞相差很多啊。」

桂二郎喝著酒，連食量小的潤介的份也吃了，但還是無法吃完四條棒壽司。

「不知道隔壁夫婦吃過晚飯沒。」

潤介喃喃這麼説，將剩下的棒壽司另外拿盤子仔細盛好，拿到鄰家。

「時候正好，他們還沒吃飯。」

這麼説著回來之後，潤介忽然提起自己英年早逝的兒子。

「芳之念中學的時候，有一段時間差點走偏了。」

潤介這麼説，打開了薄型電暖器的開關。桂二郎喝了酒不覺得冷，但天黑之後與白天的温暖差距極大的寒氣的確浸進了屋内。

桂二郎心想，這搞不好還是潤介頭一次向他説出「芳之」這個名字，望著潤介問：「差點走偏是指？」

「學業成績突然一落千丈，和我這個作父親的不太喜歡的朋友混在一起，連臉上都有頽廢之氣了。」

那個年紀就是那樣，他經常背著父母深夜偷溜出去，不到半夜兩、三點不回來——潤介説。

「我盤算著該在什麼時候、怎麼罵他，但我對青春期的兒子是有點太過小心翼翼了。有一天，他被朋友的竊盜案牽連。」

「竊盜……」

「他有個朋友家裡是在橫濱中華街專門賣肉包的中國人，他和那個孩子一起，偷了同樣住在中華街的人的懷表。」

那是名叫百達翡麗的瑞士品牌為了某紀念只生產了三十個的精密懷表，蓋子還是黃金打造的。

「那真是精巧得不得了。不僅有日期、月份和星期，具有萬年曆的功能，還會顯示每晚月亮的形狀，蓋子上嵌了二顆小紅寶石，表盤是珍珠色的貝殼做的。」

後來潤介才知道，偷東西的是那個中國孩子，兒子連理由也不知道就替他保管。

「那個朋友說聲這個你幫我保管到明天，把偷來的懷表交給芳之就跑了。懷表被偷的男人追過來，芳之看出事情不對勁，心想拿著這個表會被懷疑是自己偷的，一慌就把表遠遠丟出去。他一定是嚇壞了。結果懷表撞到郵筒，蓋子掉了，玻璃和表盤也破了，裡面的齒輪散了一地。」

追來的人也看到了偷表的少年的長相，但還是抓了芳之，拉回自己家。我知道不是你偷的。我也聽到他說「幫我保管這個」。那個少年叫什麼名字？你說出來就饒了你。不說，我就把你交給警察，說是你偷的，你在逃跑的時候把表丟出去摔壞了……

男子是這麼說的。

「但芳之沒有說出朋友的名字。他說，我知道但不能說……」

潤介微微嘆息著說。

這樣你就會變成竊盜的共犯，你真的要這樣嗎？——男子說。芳之說，我沒有和朋友聯手偷東西，可是我不能說出朋友的名字。然後就不說話了。

結果一個穿著旗袍的女子從另一個房間出來，以平靜的語氣問他說，我知道你是常在這附近玩到半夜的那群孩子的其中一個，你為什麼不回家？這名女子看起來大約四十歲左右。

穿旗袍的女子指著蓋子掉了、玻璃表面和表盤都破了、齒輪和彈簧鬆脫解體的懷表說，壞成這個樣子，再厲害的鐘表匠來修大概都修不好，表壞了還有很多表可以替換，但人就沒有這麼簡單。她的日文不好懂，偶爾還摻雜著中文。

女子再次問起逃走的朋友的名字，又問了不能說的理由。

芳之回答他是好人，也不是會偷別人的東西的人。這樣一個朋友，我不能說出他的名字。他邊答邊哭。

女子與男子以中文交談了一會兒，不久男子便離開了。芳之以為他是去叫警察，但他沒有再回來，也沒有警察上門。

女子端出用肉桂做的又香又甜的飲料給芳之，說弄壞了別人的東西就必須賠償。可是，這顆表非常昂貴，我看你現在是賠不起的。所以，等你長大以後，能自己工作賺錢了再賠償我。把你交給警察，找出偷竊的人很簡單。但是，對我來說那並非正確的處理方法。

說完，女子引用一節論語來教誨芳之，要他不可以親手毀了寶貴的青春時代。然後，拿出紙和鋼筆，叫他寫下誓約書，發誓長大會賺錢了就會賠償。

芳之照她的話寫了誓約書，女子拿紙包了兩個大大的月餅，連同誓約書一起交給芳之。

芳之問她：這不是應該由你留著嗎？結果女子說，給我也只不過是張廢紙，然後要芳之連同壞掉的懷表一起帶走……

「芳之一直到二十歲，才告訴我這件事。告訴我以後，又給我看了壞掉的懷表和他寫的誓約書。」

潤介從擺在書桌旁那個有抽屜的木箱中，取出芳之所寫的誓約書和壞掉的懷表。懷表以柔軟的布包著。

——我把百達翡麗的懷表弄壞到沒辦法修，所以將來等我有能力賠償一定加以賠償——

紙上以看起來就是一個拿不慣鋼筆的人寫的字體寫了這樣的內容，注明了當天的日期，以及「須藤芳之」的簽名。誓約書的對象名字是「鄧明鴻」。

「應該是念作『toumeikou』吧。」

「應該是吧。我不知道中文怎麼發音。」

潤介說，雙手珍重地捧著壞掉的懷表。

「芳之說，他是在橫濱中華街一家叫作『龍鴻閣』的中餐館見到這位鄧明鴻女士的。」

潤介說，自己這個父親對芳之從小就有些太過嚴格。

「我就他這麼一個兒子，自己又從事教職，所以經常連一點小事也要管，常打罵芳之。大概是到了青春期，他對這樣一個父親的怨恨不滿就以扭曲的形式發作出來了吧。但是，自從發生了那件事，芳之就變了。」

當然，自己和妻子都不知道發生過那種事，見他不再與壞朋友來往、也不再翹課不上學，便單純地以為青春期特有的叛逆過去了，放下了懸著的一顆心——潤介說。

「芳之是在他從東京的大學回總社這裡過年的時候，向我坦承這件事的。」

將來一定要賠償，卻不知道懷表的價錢。寫誓約書給鄧明鴻女士的時候，芳之問過到底多少錢，但得到的答案是她也不知道。

他進大學之後，也曾到銀座、青山那一帶經銷舶來品的高級鐘表行看過，尋找類似的表，卻沒找到。

但他在大學有個來自神戶的朋友，家裡一直是開鐘表行的，芳之便把壞掉的懷表交給他，拜託他有機會向他父親問問價錢。

那個朋友寒假也回到神戶家裡，讓他父親看了壞掉的表，幫忙問了大約多少錢，然後打電話到岡山這邊給芳之。

那是一九三四年製造的，確實一共只生產了三十個。日本也進口了三個，其中一個就擺在朋友祖父店裡的陳列櫃中。換算成現在日幣，要價大約三百萬。

「聽到三百萬這個數字，我嚇了一跳。芳之本人應該也是吧，但我也是。我罵他為什麼一直瞞到現在才說，心裡一面想著，自己的兒子在還不懂得是非對錯時犯的錯，當然應該由父母負責。但是我沒有三百萬這麼一大筆錢。我甚至連預支退休金都想到了。但同時，我也多少感到可疑。就算不知道正確的價格，那位鄧明鴻女士對芳之的態度也未免太慷慨、太大方了。因為她等於是被一個中學生弄壞了價值三百萬的高級鐘表，卻寬懷大量地原諒他，說等你長大了再賠就好……」

桂二郎在聽的時候便有同樣的想法，因此對潤介說：「的確是太寬大了。」

「但是，不管對方如何，弄壞了別人的東西就必須賠償。這是做人的規矩。我認為為了芳之著想，最好儘快完成誓約書上所寫的事項，便對他說錢爸爸來想辦法。」

但芳之卻說，我不是想求爸爸代付賠償金，才坦承這件事的。

等我大學畢業出了社會，存到三百萬，會自己賠償。每個月從薪水裡存三萬，一年就有三十六萬。八年多就能存到三百萬。我打算這麼做。

一想到那時候要是她把我交給警察會有什麼後果，我就不寒而慄。我覺得從那之後我整個人生都變了。

那位鄧明鴻女士憑一張誓約書就原諒了我，我對她的感激無可言喻……

芳之是這麼說的。

「我對他說，憑一個大學畢業生的起薪每個月要存三萬，比你想像的難得多，但心裡也暗自讚許兒子的志氣。」

然而，兒子卻年紀輕輕便在工作中意外身亡。留下身懷六甲的妻子走了。

「誓約書和壞掉的懷表一直由我保管。但是，十年前正好也是這個時期，我到橫濱的中華街去找『龍鴻閣』這家中餐館。帶著三百萬……」

然而，卻找不到「龍鴻閣」。問了幾個中國人，但他們連是否曾有這家店都不記得。

說完，須藤潤介望著桂二郎。

「不賠償那隻表的主人，我的人生便有一個缺憾。想必芳之也很遺憾吧。」

但是，八十歲的自己住在岡山縣總社市，不可能再度前往橫濱的中華街，去尋找知道曾經存在的「龍鴻閣」以及在那裡的二樓出現的「鄧明鴻」女士的下落的人……

潤介這麼說。

「況且就算『鄧明鴻』女士還健在，也不知道是否還在日本啊。」

潤介沒有多說什麼，但桂二郎明白潤介為何將芳之這段遙遠的往事告訴自己。

「我來找吧。」桂二郎說，「在橫濱中華街做生意的人，有很多是所謂的華僑。華僑之間的聯繫很緊密，老一輩的人也許有人知道『龍鴻閣』，說不定也有人知道『鄧明鴻』女士的現況。」

桂二郎問潤介萬一「鄧明鴻」已經不在世了要如何處理。

「如果鄧明鴻女士有孩子，我想把錢交給他。」

「如果沒有孩子呢？」

「那就沒辦法了。那三百萬就請你轉交給俊國，讓他『遇到困難的時候拿來救急』。」

「俊國的爺爺還硬朗得很呢。請您親自交給俊國。」

桂二郎笑著說，接管了懷表和誓約書。

「拜託您這樣一個大忙人這麼麻煩的事……」

潤介這麼說，向桂二郎深深行禮，

「芳之那麼年輕就走了，當然不是什麼遺憾啊，感慨啊這些話可以形容的，幸子不得不離開須藤家我也非常遺憾。對須藤家而言，她是一個不可多得的媳婦。芳之出事後，幸子堅持說她這輩子都要當須藤家的媳婦，但幸子還那麼年輕，我不能讓她被須藤家綁住。芳之死後二年，她說一個名叫上原桂二郎的人向她求婚的時候，我勸她不必對我們有任何顧慮，要儘快展開新生活。幸子帶著俊國來到這個家找我們商量，我向她問起上原桂二郎先生的為人，直覺就告訴我這個人絕對沒有錯。」

這麼說完，潤介便起身去放熱水。桂二郎走出須藤家，來到高梁川畔。望著河面近一個小時，卻沒等到睡昏頭的水鳥滑翔。

第三章

兩週之內當天來回出差四次後，工作終於在五月連休的頭一天告一段落，冰見留美子婉拒事務所同事的邀約，於八時許回到家，第一件事便是泡澡。

大概是昨天的鹿兒島出差讓疲勞攀上極點，留美子今天一早就沒食欲，只想久久泡在溫溫的熱水裡，把和汗水一起沉澱在自己體內的東西硬逼出來。

「真想去哪個安靜的溫泉泡大大的露天池……」

在心中念咒般喃喃說著快流汗、快流汗之後，留美子在小小的浴缸裡邊伸長腿邊說。

二十多歲時，無論再怎麼累，都不曾想過要靠溫泉撫慰自己。

以前事務所的員工旅遊帶大家去伊豆的溫泉，留美子在好奇之下請了人來按摩，卻一點都不覺得舒服，只覺得癢，還惹惱了按摩師，但她今晚不止想泡溫泉，也想來個按摩。

「這是在告訴我我真的超過三十歲了啊。」

留美子低聲說著，時而轉轉脖子，時而揉揉腰際，一直在浴缸裡泡到母親擔心得來浴室探看。

留美子直到出了浴室，穿好睡衣，坐在電視機前，才開始出汗。

「是不是連身體的新陳代謝反應都比二十幾歲的時候慢了啊……」

聽到留美子這番自言自語，母親問：「找不到喜歡的人？」

留美子後悔自己多話，給相親的話題開了頭，便催母親去洗澡。

「洗完澡，我們母女來杯啤酒如何？」

母親說現在養成睡前來一杯的習慣，留美子硬是把她帶進浴室，自己從冰箱裡取出寶特瓶裝的礦泉水，倒進玻璃杯。

這時候，佐島家傳來摔破東西的聲音。

留美子豎起耳朵，然後打開流理台那邊的窗戶，朝佐島家廚房的燈光看。後來再也沒有任何聲響，但留美子有不好的預感，便走出廚房後門，隔著空心磚牆喊：「佐島伯伯，怎麼了嗎？」

留美子等候對方回答。她知道到佐島家幫忙的阿姨晚上七點便會離開，也知道佐島老人偶爾晚上外出時，一定會關掉廚房的燈。

她覺得剛才的聲音很像玻璃破碎的聲音，便提高音量問：「佐島伯伯，出了什麼事嗎？」

但卻沒有回答，留美子本來已經要折回廚房了，但想起幫傭的阿姨平常都是從佐島家廚房的側門出入，為了保險起見，便在空心磚牆旁墊起腳尖拉長身子，朝那個側門看。門開著一道縫，可以看見佐島家的半個廚房和部分走廊。

留美子又喊了一次佐島老人。走廊上有東西在動。看來是有人在掙扎的樣子，留美子當下想到的是喊母親。但母親才剛去洗澡。

於是留美子下定決心，一身睡衣便爬過空心磚牆，來到佐島家，從側門問：「怎麼了嗎？剛才有好大的聲音。」

結果便聽到分不出是純粹回答還是呻吟的一聲「啊啊……」

留美子的身體自然而然採取行動，跑過佐島家廚房。

只見光著身子的佐島老人伴著大片碎玻璃倒在地上，走廊上有一攤不小的血。

留美子跑到佐島老人身邊，問：「您怎麼了？還好嗎？」

佐島老人說，他在浴室裡打滑，倒向玻璃門。

留美子拿浴室裡的幾條毛巾蓋住佐島老人的下半身，告訴他她馬上叫救護車，要他放心，然後到處找電話，卻因為緊張激動什麼都視而不見，便再度翻牆跑進自家客廳，在那裡打了電話。

接著，她向母親說明情況，又回到佐島家。

考慮到萬一佐島老人身上插著厚玻璃片，留美子勸老人先暫時不要動，拿毛巾為他擦拭頭髮、胸頸。

「真不好意思啊，讓你看到這番醜態。」

佐島老人這麼說。

聽他口齒清晰，留美子便問：「要我去隔壁叫您的家人嗎？」

「我兒子媳婦不在。」

佐島老人說完，一張臉痛苦地皺起來。走廊上的那攤血擴大了。

留美子豎起耳朵，著急著救護車怎麼不早點來，一邊考慮到若佐島家的人不在，便必須由自己陪同老人到醫院，這才發現自己一身睡衣既難看又難為情。

而且等救護車到了，也必須讓救護隊員從佐島家大門進來。

「請問門在哪個方向？」

留美子問，佐島老人指指走廊深處。

留美子跑過比外觀看來更大的佐島家L字型走廊，打開大門，赤著腳就走到外面。

遠遠地傳來救護車的笛聲。留美子猶豫著不知該先換衣服還是先等救護車到，佇在通往自家大門的十字路口。

一名走在路燈燈光下的青年因逐漸逼近的救護車笛聲而頻頻回頭，但當他看到赤著腳一身睡衣的留美子便停下腳步，接著小跑步過來，問：「發生了什麼事？」

留美子朝救護車揮手之後，簡短地向這名看似住在附近的青年說明了情由，說她要回去換衣服，拜託他帶救護人員進佐島家，不等青年回答便朝家裡跑。

然而，留美子家的大門上了鎖。她摁了門鈴，但母親似乎還在洗澡。

留美子又跑回佐島家大門，跟在抵達的救護隊員身後進了屋。

剛才那名青年站在門口。

看了傷勢之後，救護隊員回到救護車，與某處聯絡。

「肩膀下方有一道斜斜的十二、三公分的割傷。」

她聽到救護隊員這麼說。

留美子向救護隊員說，自己住在佐島家後面，因為佐島先生的家人不在，如果需要她陪同到醫院，她想先回去換個衣服。

「那麼請你儘快。」

聽到隊員這句話，留美子便橫越廚房，從後門出來爬過空心磚牆。只見母親拿浴巾裹著濕漉漉的身體，從浴室裡探出頭來，一臉「到底發生了什麼事」的表情望著留美子，問：「傷勢嚴重嗎？」

留美子不答，到自己二樓的房間，脫下睡衣穿上牛仔褲。然後直接套上春季的V領薄毛衣。

這回她從自家大門出來，跑向佐島家大門時，佐島老人正要被送上救護車。

「門窗我來關。」

剛才的青年說，補充說明自己是前面轉角「上原」家的人，不必擔心。

「您是上原先生的家人？」

「對，我是兒子。」

「那就麻煩你了。我已經向家母解釋過狀況了。」

說完，留美子便上了救護車。

救護隊員向佐島老人說傷得不深，不需擔心，然後問了留美子的名字，指她的腳。留美子匆匆穿上的白球鞋鞋帶沾了血。

「會不會是踩到玻璃了？」

隊員說。留美子脫下右腳的球鞋，腳底果然割傷了。

佐島老人在醫院的急診室接受治療期間，留美子也在另一個房間接受了腳底傷口的臨時處置。

輪值的急診醫師只有一位，而留美子的傷勢看來並不礙事，便等佐島老人治療結束之後再醫治。

將近一小時後，佐島老人以俯臥在床的模樣出現，被送到病房，接著醫生就叫留美子。

「看這傷口的位置，還是縫一下比較好。」

看來四十開外的醫生這麼說，要留美子趴在診療台上。

「讓老人家自己一個人洗澡是很危險的。家裡有老人家，浴室一定要加裝扶手。」

醫生責怪般說，但立刻又露出笑容，以悠閒的語氣接著說：「家人都不在，幫傭的人今晚也去旅行……要不是你注意到，可就不得了了。」

醫生說佐島老人縫了十八針。邊縫趴著的留美子的腳底邊說：「要是傷勢再往上一點，或是再向脊椎靠近三公分，就會非常驚險。」

「幫傭的人也去旅行了嗎？」留美子問。

「好像。兒子夫婦也是去旅行。可是佐島先生說不知道他們去哪裡……」

「佐島先生今天無法回家嗎？」

「嗯，最好是住院住到拆線。畢竟年紀不小了……回到家又沒人，所以不如住院妥當。」

雖然出了不少血，但沒有輸血的必要——醫生說。

「心臟也很健康。」

縫完留美子的傷口，醫生將其餘的處置交給護士，離開了診間。

留美子請教了佐島老人的病房，勉强以右腳腳跟著地的方式進了電梯。

佐島老人的病房是三樓的六人房。

看到仍閉眼趴著的佐島老人，留美子摸摸牛仔褲的口袋。

從醫院到家這段距離，連鳴笛疾馳的救護車都開了十五分鐘，看樣子只能搭計程車回家了，但剛才腦袋裡完全沒有帶錢包出門這件事，手機也留在家裡。

「喔喔，感謝老天！」

不知為何口袋裡竟撈出一枚百圓硬幣，留美子不禁低聲說。

佐島老人睜開眼，瞬間以「這是誰？」的表情朝留美子看，然後以略為沙啞的聲音說：「給你添麻煩了。」

「傷勢的詳細狀況，剛才那位醫生說稍後會來為您說明。」留美子說。

「我想說這下糟了，割傷一定不小，想自己叫救護車，身體卻動不了。割傷的明明是背，腳卻不能動，真是不可思議啊。」

佐島老人說，他也不明白為什麼是往後倒向浴室的玻璃門。

「既沒有滑倒，又沒有暈眩的印象……結果卻往後倒了。」

「痛嗎？」

「不，一點也不痛。屁股上挨了一針，可能是止痛藥吧。」

留美子在床邊的小椅子上坐下來，問起該怎麼聯絡佐島家的家人。

「兒子說這個黃金假期要打高爾夫打個痛快，開車出門了……」

「他有手機嗎？」

「這我就不知道了。也許有，但我不知道號碼。」

「那麼他曾提過要去哪一帶的高爾夫球場嗎？好比是箱根還是伊豆？」

留美子心想，只要知道大致的地區，打電話到當地的高爾夫球場一家家問下去，應該能聯絡得上兒子夫婦。既然是開車去的，總不至於跑到九州或北海道……

佐島老人的手腕微微左右搖晃，說：「醫院都給我治療了，我人也已經在醫院的病床上，沒事的。他們夫婦難得去享受最愛的高爾夫球，用不著通知他們。反正回來就會知道了。」

又說：「多虧冰見小姐，讓我撿回一條老命。真是謝謝你啊。」

留美子走出病房，來到護理站，打公共電話叫了計程車。

回到家時已過十一點，留美子大致向母親說了聽到佐島家不對勁的聲音之後發生的一切，說到一半，腳底的傷口痛起來。

「我自己完全沒發現腳底割傷了。難得的黃金週，青春嬌嫩的少女竟然沒有任何計畫，本來還在哀怨，這下哪裡都去不了了。幸好沒有跟任何人約好出去玩……」

留美子這麼說，在電視機前的沙發上躺下。

「你的年紀已經不是青春嬌嫩的少女了。三十二歲不叫少女。」

「不然要叫什麼？」

「在古代，人家都在背後暗地裡叫『嫁不出去的老姑婆』。」

「好過分。『嫁不出去的老姑婆』根本是侵犯人權了。」

聽了留美子的話，母親笑著說：「既然有一份正當的工作，有能力養活自己，要是沒遇到能讓你認定的人，不如不結婚。」

「哦，難得媽媽會說這種話……」

「身為一個女人，最傻的莫過於和一個無趣的男人結了婚，一輩子忍受丈夫。」

「媽媽說的無趣的男人是什麼樣子？舉個例子？」

留美子問，忽然想到佐島家的門戶該怎麼辦。上原家的兒子在救護車抵達前夕出現，他後來呢……？

上次早上出門上班時，碰巧和上原桂二郎聊了兩句，那是一週前的事。那次是她第一次見到上原家的人。原以為上原先生年紀更大，但原來是個五十四、五歲、令人感到有些難以親近的壯年人。

他沒有中年男子令人厭惡的肥油，甚至令人感到清新，但隱約可見一個自覺堅毅的男子特有的傲岸不群。

話雖如此，上原桂二郎的體格並非雄壯魁梧。以他的年代而言，是不高也不胖、平均的日本人身材，五官也沒有特異之處。

然而，為什麼會散發出一股可以解釋為傲岸的堅毅氣質呢……

話說回來，上原桂二郎與他兒子真是一點也不像。

留美子無法明確地想起他兒子的長相。她們不是在一個光線充足的地方見面，又是在一陣忙亂之中……然而，她覺得青年身上與上原桂二郎毫無相似之處……

留美子這麼想。

「我呀，並不是以經濟能力或社會上的頭銜還是外表好壞，來評斷一個丈夫和父親。如果只有五百圓的收入，就以五百圓來規畫生活，其中四百五十圓用來過日子，剩下的五十圓存起來以備不時之需，我覺得這樣生活才對。」

母親說，每次進廚房就要從窗戶往佐島家看。

「我說的無聊的男人呀，是那種明明只有五百圓，卻妄想著要花一千圓的生活，為做不到的自己自卑，結果花了七百圓的人。」

「這種人女生也很多啊。」

留美子說，然後從沙發上爬起來，想去確認佐島家的門戶。

「我最討厭自卑的男人了。還有會打女人的男人。」

「爸爸打過媽媽嗎？」

「只有一次。那次說起來，是我不好……不過，我的臉挨了打沒事，你爸爸打我的手掌卻腫起來了。就是手掌靠近大拇指根部那一塊內出血，黑青好久才消。」

「那是什麼時候的事？」

「你爸爸三十九歲那一年的二月二日。」

「媽媽記得好清楚喔，好會記恨……」

「那當然呀！挨打的可是我呢。『一哭二鬧三上吊』是女人的專利呀。我這個女人都這麼說了，錯不了。」

「第二討厭的呢？」

留美子邊問，邊小心翼翼不讓右腳腳底著地地站起來。

「沒酒品的男人。還有，錢全都拿去賭的男人。不過，我自己最不想要來當丈夫和父親的，是奢望與自己不配的東西的人。」

「媽，你這些話，不就等於叫我這輩子都不要結婚嗎？」

「我可沒這麼說。要是出現了不會這樣的人，我巴不得你趕快結婚。」

留美子很擔心佐島家的門戶，便請母親陪她一起過去。

「媽媽讓我扶一下嘛。腳底受傷真的很麻煩，連路都沒辦法走。」

母親說，睡前她會去確認，留美子不用去。然後，接著又說起今天早上去丟「可燃垃圾」時和附近太太聊到的事。

「聽說上原先生的太太四年前去世了。」

兩個兒子都大學畢業，老大搬出去一個人住，老二住公司的宿舍，所以現在家裡只住著家長上原桂二郎一個人。

「老二今年才剛大學畢業去上班。所以你在佐島先生家附近遇到的，一定是老大。」

母親關掉廚房的燈，拿來了留美子用電腦印好的告知搬家的明信片，開始填寫親朋好友的姓名住址。

「我想也是。因為很暗，我沒看清楚他的臉，不過感覺起來不像今年才剛大學畢業。我那時候又慌又亂，現在完全想不起上原先生的兒子的長相……」

說著，留美子想到走廊上那攤血該怎麼辦。

沒有人會去擦掉。是住在隔壁的兒子夫婦會先結束旅行返家呢，還是幫忙的阿姨會先來？無論如何，在有人回來之前，佐島老人的血會一直在走廊上慢慢乾掉……

碎玻璃也會這樣攤一地。浴缸裡的水也直接囤在那裡。

儘管是別人家的事，但留美子不願讓這些東西就這樣活生生地留在自己附近，便向母親提起。

「我還是把那些血先擦掉好了。」

「咦！怎麼可以，不能隨便碰別人的血。」

「不然要一直擺在那裡嗎？」
「沒辦法呀。」
「我還是去一趟。」
留美子請母親陪她一起過去，母親卻一個勁兒說不願看到那麼多血。
「那，你把這個戴上。」
母親拿來了打掃浴室用的橡膠手套。
「我陪你到門口……」
留美子拿著長達手肘的藍色橡膠手套，抓住母親的肩，來到佐島家門口。
留美子想，一定是上原家的老大從裡面鎖上，從廚房的門經過她們家後側門上了鎖。
她們繞到佐島家後方有曬衣場的那邊，推開廚房的出入口。
再繞到大門的吧。
母親明明堅持絕對不要看到積血，卻也一起進了佐島家的廚房，走過L字型的走廊，來到浴室前。
留美子到處找走廊的燈的開關，好不容易找到，打開電燈。積血不見了。

碎玻璃也整理乾淨，浴缸裡的水也放掉了。

「是誰打掃的呢……」

雖然低聲喃喃這麼說，但除了上原家的長男，留美子也想不到別人。

抓著母親的肩回到自己家門口，留美子往上原家的大門看。

門燈還亮著，從樹籬的縫隙中，也看得到庭院樹木的輪廓和屋內的燈光。

留美子想向上原家的長男道謝。

既然身為多年鄰居，上原家的長男不僅從小就認識佐島老人，也許還交情匪淺。即使如此，把大量的血跡擦乾淨、收拾掉厚重的玻璃碎片這些工作，就算是親人也會退避三舍。

但一個應該才二十五歲左右的青年卻在沒有人强制之下自動自發去做，可見他體貼善良、不怕辛苦，是個時下難得的青年。

留美子是這麼想的。然而，時間已將近半夜十二點，不是能去摁別人門鈴的時刻。

留美子進了自己家門，在母親扶持之下上了樓，在房裡的椅子坐下，便對母親說：「我不要再下樓了。明天讓我睡到自然醒。」

「我明天早上要去面試一個兼職的工作。」

母親邊走出留美子的房間邊說。

「咦？兼職？什麼工作？」

「幫車站前的肉店炸可樂餅。昨天我經過的時候，看到他們貼了徵求兼職人員的單子。早上十點到一點，下午三點到六點，一共六個小時。他們家的可樂餅不是很好吃嗎？之前都是老闆娘炸的，可是聽說她生病了，暫時必須養病。可樂餅啊，他們家的媳婦會做。我只要炸就好。」

「雖然只要炸就好，也沒那麼簡單喔。那家肉店的可樂餅生意很好，常有人排隊呢。媽媽要是炸不好，馬上就會被開除。你知道一天要炸多少個嗎？」

「他們說平均五百個。」

「那跟在家裡炸十二、三個是完全不同的兩回事喔！」

「我知道啦！我好歹也是主婦呀！炸個可樂餅難不倒我的。」

之前必須照顧姊姊，即使想出去工作，也無法抽身。就算延續目前的生活，經濟也不會有困難，但整天待在家裡無所事事實在浪費時間。

母親是這麼說的。

「搞不好面試不會通過。」

母親對留美子這句話報以微笑，「因為昨天和今天老闆都不在，才沒有正式決定的。人家兒子和媳婦都希望我馬上就上工呢。」

說完，下樓去了。

「每天炸五百個可樂餅……」

留美子苦笑著低聲說，打開了電腦的開關。

「在客人排隊等候時，快手快腳持續炸出好吃的可樂餅絕對是一件耗體力的工作。媽一定三天就會叫苦了。」

她在心裡暗自說，查看是否有人寄 Email 來。有三封。

留美子在通知搬家的明信片上也一併印了自己的 Email 帳號，但收到的人不見得個個都會操作電腦。

他們幾乎都是留美子的好友，也有多年不見的學生時代朋友，但其中有人公開宣稱一輩子都不碰電腦。

理由絕大多數都是，看起來很難，對機器類不在行的自己一定學不會。

也有人想要電腦，卻因為價格高昂而買不下手。

也有明明和留美子同年，卻力持虛構的網路世界會助長人性荒廢之論。

至於留美子，在工作上電腦已是不可或缺的工具，回家後她只會查看信箱，盡可能不開電腦。

但這是因為眼睛疲勞，以及有時在事務所與電腦為伍的時間就超過十小時，所以她決定在家不要做類似工作的事。

方便的東西就要好好利用。不會用就學。用著用著就會習慣了……

留美子倒是完全無意加入電腦方面的議論，大作文章。

——前幾天謝謝姊姊請客。

第一封是弟弟亮寫來的。

——不但有三十萬從天而降，還有姊姊大人請客，讓我充分回味了東京久違的明亮夜晚。我這邊一早就下雨。代我向母親大人問好。——

亮是分批購買零件，花了兩個月才組裝了一部電腦。這對亮而言易如反掌。

第二封是事務所同事十五分鐘前寄出來的。

——所長大爛醉。

標題是這樣寫的。

——檜大喝太多，害死我了。我已經送他回家了。冰見小姐開遛真是明智。我明天就在峇里海邊了。渡假去也。——

這是丸岡海子寄來的。她年紀雖然比留美子小，卻是檜山稅務會計事務所的創所元老職員。

包括留美子在內，檜山稅務會計事務所的職員都稱所長檜山為「檜大」。

檜山平日連晚餐都不會佐酒，頂多只是睡前喝上一、兩杯威士忌加熱水，但偶爾和職員一起去喝酒時，會醉得讓身邊的人悄悄對望。

丸岡海子以「像拿長矛一直戳似的」來形容他的喝法，留美子覺得沒有比這更貼切的形容了。

話雖如此，檜山如此痛飲一年也不過三、四回，而且僅限於和職員一起喝酒的時候。

「誰教他空著胃喝……」

留美子喃喃地說，邊想著本來是只有同事們自己去喝而已，檜山是在哪裡跟大家會合的啊？邊打開第三封信。

——我是蘆原小卷。

留美子啊地輕呼一聲，望著「蘆原小卷」這幾個字，看了信的內容。

——今天收到你寄來的搬家通知了。謝謝你。一個月前，我才好不容易學會一點點電腦……我第一個寫mail的對象竟然會是留美子，心裡只覺得真是太不可思議了，打字的手指一直發抖。

你還記得我，我高興得都不知道該怎麼形容。這十年來，我的日子除了對抗病魔還是對抗病魔，但現在總算康復了。和留美的約定，一直是我那段日子莫大的支柱。你還記得我們的約定嗎？

啊啊，光是打這些就打了四十分鐘。我一定要好好練習到兩、三分鐘就打得出來！

我會再寫信給你的。留美也要偶爾寫信給我喔。目前，只有教我怎麼用電腦的表姊會寫信給我。她買了新電腦，所以把舊的給了我。不好意思，寫了這麼多。小卷。——

蘆原小卷是留美子的中學同學。也是留美子進中學第一個交到的朋友，但小卷卻只念了兩個月就舉家搬到北海道的小樽，之後每年只有過年時會收到她的賀年明信片，而且這在留美子大學畢業時也中斷了。

沒收到蘆原小卷的賀年明信片以後，留美子還是年年都寄，但大約五年前，也將她從寄賀年明信片的名單上刪掉了。

本來留美子也猶豫著要不要寄搬家通知，但最後還是寄了。

原來，小卷這十年一直與病魔纏鬥啊……她罹患了什麼病呢……

留美子邊這麼想，邊思索支持小卷對抗病魔的約定是什麼。自己和蘆原小卷在國一的時候，做過什麼樣的約定？

——我是留美子。謝謝你的回信。

打了這一句，留美子的手便離開了鍵盤。因為她想不起她們的「約定」。

她覺得，要是問起她們做了什麼約定，勢必會讓小卷感到失落。

留美子先為收到 mail 道謝，再為自己不知道她十年來都在對抗病魔後來乾脆連賀年明信片都懶得寄道歉。

——我會再寫信給你的。冰見留美子。

然後便把 mail 發出去。

留美子能夠鮮明地回想起國一時蘆原小卷的臉蛋。剪得短短的頭髮有自然鬈，讓她有一顆渾圓的頭，因此被班上同學戲稱為「金針菇」。
又白又小的臉，纖細的脖子、手臂、肩膀，其上那頭短卻膨的頭髮……
那時候的小卷的確很像「金針菇」，但留美子覺得她看起來更像顆小蘑菇。
忘了是上哪堂課的時候，老師偏離了課題開始閒談，說著說著，便問起學生們長大之後想做什麼。
這種問題小學時被問得多了，大多數學生都答得不想再答，但老師一一點問來問，只好隨便回答。
護士、空姐、演員、模特兒……
學生口中吐出的都是和小學時一模一樣的話，但蘆原小卷卻回答：「我想當一個幸福的妻子、幸福的母親。」
清一色女生的教室裡爆出笑聲。其中大半是即將進入青春期、或者是已經進入青春期的中學女生特有的嘲笑。
老師也笑著問：「你覺得要怎麼樣才能當一個幸福的妻子、幸福的母親？」
小卷或許是感受到自己所受的笑聲中的意味，低著頭不肯回答。

自己就是在那節課下課後主動和蘆原小卷說話，和她成為朋友的……

留美子這麼想。

家門前有車子發動引擎的聲音，緊接著又傳來上原家的車庫鐵門拉開的聲音。留美子輕輕拉開走廊大窗的窗簾，往上原家的門看。

先前那名青年把車子從車庫裡開出來，打開車蓋正在檢查什麼。後車廂也打開了，有看似釣竿的東西從裡面突出來。

留美子猶豫著從二樓發話會不會太失禮，但又想青年可能是要驅車到哪裡玩，便匆匆回房在睡衣外套上毛衣，打開了走廊的窗簾和大窗戶。

「剛才真是謝謝你。」

在留美子這麼說之前，本在檢查引擎那一帶的青年因為冰見家二樓開窗的聲音，便朝這裡轉過頭來。

「佐島伯伯情況如何？」青年問。

「傷口沒有想像的深，但還是縫了十八針，要在醫院住到拆線。」

「沒有生命危險吧？」

「沒有。說話也很清楚。」

青年表示，父親非常擔心，很想了解佐島先生的狀況，但這麼晚了去問冰見小姐又太打擾，不敢上門。

「走廊上的血和碎玻璃都是你整理乾淨的吧。」

留美子說完，凝目想看清青年的臉，但打開的車蓋正好形成陰影，看不見他的表情。

「總不能就那樣放著，所以我和家父兩個人去清乾淨了。」

然後青年向留美子問起佐島老人被送到哪家醫院。留美子告訴了他，又問他是否正要去旅行。

「我要到河口湖那邊，但剛才電視新聞說路上大塞……不過我想半夜車子應該會比較少，決定還是先出發好了。我和朋友約好在那裡碰面。」

「要去河口湖釣魚嗎？」

「是啊，去釣鱒魚。」

留美子請教青年的名字。青年關上車蓋，繞到後車廂後還是沒有說自己的名字，一直等他關上後車廂，才說他叫上原浩司。

「我是留美子，冰見留美子。」

青年拿毛巾擦著手，問留美子這個黃金週假期是否計畫到哪裡遊玩。

「因為很累，想待在家裡哪裡都不去……像睡一整個過年一樣，睡一整個假期。」留美子說。

「我從五日起就要上班了。」

青年說，然後報上一家著名的零食製造商，

「得到山裡的瀑布去拍他們家的新商品廣告。」

他說自己在廣告代理商上班。廣告片的拍攝全權交由另一家製作公司負責，但代理商這邊也必須有人在場。因為黃金週大家都不想去，工作便落在自己頭上。

明明只要當紅的女偶像裝出新零食很好吃的樣子就好，為什麼偏偏要到那種深山的瀑布去不可，實在是莫名其妙……

留美子以笑容回應了這位名叫上原浩司的青年這番略帶幾分不平、不盡然是開玩笑的話，但青年似乎沒看見。

「深山是哪裡呢？」

留美子的問題被青年放下車庫鐵門的聲音蓋過了。

留美子說：「路上小心。」

青年便答：「好的。那我先走了。」

只見他打開大門，腳步匆促地從庭院走向玄關，消失在屋裡。留美子也關了窗，回自己房間。

佐島老人的血和碎玻璃，原來是上原家父子打掃乾淨的啊……那位上原桂二郎先生，貌似冷漠，原來比外表温柔多了……

留美子邊想邊關掉電腦的電源，要做睡前習慣做的體操，卻因為腳底傷口作痛而作罷。

外面傳來停在上原家門前的車關上車門、開走的聲音。

「好懶得保養喔……」

留美子說完，仰躺在床上。

這一整個禮拜都睡眠不足，本以為閉上眼睛就會睡著，但看樣子佐島家發生的事所造成的亢奮還沒有消退，神經很敏感。

約定……國一的自己和蘆原小卷做了什麼約定呢……

小卷不僅記得，還說那是她長達十年來對抗病魔的支柱。可是自己卻完全想不起那個約定……

發誓要結婚的那三年，那個人說過多少次「我是個言出必行的人」呢。而自己一直對他深信不疑……

那三年自己失去了、或是得到了什麼……自己到頭來就只是個受騙上當、人好心軟的傻大姐嗎……

說到這，從自己懂事以來，好像常常爽約。

小學的時候，忘了朋友說過生日要做蛋糕為自己慶生，和另一個朋友跑出去玩。那個朋友依約請她母親幫忙烤了蛋糕，裝在盒子裡綁上緞帶，送到家裡來。母親不知道有這件事，說留美子和某某朋友出去玩了。回到家，看到餐桌上那個小小的蛋糕盒時，自己是多麼後悔……

也許那是有生以來頭一次對自己這個人感到自責的一刻。

留下蛋糕回去的朋友的背影，不知為何在夕陽下拉出長長的影子，一直留在自己心中……

那是小學三年級的時候吧。一想到爽約的記憶，頭一個出現的一定是那個生日蛋糕……

第二次是什麼呢？第三次……第四次……

想著想著，忽然對連和蘆原小卷做了什麼約定都想不起的自己感到强烈的厭惡，留美子便再次打開電腦的電源。因為她想再寫一封信給蘆原小卷。她決定老實向小卷承認她想不起她們的約定，請小卷告訴她。

——我是冰見留美子，晚安。

寫到這裡，正想著正文該怎麼寫，眼前又浮現那個小學三年級的朋友轉身離去的背影。

接著浮現的，是那人坦誠與本應要離婚、分居中的妻子有了孩子那晚的自己的模樣。

明明是夜晚，浮現在腦中的自己的模樣卻是在夕陽下，在路上拉出了長長的影子。

留美子沒有提「約定」，只寫了如果方便的話，能不能告訴她十年來是和什麼病魔奮戰，便寄出了給蘆原小卷的 Email。

按下「傳送／接收」鍵的那一瞬間，她急著切斷連線，卻已經來不及了。

因為她想到寄出一封對約定沒有任何反應的信，可能會傷害小卷，臨時想取消，但mail已經發出去了。

「誰教你要跟人家約……」

留美子在內心說。

如果沒有約定，就不會因為爽約而傷害對方。自己也不會因為傷害對方而受傷……

留美子這麼想。

心情很亂的時候，最好是窩進父親書房那個奇妙的洞穴，小小聲聽喜歡的音樂……

留美子想起這件事，便進了父親的書房，打開放在洞穴附近的立燈。

弟弟亮說，窩在這個洞穴裡心就會靜下來，所以亮回大分以後，留美子便在半夜試著一個人進了那個洞穴，發現那裡的確是個意想不到的安樂窩，從此那裡對留美子而言便成為一個特別的空間。

在一立方公尺左右的洞穴裡，連腳都伸不直。背靠著壁板，豎起膝蓋鑽進去，頭頂幾乎要碰到洞頂。但卻沒有憋屈的感覺，狹窄的空間也不會造成壓迫感。

心境會變得平靜安詳，好像在玩捉迷藏時忘了鬼正在找自己，打著盹迷迷糊糊地胡思亂想。

留美子早已把自己房裡的小型CD音響搬到父親的書房，這時以留在洞裡的遙控器打開開關。以若有似無的音量開始播放。

「我的鳥兒嗶嗶叫……」

留美子低聲輕吟卡薩爾斯以大提琴演奏西班牙加泰隆尼亞民謠《白鳥之歌》時所說的話。

然後心想，我應該已經重新振作起來了。

我只是為自己愛過的男人竟是這般卑劣窩囊的人而生自己的氣而已，我並沒有受傷。

長久以來，我無法平息對自己太傻的怒氣。但是，這份怒氣也已逐漸淡薄。年輕的我跌了一大跤。跌這一跤讓我生氣，讓我無法原諒跌了一跤的自己，便寄情工作努力遺忘。現在我必須完全原諒自己跌的這一跤。

留美子這麼想。腦海中浮現中學時父親教她的席勒（Friedrich Schiller）的名言。

——未來姍姍來遲，現在如箭飛逝，過去永恆靜立。——

留美子改了這句話的最後那部分，低聲念出來。

——過去如箭飛逝，悄然消失。——

留美子認為這樣改，才符合自己的活力。

「未來姍姍來遲……」

留美子念出聲來。於是，不知為何，她漸漸覺得真的有東西朝自己姍姍而來。

「我也要找一件開心的事來做……」

她心想。

對我而言，開心的事是什麼？

吃美食，聽舒心的音樂，買新衣服，一個人小旅行……頂多就是這樣吧。

母親曾說，與自己的姊姊聊天是最開心的一件事。當阿姨癱瘓、失去語言能力後，母親也沒有停止與阿姨說話。母親曾說姊姊是在自己認識的人當中，與她最「有默契」的人。

父親好像是看著雄偉的樹時最開心。對觀光用的所謂「神木」卻不感興趣。

被指定為天然紀念物的「神木」父親幾乎都親自去看過，但他所認同的「神木」卻只有其中的五分之一。

父親喜愛欣賞使用大量木材的舊房子，常常被誤會是房仲，遭人投以懷疑的視線，但他會隨興跳上電車在農村、山村下車，尋訪老卻有風格，或是雖簡陋卻備受居住者珍惜的木造住宅，引以為樂。

找到之後也不能如何。父親就只是喜歡木造房子，光是佇立在屋前欣賞便心滿意足。

留美子試著想起自己工作地點的同事。

檜山鷹雄不是同事是雇主，但年紀才三十多歲，所以留美子不自覺對他產生同伴意識。多半也是源自於檜山的人品，而這檜山鷹雄前年迷上了高爾夫。

他自己也公開宣稱一個月一次的高爾夫是他無上的樂趣。

「打一百球，會有一、兩球打得非常漂亮。漂亮得會讓人忍不住痴痴看著飛出去的球。光是這一、兩球漂亮得不得了的好球，就會讓我覺得啊啊，活著真好，啊啊，拚命工作，真是幸福啊。」

檜山這番話，曾讓留美子在事務所把正在吃的下午茶餅乾給噴出來。

「打了一百球，才一、兩球嗎？」

留美子一這麼說……

「繼續練習下去，就會變成三球、四球，十球、二十球……」這麼想就會很陶醉啊！」檜山毫不遲疑地如此回答。

所以那天下班之後，留美子便應檜山之邀，跟著到他常去的高爾夫球練習場。

檜山打了一百球。而且正如檜山所說，其中僅僅兩球，漂亮得連完全不懂高爾夫球的留美子也為之讚嘆。

「吶？看到了嗎？就是剛才那球。剛才那球漂亮吧！」

「真的是一百球裡面唯二的兩球啊。運氣好一點來個五球也不為過說……」

留美子回想起當時檜山的表情，在洞穴裡笑得花枝亂顫。

不然留美子，你來試試——被檜山這麼一說，留美子便借用他的高爾夫球桿試打，在連續五次揮空之後好不容易打到的那一球往正旁邊飛，從緊鄰打席的人的頭旁邊擦過，惹得他大罵特罵，留美子和檜山不斷道歉，逃也似地離開了練習場。

「吶？現在你切身體會到高爾夫球有多難了吧？」

檜山這麼說，又笑道，被那種軟趴趴的球打到也不會死，那個大叔何必氣成那樣。

「而且明明是從距離他一公尺之外的地方有氣無力地飛過去的。」

留美子這麼說，力證自己多缺乏運動神經。

從此之後，檜山就沒有再找留美子去練習高爾夫球了。

「球竟然會往正旁邊飛，想這樣打還打不出來呢！」

留美子又聽了一次《白鳥之歌》，邊聽邊讓身體沐浴在送進洞裡的黃色立燈燈光裡，喃喃地這麼說。每次聽著卡薩爾斯的大提琴演奏的《白鳥之歌》，留美子都會覺得彷彿化身為遨遊於自己尚無緣得見的西班牙加泰隆尼亞穹蒼的一頭巨鷹。

眼底一切都化為小點，麥田、葡萄園、泥土路，宛如一大片色彩繽紛的織錦。

風聲獵獵，要吹走化身為鷹的留美子，但她瞬間抓住上昇氣流微妙的感觸，不必策動雙翼，便繼續翱翔於天際……

她曾經在書上看過，每個人小時候都曾夢想自己變成小鳥在空中飛行，但她卻從來不曾對此心生嚮往……

留美子是這麼想的。

卡薩爾斯的《白鳥之歌》至今不知都聽過幾十次了。但是她是從開始在父親書房的洞穴度過自己專屬的時光的那一天，聽著這首大提琴演奏時，才突然產生了自己化為一頭大鷹的錯覺。

「待在這個洞穴裡，我就能變成老鷹……」

留美子這樣低聲說，腦海裡出現了飛越天空的蜘蛛那無可形容的堅强與專注的模樣。留美子心想，十年前，那個少年交給她的信上寫的蜘蛛的事，果然在自己內心深處留下了强烈的印象。

留美子離開洞穴回到自己房間，用電腦搜尋了「飛天蜘蛛」。不存在的東西應該找不到，而且「蜘蛛」相關的資料恐怕多達好幾萬筆。她可不願尋著資料一筆筆去找。但是，她一下子就找到「飛天蜘蛛」的相關網站。

看到電腦畫面上顯示的搜尋結果筆數，數量之多令留美子大為意外。她驚訝的是，原來除了專門的生物學家，還有這麼多一般人和團體也研究蜘蛛。
會在網路上開設蜘蛛相關網站的人，在喜愛蜘蛛並積極加以觀察研究的人當中應該只占了一小部分，可見得光是在日本，以各種形式對蜘蛛懷有高度興趣的人便多得超乎想像。
「哦……原來世界上怪人很多呢。」
留美子喃喃地說，點進了有「飛行蜘蛛」關鍵字與說明文字的網站。
對留美子而言，蜘蛛不過就是一種噁心的八腳蟲。不只噁心，她還覺得討厭。偶爾在廁所裡或是曬衣場之類的地方遇到大小約三、四公分的小蜘蛛忙忙碌碌地爬來爬去，她就會嚇得大聲尖叫，連自己都覺得丟臉。
話說回來，蜘蛛怎麼會飛呢？一定是品種特殊的稀有蜘蛛……
留美子一邊這麼想，一邊瀏覽可能會有「飛天蜘蛛」相關資料的網站。
那是個個人網站，出現的全都是那個人每天的感想和短文之類的，看不出到底哪裡和「飛行蜘蛛」有關。
但是，點進這個站長的「感興趣的人」，當中便介紹了持續研究「飛行蜘蛛」的「錦三郎」這號人物。

這位先生住在東北地方，因某事而對「飛行蜘蛛」產生興趣，持續觀察，將其研究成果集結成一本名為「飛行蜘蛛」的書並付梓出版。

網站上也有錦三郎其人的簡歷，留美子看了他的出生年月日。看樣子現在早已年過八旬。

她也看了其他的網站，對「飛行蜘蛛」都只有短短一、兩行的敘述。

「迎雪啊……」

留美子再次回到介紹錦三郎這個人的頁面，仔細閱讀那篇文章後，低聲這麼說。

東北地方自古便將會飛的蜘蛛稱為「迎雪」。一旦發生蜘蛛群起而飛的現象，雪季便會降臨東北地方，所以稱之為「迎雪」。

「真不知道是什麼蜘蛛……沒有翅膀就飛不了吧……」

留美子在記事本上抄下錦三郎這個人名和《飛行蜘蛛》這個書名。

連假期間，留美子睡了很久，甚至有一天整天都穿著睡衣。

一方面也是因為腳底的傷對日常生活中平平無奇的小動作也帶來意想不到的制約，讓她想動也動不了，所以只能躺在床上聽聽音樂、看看書。

母親去肉店面試那天就被當場錄取，當場領了圍裙，學習如何炸可樂餅，展開一天六小時炸五百個可樂餅的生活。

母親起勁的樣子，讓留美子由衷佩服原來母親這麼喜歡工作。早上九點半出門，中午一點多回來。然後吃午餐做家事，兩點半又再出門，傍晚六點半左右回家。由於母親開始了這樣的生活，所以留美子只能在別無他人的家裡，不斷重複睡睡醒醒。

這段期間，母親曾二度到醫院探望佐島老人，得知兒子媳婦仍不知年邁的父親受傷，還在享受他們的高爾夫之旅。

蘆原小卷後來也沒有回信。

也許因為是連假到哪裡去玩了，而且就算待在家裡，也不一定會經常打開電腦來收信。

儘管留美子這麼想，但也考慮到或許小卷並不想向別人解釋她得了什麼樣的病。

連假結束後傷口仍未拆線，所以留美子只能穿球鞋上班。

與球鞋搭配也不顯得突兀的服裝，實在很難說是一個年過三十的女人搭電車上班的打扮，而一身薄毛線衣加牛仔褲也不好去拜訪客戶。

留美子已事先打電話知會檜山受傷的事，留美子必須拜訪的客戶便由檜山代為前去，好不容易到了拆線那天的早上，留美子在醫院看完醫生，便到病房探望佐島老人。

護士幫忙打電話到佐島家的幫傭家，在答錄機裡留了言，所以幫傭旅行回到家那天晚上便匆匆趕來醫院，但兒子媳婦則還沒有回來。

「我完全不知道原來連冰見小姐都割傷了腳底。」

佐島老人身體左側朝下躺著，數度道謝，又不斷為造成留美子的麻煩道歉。

「我的傷根本沒什麼。多虧受了傷，連假好好地補了眠。」留美子說。

「昨天早上，醫生說我可以左側躺，我才覺得終於活過來了。唉，沒想到只能趴著會那麼痛苦。會讓人喘不過氣來，睡不著吶。」

佐島老人面帶笑容，說能夠大口深呼吸之後，才總算覺得自己像個人。

「上原先生也很照顧我。第二天，他就來探望我了。聊到我們不知道究竟在那裡當了幾十年的鄰居，上原先生也苦笑。上原先生出生的時候，我還是個大學生。所以我頭一次見到的上原桂二郎先生，是叫作『桂兒』的小嬰兒。」

「您什麼時候拆線？」

留美子問。

「醫生說後天來拆。上了年紀，再生能力畢竟也不如年輕的時候了。傷口癒合得很慢啊。」

不過已經隨時都能回家了——佐島老人說。

「今天業者會來修理浴室的玻璃門。幫傭要我等那些人弄好了再出院……」

真沒想到原來無法深呼吸會這麼痛苦……

佐島老人又這麼低聲說了之後，露出笑容，對留美子說：「冰見小姐是我的救命恩人。」

「您太誇大了。」

留美子雖然這麼說，但心想那時候要是沒有人發現，真不知道佐島老人會怎麼樣。儘管他受的傷並不致命，但若一直無法動彈地倒在浴室和走廊交界處不斷出血，老人的肉體和精神一定會非常變得衰弱……

「那時候我也嚇壞了，不知道該怎麼辦才好。幸好上原先生的公子經過……」

留美子儘管覺得或許不應該由自己來說，但還是說明了上原桂二郎與浩司這對父子清理了浴室和走廊，甚至還鎖好門窗。

佐島老人一臉驚訝，問道：「上原父子幫我把碎玻璃和我的血都清理掉了？」

又說：「哎呀，上原先生一個字都沒提。原來當時在場的，不是俊國是浩司啊……我果然嚇壞了，腦筋出了問題啊。一直以為是哥哥俊國。」

留美子從佐島老人的表情中看出一種微妙的困惑，而這種困惑並不是他對自己身受重傷處於不安與心慌而產生的錯覺感到不解，因此想安慰他這不是「老化」，便說：「兄弟嘛，想必長得很像，在昏暗的走廊上誰都會認錯的。更何況佐島伯伯當時處於那種狀況。」

佐島老人略加思索，說：「我被送上救護車的時候，上原家的兒子從浴室架上幫我拿出了好幾條毛巾，蓋住了我的傷和整個上半身。那時候我拜託他說『俊國，能不能幫我把錢包拿來』，然後告訴他錢包的所在。」

又說：「不對，他絕對是哥哥。雖然平常沒有交集，但他們兄弟我從小看到大，不會認錯的。俊國找不到錢包，在廚房裡打轉，我還記得我說：『俊國，不是那裡，那邊那邊。』因為我這句話，救護車的人就說：『哦，意識很清楚。不會有事的。很快就會到醫院，伯伯你放心吧。』……」

留美子認為硬要認真訂正老人常有的錯覺未免太不懂事，便說：「那麼，那果然是哥哥俊國吧。是我聽錯了。」

又說：「從醫院回來之後，我隔著窗戶和準備到河口湖去玩的俊國聊了一下。我把名字聽成了浩司……是我聽錯了。」

她安撫老人般這麼說，但留美子比誰都清楚，這番解釋有點不自然，也太牽强了。

她不希望老人認為她是隨便敷衍，便補充說：「那時候，他說他做廣告方面的工作。」

「那麼，果然是俊國了。浩司在汽車公司上班，今年才剛大學畢業成為社會新鮮人，現在正在研修，要在工廠的宿舍住到九月底。」

佐島老人宛如自行檢查腦部狀態般，一句一句慢慢地，將自己對上原兄弟所知的事說出來。

留美子不想讓佐島老人太累，便想離開當晚出現的究竟是上原俊國還是上原浩司這個話題。

但留美子與佐島老人並沒有共通的話題。

留美子告辭離開佐島老人的病房，直接前往事務所。

儘管留美子認為佐島老人精神矍鑠，頭惱也很清楚，但上了年紀難免會產生老人慣有的固執，同時也實在不相信那一晚自己隔著窗戶和「上原浩司」交談時會把話聽錯。

青年的確自稱「浩司」，他對留美子說他在廣告代理商上班，五日起，為了拍零食大廠的新商品廣告，必須到某座深山的瀑布去。

多半是佐島老人把上原家的老大和老二的工作搞混了，再不然就是告訴他的人弄錯了……

留美子這麼想。

今天可以下午再進事務所，所以留美子在澀谷換了電車，前往為了調查工作方面的資料而經常利用的都立圖書館。

她已經事先查出圖書館裡有錦三郎所著的《飛行蜘蛛》，而且目前沒有人借閱。

辦好了借書手續，留美子將《飛行蜘蛛》這本老書放進公事包，進了事務所。

稅務文件在辦公桌上堆積如山，但留美子還是先將《飛行蜘蛛》的內容全部影印出來。

雖然大可把書帶回家看，但留美子不想弄髒圖書館借來的書，總是會先影印。

她曾有一次將咖啡潑在貴重的書籍上，從此，凡是圖書館借來的書她都儘可能當天歸還，而且也避免邊看借來的書邊喝咖啡、紅茶。書的版權頁上注明《飛行蜘蛛》出版於一九七二年四月二十日。

目錄的第一行是「迎雪」，還附加了「蛛蜘的空中移動」這幾個字。

錦三郎的觀察紀錄始於昭和二十七年（一九五二）。

留美子正在影印所有的書頁時，昨天從沓里島旅行回國的丸岡海子吃過午飯回來，「這個，是給留美的紀念品。」

說著，從自己的置物櫃裡拿出一個紙包給留美子。

留美子道了謝，打開紙包。盒子裡出現了一隻以奇妙的角度彎曲的木雕的手。很像是千手觀音的手，但只截下手腕以下的那一段。

「這是什麼？」留美子問。

丸岡海子的名字本來以漢字是寫成「海子」，卻因為常被人取笑念成「カイコ」（KAIKO）或「アマ」（AMA），現在名片乾脆以平假名寫成「うみ子」（UMIKO）。她說，被叫成「カイコ」她沒什麼好生氣的，但她卻想「宰了」叫她「アマ」的人。

「為什麼海子會變成アマ？『海女』才念成アマ好不好？我才不要讓一個連漢字都不會念的人拿名字來取笑我。」

當留美子說漢字的「海子」比平假名更好看時，丸岡海子是這麼回答的。

以「見義勇為」為座右銘的丸岡海子將手指細長得令人發毛的木雕手托在手心，然後放在辦公桌上，說明：「喏，這樣放就可以當成信架。把信夾在小指和食指之間，可以放二十封信或名信片，無名指和食指之間可以用來夾便條紙呀。」

「真的呢。好特別喔。哇，好棒……真的很有呇里島民俗工藝的感覺。」

「你喜歡嗎？」

「嗯，謝謝。」

「啊啊，太好了。」

丸岡海子壓低聲音，說這是為了留美特別找的禮物，其他人都是一件五百圓的T袖。

「不能告訴別人喔。趁大家還沒回來，趕快把這個信架收起來。」

「那，我就裝作我也是收到T袖好了。」

留美子這麼說，心想我寧願要T袖，把木雕手收進盒子，放進自己的置物櫃。對這隻木雕手，留美子只覺得渾身不舒服。總覺得要是放在房間裡，這隻手半夜就會自己動起來。

將《飛行蜘蛛》整本影印完，留美子便著手處理自己桌上那堆傳票和文件。

一直到傍晚，總共接到五通客戶的電話，但都不是什麼麻煩的事務，幾種傳票也都沒有問題。

機械化地處理傳票的時候，留美子腦海裡閃過「俊國」這個名字。

十年前寫那封信的人也叫俊國。上原家的兒子也叫俊國……

當時十五歲的他是「須藤俊國」……須藤……上原……

名字同樣叫「俊國」是巧合吧。可是，同樣都是「俊國」也未免太巧了……

辦公室裡只有客戶決算期都撞在一起的橋詰朝男一個人忙著敲鍵盤，到北海道出差的所長檜山當天不會進事務所，其他職員做完自己的工作，幾乎都準時下班了。

留美子處理的案件中有一件事想請教檜山的指示，所以在等檜山電話的期間，讀起《飛行蜘蛛》。如果沒有特殊狀況，每天傍晚六點檜山一定會打電話進事務所，確認有無聯絡事項。

「我來煮咖啡吧？」

留美子對比自己大兩歲的橋詰朝男說。橋詰在大學畢業的同時結了婚，所以三十四歲就成了十歲和八歲的男孩，以及一個四歲女孩的父親。

橋詰閉上眼睛，一面按摩眼球一邊離開自己的座位，來到留美子的位子，說：「你要幫忙煮嗎？不好意思啊。」

然後探頭看了一下留美子正在看的書。

「飛行蜘蛛……?咦，這和留美負責的客戶有什麼關係嗎?」

「我是好奇，想說蜘蛛真的會在半空中飛嗎……所以才從圖書館借來的。和工作沒有關係。」

聽了留美子的話，「嗯，蜘蛛會飛喔。不是像蟋蟀那樣跳，真的是在半空中飛。」橋詰也順口回答。

「咦!你看過嗎?」

「看過啊，小時候。」

「在哪裡?」

「我家附近的田裡。」

橋詰之前曾在某個喝酒聚餐的場合告訴過留美子，他的老家是秋田縣和岩手縣交界一個小村莊的酒造，他在那裡出生長大，進了東京的大學之後，除了過年不曾回過家。

「看這本書之前，我一直在想，會不會是有哪種長了翅膀的特別品種的蜘蛛……結果不是。原來大多數的蜘蛛都會利用自己吐出來的絲來飛。」

留美子說。

於是，橋詰雙手往留美子的辦公桌一頂，低下頭，墊起腳尖，噘起屁股。

「牠們會像這樣啊，算好風向啦、風的強度啦，從屁股吐絲。」

橋詰模仿蜘蛛，左右擺動自己的屁股。

留美子覺得橋詰這樣子好好笑，笑著問：「橋詰先生，你真的看過蜘蛛飛？」

橋詰仍維持屁股吐絲的蜘蛛的模樣，說：「看過啊。不過頂多只飛了三、四公尺就是了。」

「咦！只能飛這麼短啊？」

「就算能順著風勢飛起來，蜘蛛絲那麼細，會糾結啊，纏在一起變成一團，很快就會掉到地上了。」

「蜘蛛嗎？」

「嗯。牠們會飛靠的就只是一坨絲。可是我奶奶說她看過順利地乘著風飛得很遠的蜘蛛。」

乘著風，順著上昇氣流，再加上千分之一、萬分之一的幸運，將小蜘蛛送往遠方大旅行——橋詰這麼說，在椅子上坐下來。

「可是，蜘蛛靠自己的絲飛向空中，機會不止一次。失敗了會再挑戰。連續個三、四次吧。要是都不成功，大概就會在自己拓展的領域內生活吧。」

橋詰說，據說有很多蜘蛛因為順著上昇氣流成功起飛，卻被鳥吃掉或死掉，然後喝了留美子煮的咖啡。

「在那之後，真的會下雪嗎？」

留美子也邊喝咖啡邊問。

「嗯，冬天真的會緊接著就來。很神奇。風會變大，然後變冷，過個四、五天就會下第一場雪。現在不知道怎麼樣了……畢竟全球氣候異常嘛。不過我想，在季節劇烈變化之前，都會有一些異變的嘛？像是春天之前會颳春一番，梅雨結束時會打雷……冬天來之前，會有好幾天暖和得像春天一樣不是嗎？蜘蛛大概就是在那些像春天一樣暖和的日子起飛的吧。風不至於太強但還是有風，溫差形成上昇氣流……」

橋詰說，他已經很久沒有回出生地了。

「奶奶過世之後，就沒有回去的理由了。」

「父母呢？」

「我爸死了，我媽就把鄉下的房子賣掉，前年搬來和我們一起住。她是很想住在鄉下，可是我姊也嫁到埼玉去了，弟弟又在關西……」

父親四十年前買的杉樹林山頭賣了好價錢，母親因此而下定決心到東京的長子夫婦家度過餘生——橋詰說。

「我爸不惜借錢去買不知什麼時候才賣得出去的杉木林，被他兄弟姊妹和一干親戚當成廢人，罵他傻，誰也沒想到四十年後竟然那麼值錢。多虧了我爸，不僅我媽的生活有保障，連我們夫婦也連帶其惠。不過那座山從買下來到能換錢，四十年的歲月絕對不能少。」

留美子隨口回應橋詰這番話：「樹在修枝之後還要好久才能用嘛。」

橋詰一臉驚訝。

「哦，原來留美對樹這麼了解啊。修枝這種詞，一般人是不知道的。」

留美子解釋，因為弟弟在大分縣一家小製材所工作，上個月好不容易回到東京的時候，告訴她一棵杉樹或檜木要經過多少人力和時光才具有作為木材的價值。

「製材所？你弟弟不是去美國念大學嗎？我記得所長說過是電腦方面的學

系。」橋詰問。

留美子說的確如此，但他突然改變方向，現在正為了學習「樹」這個東西而努力。

「樹從樹苗開始，要成長十五年才終於修枝，然後再過五十年或六十年，才終於具有木材的價值，聽到這件事的時候，我嚇了一大跳。因為，這樣的話，今年種的樹苗，在我弟弟有生之年也不會砍來當木材呀？我才知道原來種樹完全超乎我的想像……」

「嗯，是啊。我小時候的朋友有五、六個家裡從事育林的工作，可是其中三個很快就把父母傳下來的山賣掉改行去了。」

橋詰這麼說，「不過，九州那邊的樹長得還算快的。」

又繼續說：「像東北啊，冬天很冷，整年日照時間又少，樹長得很慢。可是，也因為這樣，木材的品質很好。南方的木頭在溫暖的地方長得很快。換個說法，就是沒吃過苦的富二代。而寒帶的木頭從小就忍受風雪摧殘，堅強地長大，所以木紋很密。神木中的神木，幾乎都是生長於寒帶地方。」

留美子看到橋詰有幾分得意地大談樹木的表情，思索所長檜山之所以經常對橋詰不耐煩的原因。

橋詰個性溫和，稅務方面知識豐富，也通曉世事，但一旦直接負責客戶，他的這些優點幾乎都無從發揮。

只會在自己熟悉的人面前雄辯滔滔，在初識的人、不熟的人之間協調折衝時，則簡直換了一個人般沉默寡言，同時變成像檜山說的「連頭腦都遲鈍了」。

這一點已經被指責多次，橋詰自己也十分煩惱，但他會對檜山以外的人搬出這樣的藉口：「因為我很怕生。可能是在意東北口音吧……」

「小孩子才會怕生。」

從他人口中聽到橋詰自我辯護的話，檜山曾這樣罵，而從此橋詰一有機會就批評檜山。

這些話都會長翅膀傳進檜山耳裡，今年以來，他們之間的關係一直很差。

留美子愈來愈覺得，橋詰的弱點其實並不是因為他異常地想隱瞞的鄉音。

留美子認為，關西人說關西腔很自然，來自九州和東北的人，無論標準日語說得再怎麼好，因為什麼機緣而露出自己從小熟悉的口音也是再自然也不過的事，不會有人特別介意這一點，也極少有人會因此而感到不快。

所以留美子私自分析，認為「因為口音而怕生」只是藉口，並非橋詰的真心話。

雖然多半是天生的個性，但橋詰無論什麼事都會「兜圈子」。

一加一等於二這麼簡單的說明，他卻會從為何要一加一開始說明。彷彿不這麼做，就無法讓對方明白二這個數字似的。

「那件事怎麼樣了？」

假如客戶這麼問，在回答「結果是這樣」之前，他會沒完沒了地解釋為什麼會變成這樣。

回答「結果是這樣」，在電話裡一、兩分鐘就能講完，對方也能立刻掌握重點，但就連留美子這個局外人在旁邊聽到橋詰這些不需要的說明都不禁不耐煩起來。

留美子認為，正是因為想展現出不是自己的自己，或是比自己更好的樣子，才使得這個分明有能力的人一直停滯不前。

檜山打電話來了，留美子簡短地問了非問不可的問題。

「還有誰在事務所嗎？」

檜山以手機問，說他人在計程車上。

留美子回答橋詰先生在，檜山說，就算橋詰還在工作，要是你的工作做完了就別客氣，下班回家去，然後掛了電話。

「所長現在在哪裡？」

橋詰問，拿著咖啡杯回到自己的辦公桌去了。

「說他在計程車上。不過沒有說計程車在哪裡。」

「所長正拚了命想多爭取客戶嘛。現在五個職員都忙不過來了，客戶再增加就只能舉白旗了。所長要是太貪，會被同行討厭的。」

「太貪？」

留美子把咖啡喝完，邊收拾杯子邊問。要開一家稅務事務所，就算僅僅只有五個人，也必須付職員薪水，所以檜山當然會努力開拓客源，但留美子想歸想，卻沒有說出來，整理好桌子準備回家。

「要硬搶別的稅理士的老客戶，也該有個分寸。」

橋詰說。「只要合作愉快，客戶不會輕易換稅理士的，所以會換的都是營業不健全的公司，或是個人公司……所長拚命想幫這些公司重建體質。但稅理士去插手管別人的經營重建是致命傷啊。」

「可是，只要負責稅務，就不得不介入那家公司或是個人事業的經營方針不是嗎？」

留美子後悔自己太多嘴，所以不去看橋詰，拿起公事包，就要離開事務所。

結果橋詰說：「因為留美和所長感情好嘛。」

他話裡帶刺，要是不理他就走，就好像自己肯定了那根刺的本質，所以留美子鬆開門把，轉身面向橋詰。

「檜山稅務會計事務所的職員，和所長檜山先生感情不好的話，彼此都會很困擾吧？我認為感情好是件好事。」

「感情好當然是好事啊。」

橋詰依然背向著留美子，說，「可是，所長是男人，留美是女人……」

「我和所長就算感情好，也不是男人和女人的那種感情好。」

啊啊，這個人應該不會在檜山稅務會計事務所待多久了。和這種人說什麼都是白費唇舌。儘管這麼想，留美子還是覺得背對著自己的橋詰自卑得窩囊，忍不住說：「這種話，對我、對所長都是侮辱。」

「侮辱？為什麼？只是說你們感情好就當作侮辱，未免反應過度了吧。會反應過度，不就表示一定有什麼原因嗎？」

橋詰還是背對著留美子，不正視她，這樣反唇相譏。

「橋詰先生真不像男人。為什麼不看著我說話？」

留美子感覺心跳變快，一邊這麼說。雖然後悔應該不理他直接回家的，但現在又不能回頭，只希望橋詰像他平常對公司外的人那樣變得沉默寡言。

然而橋詰卻因為留美子這句話轉過頭來，說：「不像男人？哦，我上次說『不像女人』結果罵我性騷擾的人是誰啊。」

「不是我。一定是別人。就算有人說我『不像女人』，我也不會生氣罵說這句話是對女人的性騷擾。」

「哦，那就是海子了。」

「再多少次我都會說。橋詰先生不像男人。」

「那又怎麼樣？」

橋詰的臉都發白了。

啊啊，我真是的，明明膽小，為什麼要跟別人吵架呢……

留美子怕她和橋詰的口角繼續惡化下去，便不作聲。這時候，電話響了。
橋詰接起電話。
「所長打來的。」
這麼說，對著留美子笑。
「既然你還在，可見今晚沒別的事吧？」
檜山問。
「那晚餐我請客。去『都都一』如何？」
留美子心想要是橋詰也一起就很討厭，正考慮著該怎麼回答時，
「你在『故好』前等我，別讓橋詰發現。我再十分鐘就到了。」
檜山說。
「好，我知道了。」
留美子掛了電話，不去看再度背向她的橋詰，離開事務所，來到走路約五分鐘的和菓子店「故好」前。
檜山說十分鐘會到，但不到五分鐘就有一輛計程車停下來，檜山從後座探頭招手。

要是這個情景被別人看到，恐怕真的會懷疑她們的關係——留美子這麼想，朝事務所所在的大樓看了一眼，上了計程車。

「有第二個了，第二個！」

計程車開進大馬路的時候，檜山這麼說。

「剛進入第八週。第八週的話，就是懷孕第三個月吧？」

檜山像拿著接力賽的接力棒般握著手機直揮。

「咦！所長太太懷了第二個孩子嗎？恭禧恭禧！」

留美子說，覺得剛剛的不愉快逐漸消失。

「可是，這麼值得慶祝的日子，所長請我吃飯好嗎？應該回家和太太一起慶祝才對呀。」

「可是她回娘家了。我丈母娘感冒發高燒病倒了，所以她今晚回娘家做晚飯給爸爸和弟弟們吃，順便去了一趟醫院。」

檜山妻子的娘家，距離他們所住的公寓搭電車只要兩站，頭一個孩子也是在娘家附近的醫院生產的。

「我剛打完給事務所的電話，她就打手機給我了。所以我才改變了行程。

本來約好要跟人碰面的，我解釋了原因請對方延到明天。第一個的時候，想了三年都沒懷上，這次幾乎是百發百中啊！一下就有了。」

說完，檜山露出難為情的笑容，喃喃地說跟女生講這些太低級了，伸手遮住了自己的嘴。

「沒關係。今天不管所長說什麼我都不覺得低級。既然已經三個月了，應該知道是男是女了吧？」

「啊，對啊。可是我老婆卻一個字都沒提。」

然後，檜山收起笑容，說：「我找到比橋詰更優秀的人了。」

這個人本來在大阪的稅務事務所工作，和橋詰同年，已婚，但因為妻子娘家的緣故不得不搬到東京，所以才會找新東家。

「她太太的娘家是在板橋開電影院的。」

「哦，電影院？」

「是專門播十八禁的電影院。聽說他岳父十年前就癱瘓，實際上是岳母在經營，可是岳母也得了乳癌……還非常初期，手術也很順利，可是不能再讓老人家辛苦，所以才拜託女兒接手電影院。」

檜山說，他要叫橋詰走路。

「這件事，橋詰先生知道嗎？」

留美子問。

「今天早上出門前，我打電話到橋詰家，告訴他我的事務所不需要你了。那傢伙，一個月前跑到小田切先生那裡去請人家介紹工作。聽說還跟小田切先生說了一堆有的沒的。」

小田切是關東稅理士界的重鎮，對檜山鷹雄而言形同師父。橋詰就是在小田切的推薦下來到檜山稅務會計事務所任職的。

「小田切老師說，沒辦法幫一個把自己的東家說得那麼壞的人找工作。」

檜山說，打了一個大哈欠。

「我搭最早的一班飛機去千歲，下了機就搭車去札幌。事情辦完又回到千歲，剛才才回到羽田……本來覺得好累，心情煩躁，不過一接到老婆的電話，精神都來了。」

「這個消息真的是可喜可賀呀。」

留美子決定不提剛才她和橋詰之間的事。結果，檜山問起：「橋詰有沒有什麼不尋常的樣子？」

留美子說沒什麼不尋常的。

「他剛到我們事務所的時候，馬上就能上線，不會說別人的壞話，也不怕吃苦，有這麼好的一個人來我們這裡，我真的很感恩。可是大概是三年前吧，我因為一件事狠狠罵了他一頓，從此他就變了。每每針對什麼就背地裡批評我的作法，還背著我模仿我。」

「模仿所長？怎麼說？」

「他的言行，擺明了就是要讓人家覺得實際上運作檜山稅務會計事務所的不是所長檜，而是他。應該是我罵人的方式還不夠老練吧。有點太情緒化了。」

但是，那是因為經過一再提醒卻完全沒改，終於忍無可忍才爆發的，自己完全沒有傷害橋詰的自尊的意思——檜山說。

「那傢伙，以後無論在哪裡工作，最後都會因為類似的情形變成不被需要的人。」

檜山看到留美子想在明天上班前繞到圖書館歸還而從事務所帶出來的《飛行蜘蛛》，便問那是什麼書。留美子正想說明的時候，計程車在「都都一」附近停下來。

計程車司機說，開到店門口也可以，但路上很塞，從這裡走過去反而比較快。

在「都都一」的吧檯坐下來，留美子指著弟弟亮賣給店老闆的李朝時代多寶槅，低聲向檜山說明成交的經過，不經意地朝正在吧檯用餐的客人看。

一個似曾相識的人正看著留美子，但視線一交會，那個人便轉移視線，回頭與坐在身旁的中年女子談話。

自己的確在哪裡見過那個人……

留美子這麼想，視線又悄悄拋過去。男子也又看著留美子。

「啊，是上原先生。」

留美子喃喃地說。與此同時，對方似乎也想起了留美子是誰，露出一絲笑容，若有似無地點了點頭。

上原桂二郎有女伴，所以留美子不知該怎麼辦。因為她心想，是不是裝作不認識比較好？

然而，上原桂二郎點頭的方式，顯然是顧慮到留美子與異性一同來到「都都一」，所以一定是和自己一樣怕打擾到對方，留美子便露出開朗的笑容，報以大大的點頭。

上原桂二郎站起來，來到留美子坐的地方。

「我還在想，這個人和冰見小姐好像啊。」

「您常來這家店嗎？」

留美子問。

「今天是頭一次，那一位帶我來的。」

上原桂二郎朝身穿和服的女性看了一眼，這麼說。

留美子介紹了檜山，說自己在他的稅務所上班。然後向檜山介紹了上原。

上原向檜山行了一禮，回到自己的座位。

「他是我家對面鄰居。上原工業的社長。不是有個廚具品牌『Uehara』嗎？做湯鍋、平底鍋的……商標是兩隻坐著的獵腸狗。」

「哦，是那家公司？我家的鍋子就是『Uehara』的啊！平底鍋也是。」

檜山說。咕噥著早知道就跟他交換名片。

「他們在廚具製造方面是老牌中的老牌啊。原來是留美家的對門鄰居……」

檜山先點了兩瓶熱清酒，和山椒烤鰹魚皮。

「這麼值得慶祝的日子，要不要吃鯛魚？」

留美子說，點了鯛魚生魚片。然後為檜山倒酒。

「祝肚子裡的寶寶健康長大。」

敬了酒。

「都都一」的老闆從廚房裡出來，向和服女子打了招呼，將自己的名片遞給上原桂二郎。

「這位老闆娘嘴巴可是刁得很。我們年輕的一看到老闆娘來了，都心驚膽顫呢。」

「都都一」老闆這麼說，一發現留美子，便向兩人說這個李朝的多寶槅便是向那位小姐的弟弟買的。

「令弟好嗎？請轉告他，來東京的時候務必再度光臨。」

留美子對「都都一」老闆的這句話回道：「我弟弟薪水微薄，卻偏愛收集昂貴的樹根什麼的，所以回到東京時總是口袋空空。他要自己來貴店實在是來不起。所以，您買下李朝的多寶槅，他開心極了，說是錢從天而降。」

「可是令弟找到了這個李朝的多寶槅，眼光實在高明。」

「都都一」的老闆這句話，帶著「我的眼光也不錯吧」的自豪意味，被稱為老闆娘的五十多歲女性看了看留美子，笑道：「阿克，你這樣等於是在說你自己眼光更好呀！」

留美子看到她一身品味和剪裁都極佳的和服和端正的側臉，猜想這位稱「都都一」的老闆「阿克」的女性應該是在京都開料亭或茶屋。

「反正只要一進店裡，看到這個多寶槅，就覺得我真是買到好東西，然後一直看一直看。」

老闆說。接著，在上原和女性面前談起高爾夫。

「這位老闆娘事先不肯告訴我原來你這麼厲害，害我這麼差勁的在第一洞就驚慌失措了。」

上原桂二郎說。

「我因為沒別的消遣，所以四十幾歲那時候發狠練習。早上到築地採買了魚貨，回家洗個澡，就到高爾夫練習場。店裡公休的日子一定是到高爾夫球場報到。管他下雨還是下刀，都是高爾夫、高爾夫、高爾夫。我四字頭那些年全都奉獻給高爾夫了。」

「都都一」的老闆說。

「到了五十歲，卻改變路線，全都獻給年輕小姐。」

和服女子說。

「就是啊，結果差點本來是三的，掉到五去了。所以年過六十，又回過頭來全心料理。遊戲花叢很傷肝啊。」

「都都一」的老闆大言不慚地這麼說，然後笑了。

「為什麼遊戲花叢會傷肝？」

女子一臉認真地問。

「不喝酒就沒精神。用高爾夫來比喻的話，就是打了半場就沒力了，後九洞根本打不完。」

「哦，喝了酒就有精神了？」

「暫時而已啦。簡單地說，就是用酒來騙騙神經。」

聽著他們的談話，留美子聽出上原和老闆娘、「都都一」的老闆今天去打了高爾夫球。

留美子本想等到三人的對話告一段落，問問上原桂二郎佐島老人出事的那一晚在場的青年是上原家的長子俊國還是次子浩司，但又覺得還是不要挑錯時間地方掃別人的興，回過頭來在檜山的建議下點了炭烤近江牛。

「一家旗下有幾千、幾萬名員工的企業，個別員工出缺都是由股長、課長、部長處理的，但像我們這種才五個人的小公司，人事方面反而麻煩。因為無論如何都會牽涉到個人觀感。」

檜山說。

「因為五個人就能搞小團體了嘛。」

留美子附和道。

「我在大學期間，曾經在一家搬家公司打工。雖然也要看搬家的規模，不過基本上是以五個人為一組。」

「哦，搬家公司吔，原來你幹過粗活。」

檜山笑了。

「女生是負責打包衣物、餐具和其他小東西。電器、家具之類重的東西就由男生負責。」

「原來如此。」

「才五個人的團隊，就有交情好的、交情不好的、只想著怎麼偷懶的、別人不聽自己的就馬上擺臭臉的人……真的什麼人都有，結果人際關係比工作本身還累人……」

留美子邊回想起學生時代邊說。

「所以在我們事務所裡，觀察有沒有不健康的小團體、同事之間有沒有無謂的紛爭，有的話就負責排解的這個工作，我就託付給了橋詰。可是最關鍵的橋詰自己卻給我變成問題的元兇。我付薪水給事務所裡的人，可不是為了要他們一直在意別人對自己的看法。」

後來東扯西扯，話題又回到了計程車上的飛行蜘蛛。

留美子已經看了《飛行蜘蛛》的前十頁，又聽橋詰說了蜘蛛起飛，所以給檜山說了一個大概。

「留美，你怎麼會對會飛的蜘蛛產生興趣？」

檜山問。他聲音很大，本來大聊今天的高爾夫球的「都都一」老闆、和服女子和上原桂二郎都朝留美子她們這邊瞄了一眼。

「因為我實在不相信蜘蛛會飛，所以很好奇牠們要怎麼飛……」

留美子說。

真想看看蜘蛛在好幾重幸運交會之下高高飛上空中，乘著和煦的微風和上昇氣流，飛往遙遠的未知之地……

留美子對檜山這麼說，把錦三郎的《飛行蜘蛛》放在吧檯上。

「最近，我都不看工作以外的書了……」

檜山邊翻書邊說，然後提議接下來自斟自飲。

「為彼此斟酒，容易喝過量。因為會不知道自己到底喝了多少。」

「我去鹿兒島出差的時候，櫻島製菓的社長和會計部那幾位就一直幫我倒燒酎，我差點就死在那裡。」

留美子想起那晚醉得天旋地轉，彷彿要落入萬丈深淵般的痛苦，就邊把吧檯上自己的酒杯移開邊說。

「燒酎是彼此互斟來喝的啊？」

「他們會倒在玻璃杯裡幫我加熱水稀釋，可是我不喝，他們就不肯喝。所以我只好喝了，然後我幫他們倒燒酎，這樣他們才喝。」

「簡直就像大學生的聚會嘛。硬要拚酒，會死人的。急性酒精中毒。」

「他們說，喝鹿兒島的燒酎不會死人……熊本的燒酎才會……」

檜山笑了，說：「在鹿兒島說熊本或宮崎的好話就慘了。不過在熊本或宮崎誇鹿兒島，熊本人和宮崎人也會不高興。」

檜山說起有一次他說在宮崎吃到的牛肉很好吃，結果大分的人就嗆聲說和豐後牛相比，宮崎的肉連三流都算不上，一副要打架的架勢。

有客人進來，「都都一」的老闆對那位高大的男子說：「歡迎光臨。不好意思，勞駕您特地跑一趟。」

然後請他坐上原桂二郎旁邊的位子，向男子介紹。

「這一位是上原桂二郎先生。」

看到那位高個子骨架硬挺的銀髮男子，留美子不禁輕聲驚呼。那是她大學好友黃淑齡的父親，黃忠錦。

黃忠錦與上原桂二郎交換了名片，也殷勤地問候了和服女子，往椅子上坐下，才注意到留美子。

「咦？這不是留美嗎？」

說完，黃忠錦將身子朝吧檯探出來，隔著上原與女子向留美子送出笑容，然後解釋：「那位是我女兒的朋友。」

今年就要七十歲的黃忠錦將本行金飾店交給長男，自己在台灣經營因本身嗜茶而插手的製茶葉。

女兒黃淑齡的日本名字叫作黃淑子，但這麼做並非為了隱瞞自己不是日本人的事實，而是因為淑齡這個名字對日本人而言太難發音、太難叫了。

話雖如此，淑齡的日本朋友都不叫她「淑子」，而是叫她「きいちゃん」（KIICHAN）。將她的姓氏「黃」加上「ちゃん」當作綽號，人人都喜歡這個聰慧靈巧、不拘小節、落落大方十足大陸型個性，卻又肯定因家教好而對人細心體貼的「きいちゃん」。

「きいちゃん」黃淑齡在父母推薦下與同鄉男性相親結婚，目前住在舊金山。

她的父親黃忠錦是日本華僑全國聯合會的重要幹部，不僅與世界各國的華僑關係緊密，與各國政治家與財經界人士間也有穩固的人脈。

「謝謝你寄遷居通知給我。」

黃忠錦以洪亮的聲音對留美子說。

「冰見小姐是我的對門鄰居呢。」

上原桂二郎說。

「對門……哦，這還真是巧啊。」

「不是斜對門或是附近而已喔，是真真正正的對面。我家的大門和冰見小姐家的大門，不偏不倚就正面相向。」

留美子笑著應上原桂二郎這句話：「門的大小差很多就是。」

「淑齡後天會回日本喔，這是她婚後頭一次回娘家。她預計在日本待一個月。」

黃忠錦說。

「咦？這樣きいちゃん不就要在日本生產了？」

留美子問。

「她說，要是在飛機上陣痛怎麼辦，我說反正有你老公在身邊。」

きいちゃん的丈夫是在美國出生長大的婦產科醫師。

「きいちゃん的寶寶出生之後，黃伯伯就有幾個孫子了？」

「八個。」

長子有三個，次子也三個，長女一個，老么淑齡一個，加起來一共八個。

黃忠錦說完，又笑說，下個月曾孫也會出生。

因為老么きいちゃん與大哥相差十五歲。

「真是喜事連連啊。」

上原桂二郎說，又苦笑自己兩個兒子連風流豔史都沒有，不要說孫子了，連媳婦的影子都還沒見著。

炭烤近江牛送上來了。

檜山說他今天一整天就只有中午吃了一碗拉麵，肚子餓得很，卻幾乎沒碰他點的菜，只顧著不停自斟自飲。

這是檜山爛醉時的喝法，所以留美子要他拿起筷子，這酒再怎麼喜慶都得吃點東西墊墊胃再喝。然而，檜山只要喝到一個程度，就必須等到酒醒才能吃東西，否則胃都無法接納任何食物。

「這下糟了。所長一開始這樣喝，除了所長太太就沒有人擋得住……我可不會照顧所長喔。你要鬧，我就把你丟在路邊自己回家喔。」

留美子故意凶巴巴地說。事實上，她也真打算這麼做。

「好啊，就把我丟著吧。我偶爾也想大醉一場啊！醉了，就攔計程車回家。」

「說得好聽，你之前不是還跑到大學時代的朋友家去嗎。」

「哦，對啊。我大學有一段期間一天到晚泡在他家。那時候每晚都在他家裡賭骰子賭到天亮。所以自然而然就往他家去了。習慣成自然，而且偏偏會在喝醉的時候發作。我毫不遲疑地就跟計程車司機說『到水道橋』。」

「聽說所長說聲我回來了，就進了人家家裡，走到朋友的房間，自己鋪了棉被就睡了。」

留美子邊回想海子告訴她的這件事邊說。

「我朋友的媽媽也以為是兒子回來了，問說如果不洗澡，就要把洗澡水放掉。聽說我就應了『我不洗了』。結果一個小時之後他本人回來了，抱怨說怎麼把洗澡水放掉了……」

檜山口齒有些不清地這麼說，然後笑了。

「他一定嚇了一大跳吧。進了自己房間，看到檜山鷹雄就睡在那裡。」

「他沒開燈，所以作夢也沒想到我睡在他房裡……他一腳就踩在我臉上。聽說他大聲慘叫，他媽媽還抄了金屬球棒衝過來。不過，臉被踩，還有他慘叫到附近鄰居都跑來看出了什麼事，這些我都不知道，一覺睡到天亮。」

檜山那莫名自豪的語氣，讓留美子想像起他朋友和母親驚訝的神情。

「我吃了這些肉，最後再來碗鯛魚茶泡飯收尾，就要回家了。」留美子說。

「好啊，我吃完這裡的土雞烏龍麵就回去。」

「真的一定要吃喔。啊，還有，今天你要回的家不在水道橋喔。」

大概是聽到留美子的聲音，上原桂二郎邊附和黃忠錦的話邊朝這邊看。

已經相當醉的檜山不知是誤會了什麼，「那，這筆帳，請記到我事務所名下。」

向「都都一」的老闆說完便站起來，走了出去。

「咦？所長，你要回去了？你不吃土雞烏龍麵了？」

留美子匆匆站起來，擔心要是不讓檜山好好搭上計程車、向司機說清楚去處，恐怕又不知會跑到哪裡去，便向「都都一」的老闆說了一聲，拿起檜山的提包追上去。

「那道炭烤近江牛，留美，你幫我吃掉吧。我都沒碰，對『都都一』的老闆很失禮。」

明明連路都走不直了，檜山還在擔心剩下的炭烤牛肉。

儘管覺得「啊啊，看樣子應該不會有事」，但留美子還是跟到了大馬路，幫檜山上了計程車。

檜山向司機說了妻子娘家所在地。

「我還擔心所長接著還要去哪裡喝呢。你是要去太太的娘家吧。」

「嗯，她娘家附近有一家關東煮很好吃。他們的蘿蔔和燒賣超讚的。」

「那所長要在那裡多吃點東西喔。」

聽到留美子這句話，「好囉嗦啊！跟我老婆一個樣。」

檜山這樣回嘴，然後在計程車裡揮揮手。

留美子回到「都都一」，搓搓手準備坐下來好好解決兩人份的炭烤近江牛，拿起筷子後，準備為自己倒酒。

看到她這樣，「都都一」的老闆說：「這麼年輕的女孩子一個人坐在吧檯自斟自飲，多寂寞！」

笑著來到留美子面前，拿起酒瓶，為她倒了酒。

「檜山先生沒醉。才喝了三合，他不可能真的就醉了。」

「可是，他早餐也沒吃就去札幌，中午沒時間只吃了一碗拉麵。檜山先生酒量再好，這樣也會醉吧？不過多虧這樣，我才能吃到兩人份這麼好吃的肉，真幸運。」

「都都一」所用的近江牛，是與滋賀縣的畜牧業者特別簽約飼養的。

大概是電話叫的吧，一輛計程車停在「都都一」門前，和服女子先回去了。上原桂二郎和「都都一」老闆送女子到外面的這個空檔，黃忠錦找留美子說話。

「這十年，冰見家也很辛苦吧。俗話說十年一輪，這十年對黃家也是相當辛苦的十年。」

留美子心想冰見家的事多半是女兒黃淑齡向父親提起的，便說：「父親以那樣令人遺憾的方式走了，但他為我們留下了那個家。最後我和母親還是住下來了。雖然像間小鬼屋，頭四、五天不要說習慣了，我們還真心希望有哪個瘋狂的買家突然出現呢！但最近，我開始明白父親蓋的這間奇妙的房子的好處，非常感謝父親留了這個家給我們。」

「因為留美你那房子很特別，淑齡一直嚷著說等她回日本，一定要去看看留美在目黑的家。」

然後黃忠錦說這十年自己動了兩次手術。

「得了癌症啊，被醫生明白宣告已經沒救了，大概就在留美你爸爸走了半年之後。是大腸癌，還轉移到肺。可是過了十年，我還是活得好好的。老二錦明離婚了，老大出車禍撞死人……黃家也是不平靜。淑齡為家裡犧牲很多。還是生女兒好啊。」

留美子完全不知道忠錦生病，也不知道淑齡的兩個哥哥出了事。

「黃伯伯，您的癌症完全治癒了？」

留美子問。

「沒有，就在這裡。」

黃忠錦指指自己的肝臟一帶。

「三公分左右的癌，都已經六年了，沒長大也沒縮小。就這麼安安靜靜與我共存，也不會折磨我。醫生都覺得不可思議。喝點小酒也不會怎麼樣。我心裡有譜，等哪一天它心情不好鬧起來我大限就到了，但也不知為什麼，這個癌一直很安分。」

黃忠錦臉上完全找不到一絲凝重的影子，摩挲著肝臟一帶笑了，笑聲真誠無虛。

上原桂二郎與「都都一」的老闆回來了，三人又開始聊起來。

三人的話中，「華僑」、「台灣」、「福建省」、「香港」、「越南」等地名交錯著傳到留美子耳中。

留美子解決了兩人份的炭烤近江牛，也吃了鯛魚茶泡飯，正猶豫著要不要來個甜點抹茶布丁的時候，上原對留美子說：「如果是要回家，就坐我的車吧。」

這是個令人感激的提議。留美子心想，只要能搭便車，就可以好好享用抹茶布丁，不必在意回家的電車時間，但上原可能急著回家。

於是留美子向上原問起有沒有吃甜點的時間。

「我好喜歡這家店的抹茶布丁。」

上原桂二郎笑了，說：「別客氣，請慢慢吃。我不急。」

「都都一」的老闆要實習的板前師傅端出抹茶布丁，又說：「把那個也端出來，三人份。我們的抹茶布丁是很好吃，但是呢，我們有一道特別的甜點是菜單裡沒有的。請大家嚐嚐。」

留美子在吃抹茶布丁的時候，黃忠錦與上原桂二郎面前擺上了那份特別的甜點。是深紅茶色的果凍。

「我有糖尿病，不能吃甜的。只能心領。」

黃忠錦說。

「不，這是無糖的。因為甜甜的，很像加了砂糖或蜂蜜，其實完全沒有。這是用各種植物的葉子和根莖以低溫去熬的，才會有這麼清楚的甜味。再加寒天做成果凍。不過，因為成分很多，所以不是零卡，但卡路里也只有一點點。我也是血糖偏高卻又愛吃甜食，吃過飯會想來點甜的，所以做了很多研究。把一些中藥材裡會用到的植物的根啦，葉子啦，果實加以組合，就做出這個來了。」

「都都一」的老闆這樣說明。

上原桂二郎吃了一口，說：「有肉桂的香氣呢，」

又問：「完全沒有糖分？」

「糖分幾近於零。我姪子在大學的藥學系當副教授，我請他查了成分。這果凍每一人份是十八卡路里，其中糖分只有百分之三。我也認真考慮過是要不要賣給飲食有熱量限制的人，但這無法大量生產。所以我自己做了，裝在寶特瓶裡帶去高爾夫球場。那時候是用來代替果汁，所以不加寒天。」

「都都一」的老闆這麼說。

「用了哪些種類的植物？」

黃忠錦問起，但「都都一」的老闆只笑說是祕方，不肯回行。

留美子面前也端上了那紅茶色的果凍。

甜得很高雅，肉桂香中帶有一絲苦味，但這苦味卻讓果凍別具風味，因而有別於只有甜味的甜點。

「真好吃……感覺很像很奢侈地加了上等蜂蜜。真令人不敢相信糖分只有百分之三。這個如果拿出來賣，保證會大獲好評。」

留美子說。

「不如將作法申請專利？要是不去申請，一定有哪家零食製造商或製藥公司會做出類似商品大量生產。」

上原桂二郎也一臉認真地這麼建議。

「可是，這個靈感是來自韓國的家庭料理啊。應該不算料理，是零嘴吧。以前窮得用不起砂糖的時候，有一戶人家的母親想讓孩子吃點甜食，就花了很多心思去做。可是，用十幾種藥草、木根去熬出來的，雖然完全不加砂糖和蜂蜜，糖分還是很高。這種甜點也一直流傳下來，到現在還是韓國的傳統零食。我是以此為靈感，想了很久，想做出雖然有甜味但糖分接近於零的版本……結果就這麼巧，被我做出來了。」

「幫我做吧！我額外付費。」

黃忠錦說。「中藥材的話，我多的是。」

「可是，沒辦法做成商品來賣的。要做一瓶大寶特瓶的分量，就得用上好幾種葉子和樹根，而且要一個汽油桶這麼多。」

「那麼，這果凍如果在店裡賣，一人份要多少錢？」

黃忠錦問。

「都都一」的老闆露出淘氣的笑容，豎起一根手指。

「一千圓嗎？」

嗚哇，好貴的果凍——留美子邊這麼想邊問。

「小姐，這可不是開玩笑的。一萬。賣一萬還是賠本啊。」

「都都一」的老闆說。

「所以才不能放進店裡的菜單。只讓特別的客人品嚐，而且是免費贈送。」

留美子望著剩下的三分之一的果凍。

「我會用心品嚐的。」

端正坐好，舔了舔湯匙。

三位男士笑了。

一走出「都都一」，上原桂二郎的車已經候在店門口，曾見過一次面的中年司機打開了後車門。

「在那家店相遇已經很巧了，更巧的是，黃先生的千金竟然是冰見小姐的朋友。」

車子一開動，上原桂二郎便這麼說。

「是啊。黃伯伯進來向上原先生與您的朋友打招呼時，我嚇了一跳。」

留美子望著整潔無比的車內說，心裡對上原的車乾淨得不能再乾淨、恐怕無法更進一步清潔的光澤好生佩服。

「你常去那家店嗎？我今晚是第一次去。同席的老闆娘和『都都一』的老闆很熟，而『都都一』的老闆和黃先生又是老朋友。」

對上原這幾句話，留美子回答是所長檜山喜歡那家店，所以一個月大概會去一次。

「以我的薪水，一個月去一次也算是相當奢侈了。今天是因為所長的太太懷了第二胎，所長帶我來慶祝的。」

然後留美子把話題轉移到佐島老人的意外上。

「我從醫院回來，去佐島先生家想打掃一下，結果已經都整理好了，是上原先生和令公子清理了碎玻璃和走廊上的血跡吧。」

「後來我聽佐島先生說，冰見小姐那時候也傷到了腳。」

「我的傷沒什麼。只不過因為傷在腳底，拆線前都穿運動鞋上班。」

「還好你注意到那場意外。就算聽到奇怪的聲響，也沒有幾個人會願意到別人家裡去查看。多虧了冰見小姐，佐島先生才撿回一命。佐島先生本人也這麼說。」

「這次的事讓我終於發現，我真是雞婆又厚臉皮。像我媽媽。」

聽了留美子的話，上原桂二郎笑了。

「不，一定是冰見小姐的直覺很靈。剎那間就聽出那不是一般的聲響，一定是發生了什麼異狀。否則，一個年輕女孩才不會獨自闖進別人家裡。」

「那時候，家母正在洗澡。所以就算想去佐島先生家也無能為力……還好上原先生的公子浩司先生剛好回來……」

留美子這幾句話，令上原桂二郎那表情很少、也可以說是具有某種威嚴的臉轉向留美子。

「浩司？」

「是的，浩司先生。後來浩司先生把車從車庫開出來，準備去玩的時候，我和他隔著窗戶聊了一下。那時候，我們做了簡單的自我介紹。」

留美子對上原桂二郎稍縱即逝的訝異表情感到奇怪。佐島老人也堅稱當時在場的是老大俊國，而非老二浩司。剛才上原桂二郎的表情不也有這個意味嗎……

留美子這麼認為。然而，上原桂二郎說：「我兩個兒子都不住家裡，不過那天，他是回來開車的。正巧在路上遇見了當時叫了救護車的冰見小姐。等救護車走了，他跑回家來跟我說佐島先生流了很多血……好像是被浴室的玻璃門深深割傷了背……」

並沒有說那不是浩司而是俊國。然後他說起佐島老人年輕時是個多麼洗練俊逸的紳士。

「夏天戴巴拿馬帽，冬天戴軟呢帽，好看極了，連家母都說，電影明星也沒有這麼俊的美男子。我小時候的小小心靈裡，也知道與四周的大人相比，佐島先生的服裝品味超群，對他非常崇拜。佐島先生的千金與父親長得一模一樣，秀麗非凡，高中時，我的朋友們還為了看佐島先生的千金特地來我家玩。」

上原還說，大學畢業時，家裡要幫他做西裝作為賀禮，他還到佐島家請教佐島先生平常在哪家店做西裝，到那家店裡做了生平頭一套西裝。

留美子聽著上原桂二郎的話，心中思索著，搞不好，那一晚的青年真的不是老二浩司，而是老大俊國。

佐島老人在醫院裡的話，以及剛才上原桂二郎說「浩司？」時瞬間的表情變化，為留美子帶來了一種類似忐忑的感覺。

俊國……上原俊國。十年前，給了我一封信的十五歲少年也叫俊國。但他姓須藤。

不，應該是自己想太多了。「俊國」這個名字又不是極為罕見，十年前的那名少年其實就是上原家長男，他不願意讓留美子知道他就是本人，所以冒用了弟弟的名字——這種事未免太異想天開了。

會這麼想，一定是自己心裡存了一絲想當女主角的念頭……

留美子如此重整思緒，然後說：「上原先生身上的衣服也非常出色。」

上原笑著說：「讓年輕小姐誇獎，實在不敢當。」

又說，「我繼承家父的公司之後，身上的西裝、外套、長褲，都是佐島先生御用的裁縫師做的。他們那裡也由新一代接手，不過繼承的不是兒子，反而是上一代那時候就在的師傅對生意更加投入，雖然已經年過七十，還會翻閱所有的年輕男士時尚雜誌，每年也會固定去英國和義大利進修。」

「年輕小姐……我已經三十二了，不敢再讓人家喊年輕小姐了。」
留美子說。
「三十二歲還年輕啊！」
上原桂二郎一副忍俊不住的樣子笑了。
「我可不是因為自己是個五十四歲的中年人才這麼說的。我認為，三十到三十五歲，是一個人最美的時候。二十多歲只是年輕而已，沒什麼見識歷練，工作也還是半調子。但到了三十歲，一個人的骨架就確然成型了。筋和肉都是長在骨架上的。而一個人身為人的筋和肉，過了三十歲才顯露出來。所以我認為三十多歲是非常重要的年代。」
「四十多歲的話呢？」
留美子問。
「四十多歲啊……」
上原桂二郎略加思索。
「從各方面來說，都是迷惑的年齡。」
他說。

「畢竟，表面上所謂的年輕會急速凋零，但相反的，各種欲望會膨脹。在這樣的落差中，無論是精神上還是肉體上都容易出錯。因為一個人在三十多歲和四十多歲所處的立場相差太多了。」

「那麼，五十歲呢？」

留美子問。問了之後，覺得自己有點得寸進尺了。

但上原桂二郎顯得毫不在意，微笑著望向後流逝的路燈，暫時陷入沉思。乍看之下他那可說是令人不敢靠近的容貌，一旦出現笑容，留美子便覺得彷彿看到海浪靜靜打上的沙灘。上原桂二郎潤澤滿溢的笑容中有堅强，但笑容一消失，便落下極其孤獨的陰影。

「五十多歲嗎……我本身也還在其中啊。當局者迷。」

說完，上原桂二郎談起剛在「都都一」同席的和服女子。

「她是京都一家叫作『桑田』的料亭的老闆娘。二十二歲就和『桑田』的繼承人結婚。第二年起，便以老闆娘的身分奉客，據說美得令一干藝妓妒羨不已。她叫鮎子，而我第一次見到鮎子女士，是她三十七歲的時候。那時候她先生在大阪和東京開了分店，卻經營不順，欠了一屁股債。鮎子女士花了十年，才還清了丈夫欠下的債務。這十年，便是她三十七歲到四十七歲的這段時間。她抱定決心，不讓人說是她嫁到『桑田』之後『桑田』便走下坡，這十年她發了瘋似地苦幹蠻幹。這十年的辛勞，在五十多歲時開花結果。料亭的經營至今仍相當不容易，畢竟這一行會受到社會景氣的影響。但是，年過五十之後，她身上有了年輕貌美時所沒有的風格。而且，並不是會令人敬而遠之的風格，而是令人樂於親近的風格。」

然後上原桂二郎又思索了一會兒。

「五十多歲，也許可以說是一個人所培養的東西漸漸浮出表面的年代。就好比一塊飽經風吹日曬雨淋的木頭，拿刨刀刨過，露出了令人驚豔的紋理和光澤一樣。但這些紋理和光澤都是現在才呈現出來。」

上原桂二郎說到這裡，停下來，苦笑著。

「唔——我實在不太會說啊。」

「風吹日曬雨淋之後的木頭拿刨刀刨過的結果，會令人驚異於木材的能耐，這我聽弟弟說過好幾次。」

留美子邊說邊覺得自己又牛頭不對馬嘴了。

「今弟從事與木材相關的工作嗎？」

「是的，他去美國留學時學的明明是電腦，後來卻突然選了處理木材的工作。」

留美子簡要地說了亮以木工為職志的心境變化，上原桂二郎說：「以令弟的年齡，能下這樣的決心真的很不容易啊。」

又說：「木頭這東西啊，真的很了不起。一位我很尊敬的老先生獨自住在岡山倉敷附近的山裡，這位老先生很珍惜的一張書桌，便是手藝很好的家具師傅做的。一張沒有抽屜、什麼都沒有，平平無奇的書桌。我想材料應該是山毛櫸。那張桌子怎麼看，都像是把一塊長長的木板折彎的樣子。事實上是由桌面和桌腳接合起來的，卻像是一塊又長又厚的木板折出了一個直角……手藝好的專業師傅做出來的東西，就是這麼神奇。」

上原桂二郎先聲明接下來要說的是不同於木頭的世界，說他有個朋友開了一家製造針的公司。

「針……？」

「對，針。縫衣針、注射針、工業用的極細針……凡是有針這個字的東西，他的工廠都生產。」

針是由機械製造出來的。做好的針一批批送上輸送帶送往負責品管的部門……

「但是，針尖只要有一點點損傷就要當作不良品報廢。針尖這種東西，就算眼睛很好的人以肉眼來看也看不清楚。而能夠從那看不見的針尖裡找出微乎其微的損傷的，就只有一位在他工廠裡服務了很久的五十八歲歐巴桑。就算用電腦來檢查針尖，也找不出細微的損傷。除了這位五十八歲的歐巴桑的肉眼以外都辨不到。」

這位歐巴桑伸出一隻手，隨意將輸送帶送過來的針抓成一把，輕輕敲幾下，攤平在台上。就算和別人邊說話邊抓，抓起來的一把針都是兩百二十根左右，不多也不少，就算有差異，也不出五、六根。

「她只是把針尖朝上，瞄上一眼而已。就這樣，那位歐巴桑就知道哪根針是不良品。歐巴桑會拿鑷子把不良品挑出來，一一扔進箱子裡。二十五年來，她從來沒有錯漏過一根不良品。」

上原桂二郎說，去那家工廠參觀的時候，他們讓他透過顯微鏡來看不良品的針和合格的針。

「是要別人告訴你說，喏，損傷就在這裡，才總算看得出來。可是那位歐巴桑不需要什麼顯微鏡。只消朝兩百二十根一把的針看上一眼就看得出來……」

但，這位歐巴桑的視力並非特別優異。不僅不優異，四十五歲左右便需要老花眼鏡，現在沒有老花眼鏡別說要看報，連員工餐廳的午餐盤裡放的是火腿還是香腸都分不出來。

「我問過她，你是怎麼看出來的。她就拿鑷子從成把的針裡夾出一根，教我：『喏，這裡不是有損傷嗎？和其他的光澤明顯不同吧？』但在我看來，有瑕疵的針和正常的針根本一模一樣。公司社長也說不知請她教了多少次，但終究還是無法分辨。」

上原桂二郎說，這也只能以超凡入聖的工藝來形容。

「現在那家公司的當務之急，是找一個歐巴桑的繼任人選。可是，就是找不到和歐巴桑有同樣本事的人。」

日本工藝之優秀，世上無人能出其右。現在大多數人的目光都集中在機器人和電腦這些東西上，但許多先進技術其實都是由無名工匠們神乎其技的能力支撐起來的……

上原桂二郎這麼說。

「我的公司也一樣，生產各式各樣大的小的煮的煎的鍋子茶壺，但要打模的時候，沒有本事好的師傅終究是不成的。光靠眼耳手指就能做得毫釐不差，這樣的技術，不是我自誇，日本的師傅是世界第一。木工的世界也一樣。」

當上原桂二郎說到這裡的時候，車子在留美子的母親兼差的肉店門前轉了彎，駛入通往冰見家和上原家大門的大路。

「今天很快就到了呢。」

上原對司機說。

「是。因為路上車不多。」

司機回答，將車靠近冰見家小小的大門停下。

留美子道了謝，本想目送上原桂二郎進屋的，但上原一直站在車旁，非要等到留美子打開大門才肯離開。

——媽好像感冒了，先睡了。

母親在客廳的茶几上留了一張字條。

留美子上了二樓，從走廊的窗戶看上原家。剛才搭回來的車子已經不見了。

留美子心想今天一定會有回信，打開了電腦的電源，點了接收Email的地方。沒有蘆原小卷的回信。

留美子心想，也許自己和蘆原小卷的約定，內容其實孩子氣又無關緊要吧。

第四章

五月中，上原桂二郎與「桑田」的老闆娘本田鮎子，以及她的朋友「都都一」的老闆介紹的黃忠錦三人，前往千葉南部的高爾夫球場。

高爾夫球場上人很多，但桂二郎他們這一組開始前的三十分鐘落下了大滴的雨滴，雨旋即變成豪雨，好幾組人馬便取消打球，遺憾地在出發站喝起啤酒等飲料。

前一天的氣象預報也預測部分地區雨量可能會超過四十公釐，桂二郎也打算視雨勢中止高爾夫。

但黃忠錦卻穿起高爾夫球專用雨衣，打起傘，在第一洞附近的小屋前做起暖身操，鮎子也一副完全不把雨當一回事的樣子，穿上螢光粉紅色的雨衣，對桂二郎說：「今天平打，每個洞都打逐洞賽喔。」

即使是在小屋屋簷底下，風掃過來的雨滴仍打濕了桂二郎的臉。

「要打嗎？雨這麼大。」

桂二郎提不起勁來，邊取出高爾夫球包裡的雨衣邊問。桂二郎他們前一組的人雖一度站上第一洞的發球台，卻說：「這樣實在沒辦法打。」或說：「看來今天一整天都是這個天氣了。」

放棄打球，交代桿弟後便回出發站了。

「這也是高爾夫呀！」

鮎子面帶笑容說。

「要是果嶺上積了水，推二桿就結束吧。」

黃忠錦也這麼說，拿開球木桿反覆空揮幾次，催問那個才二十歲左右的桿弟，既然前一組取消了，他們是不是可以開始了。

「黃先生好起勁啊。」

桂二郎笑著對這個生於中國福建省，其後隨祖父與雙親及五個兄弟姊妹移居香港，二十五歲時便在日本生活，以在日華僑的身分累積了財富的六十九歲大漢說。

既然如此便只有捨命陪君子了——桂二郎看開了，而這樣的心境令他微微一笑。

「雨天也有雨天的樂趣啊。這樣告訴自己，就會迷上雨中高爾夫的魅力喔。」

黃忠錦這麼說，望著桂二郎明白寫著「我倒是很不喜歡」的臉，小聲低語道：「真是男人也會愛上的笑臉啊。」

「我的高爾夫球實在不值一哂，那我就努力十八洞都維持黃先生不嫌棄的這張笑臉好了。」

桂二郎多少有點難為情，說了自己也覺得難得的俏皮話，做了暖身操。雨水從頭上帽子的帽簷流到脖子。

「那麼，三位請上場。後面兩組也都取消了，三位可以慢慢來。」

年輕的桿弟這麼說，請這回的優先開球者桂二郎開球。

將球在球座上放好、做好瞄球姿勢，卻因為帽簷上滴下來的雨滴，加上變得更大的雨勢，讓桂二郎幾乎什麼都看不見。然而他打出去的球卻劃開大滴雨滴般筆直地飛出去。

「哦……」

桂二郎忘了整張臉都會被雨打濕，望著自己打出去的球停在果嶺的球道上，不禁忘我驚呼。

「被你給騙了。你的球技哪裡糟了？」

繼桂二郎之後來到發球台的黃忠錦說。

「球飛得那麼遠，這還是破天荒第一次。空前絶後啊。」

「是不是空前我不敢說，但不會絶後。至少就上原先生剛才的姿勢看來不會。」

黃忠錦說完，先空揮一次，才打出今天的第一桿。球速很足，卻因為削頂，球飛了五碼左右便掉進長草區停住了。

鮎子以一如往常的姿勢和一如往常的節奏打球，球也飛出了一如往常的距離，她撐著傘，走向自己的球。步伐也一如往常。

無論是在蝶舞鳥囀，微風徐徐的春日高爾夫球場，還是今天這樣風雨大得眼睛都睜不開的高爾夫球場，鮎子的高爾夫球都不變……

原來，這就是本田鮎子這個人的堅强嗎……

桂二郎這麼想。然後自己也撐起傘，開始走上前九洞的球場。要不是今天這樣的雨天，恐怕也看不到本田鮎子的堅强。桂二郎決定實踏剛才半開玩笑對黃忠錦說的話。他要十八洞都帶著笑容。

「才剛走沒幾步，襪子就已經濕了。」

黃忠錦拿起三號鐵桿這麼說，打了第二桿。球有點右旋，但落在三百七十二碼中洞的果嶺前方一百四十碼左右的地方，所以算起來黃忠錦以三號鐵桿打的第二桿足足飛了一百八十碼。

「好球。我的三號鐵桿放是放在包包裡，卻從來沒有用過。其實不是沒用過，是太難了，我用不來。」

桂二郎這麼說，然後望著手握拿手的四號木桿準備擊球的鮎子。

「天氣這麼濕，還是不要用木桿吧？」黃忠錦說。

「不，她不會失手的。我從來沒看過她拿四號木桿失誤過。」

雖然桂二郎這麼說，但鮎子揮出去的四號木桿卻激起了大片水花，球只滾了二十碼左右。

「真稀奇。」

桂二郎對鮎子說。

「今天不能再用木桿了。桿弟，把我的木桿球袋收起來，別再拿出來了。」

說完，鮎子低著頭邁開腳步。在高爾夫球場上，鮎子總是低著頭。那模樣看起來很像上了年紀駝背的人邊想事情邊走路，所以桂二郎有時候會取笑她：

「有煩惱可以告訴我啊。」

但鮎子卻說，自己不那樣走，就無法維持一定的節奏走路。抬頭的話，忍不住就會仰頭看天，或是看球場上的老樹看到出神，再不然就是分心去想今晚A氏B氏的餐會，料理中最好多加些蔬菜和肉類等等，走路的速度就會變慢，妨礙到下一組的人。

鮎子才二十多歲時，為她的高爾夫球啓蒙的，是當時六十五歲的經團連（日本經濟團體聯合會）重鎮。

這位先生是位嚴格的高爾夫球手，絕大多數高爾夫球場都接受的地方規則，他絕不苟同。例如，當球落到很難打的地方，為了防範危險或比賽遞延，可移動六英寸，他卻板起臉對鮎子說：「要是球到了怎麼樣也打不到的地方，或是掉進草痕裡，就宣告不能打，罰一桿來移球就好。不以球實際的狀況來打，就不叫高爾夫。」

在果嶺上也一樣。

為了加速比賽，也為了優待球友，當球很接近洞，估計多半都會進洞時，不用實際推桿就算「ＯＫ」。他也怒批這不是高爾夫。

「短短二十公分的推桿也有不進的時候，這才是高爾夫。」

據說他是這麼說的。

「要是三十公分OK，那下次四十公分也OK，不久就變成五十公分、六十公分，OK的距離愈來愈長，誇張一點的人一公尺以下的推桿竟然也互相放水說『社長，OK』。這才不是高爾夫。我不止一次看到頂尖職業選手三十公分的推桿沒推進。小鮎，推桿沒有OK的。球也沒有可以移六英寸的事。球打出去了，就別拖拖拉拉的，趕快快步走。穿著釘鞋在果嶺上不可以拖著腳走。球友一旦準備揮桿，絕對不可以出聲。明白了嗎？」

這位老先生還不厭其煩地教導鮎子高爾夫球的禮儀，而鮎子也一直堅守這些禮儀。

桂二郎的高爾夫球友除了鮎子，就是鮎子認為值得介紹給他的人，因此桂二郎自然而然也向他們看齊。

桂二郎剩下一百四十碼的第二桿，以七號鐵桿擊出，小白球停在旗桿後五公尺處。

鮎子拍手讚好，黃忠錦滿面笑容地說：「果然是扮豬吃老虎啊。」

「哪裡哪裡，蒙到的。標準桿上果嶺這種事，三年才一次吧。」

去。

桂二郎說，朝果嶺走去，這才發現把傘忘在擊出第二桿的地方，連忙跑回去。

在這麼大的雨裡竟然會忘了傘，我是怎麼了……桂二郎自覺難為情，在心中這麼說。

可說是生平僅見的好運氣竟然一連二次？憑我的高爾夫是不可能有這種好運的。這當中一定有什麼。一定是這場大雨給了我專注力，同時又消除了我的好勝心吧……

桂二郎這麼想，對第三桿以九號鐵桿將球打上果嶺深處的黃忠錦說出了自己的想法。

「所以，接下來一定會失誤連連。」

結果黃忠錦臉上仍帶著笑。

「說這種話，真的會成真喔。很順的時候就更要拿出氣勢來才行。千萬不能邊踩油門邊踩煞車。」

然後他看看果嶺積水的情況。

排水良好的果嶺表面像鏡子般發亮，看來積水也只是時間的問題了。

「看這個樣子，就算推兩桿算進洞，也沒辦法打下一洞了。」

鮎子才說完，一輛印有高爾夫球場名的小巴便開過來。

開車的年輕人表示，有雷雨雲接近，十一洞和十二洞的果嶺都已積水，沙坑呈現沼澤狀態，站在高爾夫球場的立場，希望今天就此關閉球場。

桂二郎看到自己的球在距離洞口兩公尺處，感到萬分遺憾。要是這一桿推得穩，就是博蒂了。

「那麼，就請上原先生推出博蒂吧。用這來當今天這場高爾夫球的結尾。」

黃忠錦這麼說，把自己的球桿交給桿弟，抽出旗桿。

「雖然是由上往下，由左至右，但果嶺因為下雨變得很沉，應該朝左邊兩個洞的位置瞄準比較好。」

桿弟說，開始收拾球桿。

桂二郎照著打，球雖落入洞中，卻發出石頭掉進水裡的聲音。

「沒有平常那種清脆爽快的聲音呢。明明是這麼漂亮的博蒂，卻是噗通一聲。」

黃忠錦笑著拍手，奔向小巴。

「只打一洞完美的高爾夫就落幕，也夠帥氣。」

鮎子也笑了，一上小巴，便拿自己的毛巾幫桂二郎擦了後頸。

「真罕見啊，這個時期竟然打雷。」

桂二郎在小巴裡脱掉雨衣，看了西方天空那片特別黑的雲一眼，這麼説。

「有個詞叫作May Storm，今天還真是貨真價實的五月風暴呢。」

鮎子説。

「回到出發站以後，好好泡個澡吧。現在還不到十點呢。我已經三年沒有在早上泡澡了。」

黃忠錦笑道。

「本想想説無論會淋得多濕，今天都要把十八洞打完的。」

桂二郎由衷地説。他第一次有這種心情。並不是因為他一連揮出兩桿奇蹟般的好球，而且在一個不好打的距離推桿拿到博蒂。而是他想多接觸黃忠錦這號人物的高爾夫風範。

高爾夫球場的大浴場裡，只有桂二郎與黃忠錦兩人。

這場大雨幾乎讓所有的客人都取消了打球，但其中一定也有人像桂二郎他們一樣試著上場，所以過一會兒浴場應該也會熱鬧起來。

黃忠錦連脖子都浸在熱水裡，說：「橫濱的中華街的確曾經有一家叫作『龍鴻閣』的粵菜館。昭和三十年（一九五五）五月開張的。老闆名叫陳世民。不過，『龍鴻閣』在昭和四十年（一九六五）易主，改名為『中海園』。『中海園』現在依然健在。」

「可是，老闆換了人，就表示名為鄧明鴻的女士也已經不在中華街了吧？」桂二郎說。

「那陣子，不管是橫濱的中華街，還是在銀座和赤坂開店的中國人，都覺得日本的法規很麻煩，難以在日本生根，換句話說，商店頻繁轉手易主。各路中國人以各種方法來到日本，又因為各種原由回到台灣和香港。其中，也有很多人不回故鄉，而改往舊金山或洛杉磯的中國城。神戶也一樣。因為那時候大陸那邊成立了中華人民共和國，局勢混亂。」

然而，有一位戰前便定居日本，戰後也一直在橫濱中華街作生意的長老依然健在——黃忠錦如是說。

「這位老先生名叫丁喜心，應該已經八十歲了。大家都說，在橫濱中華街發生的事，沒有他不知道的，但今年二月他感冒加劇以來就一直待在熱海的別墅。聽說現在已經大好了，但上個月動了白內障手術，目前還沒有完全康復。」

黃忠錦透過別人向他打聽「龍鴻閣」和「鄧明鴻」，一開始說完全沒有印象，但後來不知說到什麼，冒出了「那個無血無淚的婆娘」這樣的話。

「想必是有什麼過節。但丁先生顯然是認識鄧明鴻這位女士沒錯。」

黃忠錦說，我們的世界也急速地改朝換代，現在已經鮮少有人還記得過去了。

「我自認十分了解橫濱的中華街，卻也完全沒聽說過鄧明鴻這個名字。我也向其他人打聽過，但看樣子，只能請教丁喜心老先生了。」

「這位丁老先生願意談鄧明鴻嗎？」桂二郎問。

從高爾夫球俱樂部浴場的大玻璃窗裡，可以看到變得更大的雨勢，以及朝右彎過去的長長的狗腿洞。這個球場在狗腿洞的彎曲處設了一個大池塘。一條看似鄰近球洞流過來的小溪注入池塘，但此刻溪水暴漲，使那裡宛如發生了一起小規模的洪水。

「丁先生是明理的人。上了年紀之後是頑固了點，但他是吃過苦的人，又熱心助人。我會挑他身體和心情都不錯的時候，把消息打聽出來的。」

桂二郎為黃忠錦這幾句話道了謝，從寬敞的浴池裡出來，清洗身體。

「我聽說華僑和華人是不同的，是怎麼個不同法？」

桂二郎向在旁邊開始洗起澡的黃忠錦問。

「所謂的僑，是『暫居』的意思。」

「哦……所以？」

「保有中國國籍，在其他國家生活的人就叫作華僑。在日本拿到日本籍，在美國拿到美國籍的，就不是華僑，而是華人。所以我是華僑，不是華人。」

黃忠錦又說，並不是所有從中國移居其他國家的人都叫作華僑。

「是指來自中國大陸南部廣東或福建的人，這個地區大致有五種方言。」

「五種方言啊……」

「這些人依照他們所說的方言，分為廣東、福建、潮州、客家、海南五大族群。」

黃忠錦解釋，所以廣東人指的並不是來自整個廣東省的人，而是來自以廣東省的廣州為中心的珠江下游地區的人，而福建指的則是福建省南部的漳州、廈門一帶。

「好比在日本，同樣是東北地方，福島縣和山形縣的方言就差異很大不是嗎。像日本這麼小的國家都這樣了，中國幅員遼闊，像廣東省和福建省，北部和南部的方言差異之大，根本形同外國話。」

「原來如此……」

「當這些人必須在國外討生活的時候，講同一種方言的人無論如何關係都會比較緊密。」

黃忠錦說，這便是中國社會之所以不同於其他國家，會形成「地緣社會」的主因。

「由於在國外無法獲得充分的保護，自然會變得只信任自己人。但是，與自己有血緣關係的人極其有限，所以地緣與血緣就擁有同樣的分量了。」

第二次世界大戰後，雙重國籍在各國均造成種種不便，於是絕大多數的人都轉而積極取得所在國家的國籍，華僑人數因而大減，現在幾乎都是以華人了。但是，這是生存的智慧和手段，本質與過去被稱為華僑時並無不同。

黃忠錦這麼說。

「要在國外擁有安定的生活，首先要有工作，再來是取得在該國具有分量的執照，以及最重要的，嫻熟該國語言。無論時代怎麼變，這三點都不變。而華僑呢，過去在工作這方面，靠的就是三把刀了。」

「三把刀？」桂二郎問。

「菜刀、剪刀、剃刀。菜刀是烹飪，剪刀是裁縫，剃刀就是理髮了。只要會使這三把刀的其中一把，就不愁餓死。」

「原來如此。」

桂二郎覺得自己一直重複「原來如此」這句話。

「其次關於執照，指的是醫師、律師這類。」

「原來如此。」

「所謂的華僑原本就很重視教育。這樣的血統，多半也是華僑和華人在國外能夠成功的一大因素吧。還有就是，華僑非常重視信用。在國外和外國人作生意的時候，只要稍稍有一點疑似詐欺的行為，就永遠被拒於那家公司門外。

所以即使失去一切也要守信。」

「原來如此。」

「只要有一顆老鼠屎，就會使許多華僑的信譽付諸流水，因此各個華僑組織都會徹底抵制這些不學好的人。」

然而，這也隨著時代而改變了——黃忠錦說。

「現在滿腦子只想著賺錢的人愈來愈多。父親、祖父們胼手胝足的奮鬥已成為往事。憑著一點小奸巧就想出來騙吃騙喝的不肖子孫也變多了。」

而過去遭到華僑社會摒棄的害群之馬，則發揮他們天生的團結力量組織起來——黃忠錦說。

「只要對華僑世界稍加研究，就會發現其實非常深奧。」

桂二郎與黃忠錦離開大浴場的同時，其他淋成落湯雞的客人也進來了。

有人以真心鬆了一口氣的表情說幸好高爾夫球場關閉了，匆匆脫下馬球衫和長褲，也有人心有不甘地從窗戶望著球場，嘆著氣說再多等一會兒也許雷雨就會散去，就能繼續打球，何必關閉球場。

在大浴場裡聽不見，但似乎是只聞雷響，不見閃電。

桂二郎下半身圍著浴巾，在寬敞的更衣處擺設的籐椅坐下，望著空無一人的高爾夫球場，心想，真想打完那十八洞啊，就算多少會感冒也願意。

他深知第一洞的博蒂是運氣好。開球是運氣好。第二桿也是。至於博蒂推桿，已經不止是運氣好了。但是，桂二郎依舊認為，在高爾夫球方面，接連著三次好運，困難得超乎自己的想像。

他從來不曾好好練習。也不曾自己主動想上場打球。球具也是開始打球當時買的，從沒想過要添購最近進化不少的高爾夫球桿……

也有好幾次不知道自己剛才那一洞到底打了多少桿。是九桿？還是十桿？扳著手指頭數也數不出來的時候，便想著自己也許在哪裡又多打了一桿也不一定，就申報十一桿……

桂二郎堅信，這麼散漫的高爾夫球手絕不可能在高爾夫球上連獲三次好運。然而，今天竟然就連續三次。這恐怕已經不能叫作「運氣好」了。自己一定是應該要打出漂亮的幾球而打出來的。

瞄球時球的位置、準備時膝蓋、腰、肩膀連成的線、從頂點到擊球的軌道和力度、從開始到結束的重心移動，想必大致都符合擊出漂亮高球的條件。

他不是有意做出來的，如果要重來一次，多半辦不到。但是，那一瞬間精神上的觸感，體內餘韻猶在。

想必全世界的高爾夫球愛好者，都是在這樣的憂喜交織下深陷高爾夫世界的吧……

桂二郎如此思索著，心想既然開始打高爾夫球，那麼一輩子難道不該有一段忘我練習的時期嗎。

是自己太散漫了……這樣對高爾夫球太不敬了……

他開始有這種感覺。

黃忠錦同樣下半身圍著浴巾，在旁邊的籐椅上坐下來。

「我覺得，能打高爾夫球，是一件無比幸福的事。」

黃忠錦說，寬綽的眼、鼻、口四周正暈著汗。

桂二郎坐在籐椅上的這段時間，黃忠錦好像進了蒸氣室。

「果真是大手術啊。看到這麼大的疤痕，不由得令人心驚。」

桂二郎看到黃忠錦的手術疤痕，不禁這麼說。

「一開始被醫生宣告罹癌的時候，我認清了自己只能再活一年，為了身後不拖累別人，我忙著清償債務，收起不安於室而出手的副業。手術之後過了三年，正當我覺得搞不好撿回一命的時候又復發，那時候我死了心，覺得啊啊，這次終於來真的了，又忙著為死做準備。」

黃忠錦這番帶著微笑說的話，令桂二郎想起妻的笑容。

——忙著為死做準備。

妻子也曾有過那段時期。但是，那般心境非當事人無法了解，所以桂二郎默默等著黃忠錦說下去。

「我原本不願意動第二次手術，是我的孩子們硬是勸我去的。他們說，既然有百分之十的可能性，就該為這百分之十竭盡全力。所以，在住院的前三天，我想去打我這輩子最後一次高爾夫球。」

黃忠錦說，於是他便緊盯著氣象預報，預約了他在日本最喜歡的一家高爾夫球場。

「我料想就算氣象預報不準，頂多也是下個小雨，便約了一起打起球來很愉快的三位球友。我並沒有告訴他們這是我這輩子最後一場高爾夫球……那一天也是五月。」

當天，氣象預報何止不準，一個颱風季節還沒到便發生的颱風在南方海面上游走，突然撲向日本，還挾帶了中國東方的巨大雨雲。

「我想當時的雨勢比今天更大。我心想，啊啊，誰教我過去打球都不用心，這一定是老天爺在懲罰我，便對應邀而來的那三位說今天就取消吧。」

結果那三位竟説「這才是高爾夫啊」、「雨天的高爾夫別有樂趣」、「這是人生的考驗」，把黃忠錦拉上球場。

「那可不是寸步難行而已。我真的很怕我們四個人會被雨沖走。就算穿著雨衣，還是連內褲都濕透了。不過，打了幾個洞之後，我不止一次看到了不可思議的景象。」

「不可思議的景象？」桂二郎問。

「是啊，很不可思議。該怎麼形容才好呢？我看到被燦然生光的東西包圍住的自己。」

一開始還以為自己腦筋有問題。心存懷疑地凝目細看，那景象就消失了。然而，在雨中邊打球邊移動的時候，同樣的景象又出現在眼前。

「一定是幻覺。連幻覺都出現了，可見我大限已到。我心裡這麼想，但隨著那幻覺一次次出現，我開始覺得自己受到庇佑。」

黃忠錦這麼說，視線望向玻璃窗外。

「燦然生光的東西……那是什麼樣的形狀呢？」桂二郎問。

「是人的形狀。而且不是只有一個。數量成千上百。而我就站在當中。」

自己停在傾盆大雨的高爾夫球場上，不看球只看著那片景象，三個朋友或訝異或擔心地回頭。

「怎麼啦？要是不舒服，就別打了吧？——其中一個朋友這樣問我，也不知是不是因為被他叫得回過神來了，總之不可思議的景象就再也沒有出現了。但是，我卻因為無上的喜悅而全身發抖。不是因為相信自己或許還不會死。我可能會死，也可能不會死。但這又有什麼要緊呢？無論是死是活，自己都是受到庇佑的……是這樣的喜悅。」

所以，每當打高爾夫球的時候下起雨來，視線就忍不住在高爾夫球場的各處巡視，希望那不可思議的景象會再出現。但是，從此就不曾再看到同樣的景象了……

黃忠錦這麼說，又說今天高爾夫球場因為意想不到的豪雨關閉，彼此白天都多出了許多時間，問桂二郎要不要到橫濱的中華街吃中飯。

「我知道一家小店，小歸小，點心和粥卻好吃得不得了。店裡只有三張四人座的桌子，又髒，但那裡的老闆是我自幼的好友。剛才提到我找三個人一起打球，他就是其中之一。」

桂二郎同意了，但又想必須也徵求鮎子的意見，便穿上衣服到餐廳去。

「我稍微洗個澡暖暖身子就出來了，已經在這裡待了二十分鐘了。」鮎子喝著咖啡說，同意去橫濱的中華街。鮎子說她從來沒去過橫濱的中華街。

在高爾夫球場前往橫濱的車上，鮎子一直睡。

桂二郎坐在後座中間的位置，鮎子的頭有時候會靠到自己肩上，為了不想打斷她的好夢，桂二郎努力不動，但不久就累了，便要司機杉本停了車，換到前座。

黃忠錦以自己的手機打了好幾通電話，不斷說中文。

「今天球打得怎麼樣？」杉本問。

「只打了一洞，不過很開心。我在想，我也多用點心來練習好了。」

桂二郎說。「可是，你可千萬別告訴任何人我說過這種話。」

「是。我不會說的。」

「要是我想稍微認真點打高爾夫的事傳出去，到處都會來找我，一下要我下週六去陪某某公司的社長打球，一下要我參加某某公司的比賽，我就不得清靜了。」

「好的，我明白。」

司機杉本知道桂二郎極端厭惡牽涉上工作的高爾夫球。

「八成也會被拉去打上原盃。」

杉本說。「上原盃」是上原工業喜愛高爾夫球的員工每年春、秋舉辦兩次的比賽。

「今年的春季上原盃聽說是由小松先生當幹事。」

「小松當幹事？那傢伙什麼時候開始打高爾夫了？」

桂二郎問。因為他曾聽祕書小松聖司親口說過好幾次「我死也不打高爾夫球」的話。

「聽說小松先生現在熱愛高爾夫球的程度，就算在手臂上刺『高爾夫球命』

都不奇怪。要是他知道社長有心練習高爾夫，一定會高興得跳起來。」

「小松竟然熱愛高爾夫球，這個叛徒。」

桂二郎笑了，心想練習高爾夫球只能限定在假日了。

要是你多喜歡高爾夫一點，等我上了年紀，我們兩個就可以一起打球了……

桂二郎想起在妻子去世前兩年，曾略帶不滿地這麼說。

在明白死期不遠的時候，妻子也曾看到那「不可思議的景象」嗎……

要是她看到了，也許能多活久一點……

她一定是沒有看到……要是沒看到，一定是年齡的關係——桂二郎這麼想。

每個人覺得自己活夠了的年紀，想必各自不同。即使年近九十，一定也還有人覺得活不夠，也一定有人五十歲便滿足於自己的人生，能夠坦然面對死亡。他覺得這不見得是來自充實感。人也可能是因為疲勞而願意接受死亡。有人是累得不想再工作，或是希望從世上無盡的痲煩事中解脫。

然而他覺得，無論如何，四十多歲就走，那麼死的時候人應該還沒有得到不可思議的視力。

若妻子沒有看到類似黃忠錦看到的景象就死了，那一定就是年齡的關係……

桂二郎這麼想著，望著擋風玻璃上忙忙碌碌地不斷拭去雨滴的雨刷。與妻子來得太早的死亡的相關記憶裡，唯有「懊悔」如同一個生物般擋在前方。為什麼沒有早點帶她去看醫生？知道她生病時，為什麼沒有多陪陪她？一開始這麼想，無數的為什麼、為什麼、為什麼便占據心頭，所以每當遇到這種時候，桂二郎都將心思放在工作上。

桂二郎剛把思緒轉移到下週會議中要向各分社長說的內容，掛了手機的黃忠錦便從後座探身過來，小聲說：「找到了。」

到底找到了什麼？桂二郎一時之間沒有領會黃忠錦的意思，問：「咦？找到什麼？」

扭轉上半身朝黃忠錦看。

「鄧明鴻啊。」黃忠錦笑著說。

「沒想到，我的老朋友竟然知道。」

「咦？找到了？」

「找到鄧明鴻的女兒。鄧明鴻本人已經死了。」

「她女兒現在在哪裡？」

「台灣。他說知道對方的住處。」

「鄧明鴻女士的女兒現在多大年紀啊？」

「我朋友說多半是五十多歲。」

「五十多歲……」

俊國的父親見到鄧明鴻，是他國二的時候，算起來是昭和三十八年（一九六三）。在當時的須藤芳之眼裡，穿著旗袍的鄧明鴻看起來是四十歲左右。這樣的話，如果她還在世，應該是八十歲左右……

桂二郎這樣計算。

那位鄧明鴻的女兒五十多歲，以年齡而言十分合理……

既然鄧明鴻已死，那麼依照俊國的祖父的意思，只能將懷表的錢賠給她女兒了……

桂二郎心中多少感到鬆了一口氣。雖然不得不跑一趟台灣，但他決心一定要實現須藤潤介的願望。

「這樣啊，原來她人在台灣呀……不過，找到真是太好了。這樣我就得去一趟台灣了。」

而且愈快愈好。看來必須調整自己的行程。

桂二郎這麼想。

「找到了？」

本來歪著脖子睡著的本田鮎子睜開充血的眼睛看著桂二郎問。那張臉上露出了桂二郎從未見過的憔悴。

「嗯。她本人已經去世了，不過女兒在台灣。」

「台灣……那，阿桂得到台灣去了。」

「嗯，我本來就想去看看。就順便觀光，去個兩、三天好了。小鮎，要不要一起去？」

「說得真悠哉……我現在沒有本錢去觀光旅行。『桑田』的狀況很吃緊。」

這是桂二郎第一次從鮎子的口中聽到生意上的窘迫。

當著黃忠錦和司機杉本的面，桂二郎不好問「吃緊」的實情，只微微向鮎子點頭，便以自己的手機打電話給祕書小松。

但，聽到小松的聲音時，桂二郎發現自己的台灣行還不到勢在必行的程度，便只說了今天的行程有所更改，要到橫濱的中華街吃中飯。

「好的。剛才杉本先生已經和我聯絡過了。用過中飯之後，您有什麼打算？」

小松問。晚上已經預約了「都都一」。

「等我們到中華街大概一點半了，六點的『都都一』要改一下。先看所有人吃不吃得下再決定。」

桂二郎並沒有將俊國的父親中學時發生的事告訴小松，只說有事要找一位名叫鄧明鴻的女性。

「找到那個中國女士了。」桂二郎對小松說。

「咦！找到了嗎？她人在哪裡？」

「女兒在台灣。」

「台灣啊……」小松的語氣似乎有幾分開心。

「你好像很高興啊。你對台灣有什麼美好的回憶嗎？」

桂二郎向小松開起玩笑，自己也覺得很難得。因為他很少向員工開玩笑，祕書也不例外。

「才沒有呢……我又沒去過台灣。」小松說。

「可是，你聽起來很高興啊。」

「那是因為我一下子想到，搞不好我也能陪同社長一起去台灣。」

然後小松報告了桂二郎五月的行程，

「二十一日起的四天沒有安排。要不要先訂來回機票？」他說。

「我又還沒有確定要去。」

桂二郎苦笑，掛了電話。朝後座一看，這回換黃忠錦睡著了。

「沒想到這麼順利就找到了。」

鮎子說，又探過身來悄聲說，雖然她沒去過橫濱的中華街，但她非常喜歡吃其中一家店的小籠包，常請人家寄給她。

「幹嘛說得一副在講什麼祕密的樣子？小籠包的字是這樣寫嗎？」

桂二郎拿右手食指在自己的左手掌心邊寫「小籠包」邊問。

「是志津乃寄給我的。志津乃的夫家，離中華街開車才十分鐘。」

鮎子聲音壓得更低了，桂二郎一臉受不了地回頭。

「你還在懷疑我跟志津乃。我一定要討回我的清白。」

他笑著這麼說。

志津乃是祇園的藝妓，桂二郎在她還是舞妓的時候便認識她了。她當上藝妓八年後結了婚，退出了那個世界。所謂的「老爺」的妻子死了，三年後將志津乃扶正。這樣的例子並不罕見，所以桂二郎在志津乃結婚時，送了桐木衣櫃作為賀禮。

「因為志津乃說她要把阿桂埋在心底出嫁。」

鮎子往桂二郎肩上一拍，一副「喂，給我從實招來」的架勢。

「她竟然說這種令人誤會的話……是她惡作劇啦，心眼真壞。」

五年前得知妻子病情的前二、三天，桂二郎到神戶出差，在新幹線車廂內巧遇從新大阪車站上車的志津乃。

由於桂二郎只見過她出堂差的模樣，好一會兒才認出這名身穿長褲的長髮女子是誰。正好鄰座空著，便請她過來坐，於是桂二郎與當時二十二歲的祇園藝妓共度了到東京的這段車程。而從京都上車的和菓子鋪老闆目擊了這一幕，事情便傳到「桑田」老闆娘耳中。

從未傳過緋聞的柳下惠上原桂二郎與志津乃的組合，在祇園成為人們好奇的對象，加油添醋之後，事情風風火火，渲染得繪聲繪影。

桂二郎覺得奇怪，鮎子明知他們是碰巧在新幹線裡遇見，為何又重提往事？看來是兜個大圈子藉題發揮。

「一個男人，聞聞野花不好嗎？」鮎子悄聲說。

「人家志津乃已經是堂堂貴夫人了。你還說什麼傻話啊！真不像你。」

「我倒是覺得，在人家志津乃真心愛上的上原桂二郎被不知哪裡來的女人盯上之前，不如由我來幫忙找個登對的好對象……」

「我說過多少次了，我不會再娶。」

「男人這種話誰會信呀！」鮎子笑著說。

「要是有我在一旁看著，卻讓你和不三不四的女人糾纏不清，教我拿什麼臉去見死去的幸子？」

「用不著操這個心。萬一我喜歡上哪個女人，一定會向『桑田』的老闆娘報備。但是，這種萬一不會發生。」

「你怎麼敢保證？阿桂單身，才五十四歲，在女人眼中是相當具有魅力的熟男呀。」

「承蒙『桑田』的老闆娘如此誇獎，不勝榮幸之至，但我又懶又不懂得討好人，還天生一張臭臉，不會有人看上我的。」

鮎子的話不知道有幾分是認真的，但桂二郎倒是認為自己的確有段時間受到那位年輕藝妓志津乃的吸引。

「當志津乃猶豫著要不要和相差近四十歲的老爺結婚時，是我在她背上推了一把，勸她結婚的喔。」

桂二郎雖然對鮎子這麼說，但當時勸猶豫不決的志津乃拿出決斷的人很多。

明知志津乃不是只有找我上原桂二郎請教是否該結婚，桂二郎仍感覺得出志津乃發出了某種信號，其實他是為了怕自己陷入難以挽回的窘境，才力勸志津乃結婚的。除了與對方的年齡差距略大這一點，並沒有其他因素會危及志津乃的婚姻生活。

那位老爺的妻子已死，孩子們也各自獨立了。他是銀座一家老牌金飾店的社長，具有正面的「紈絝氣質」，決不是個吝嗇的人。孩子們雖不是個個舉雙手贊成，但也沒有强烈反對……

「要是我是志津乃，才不會錯過這麼好的機會。」

桂二郎還記得自己對志津乃說的話。

「人生，以得失來衡量沒有什麼好慚愧的。這點聰明要有。和他結婚，對自己而言是得是失……」

志津乃便是因為桂二郎這句話而結婚的。

但志津乃並沒有告訴桂二郎，男方的孩子對結婚提出了一個條件。那便是不生孩子。桂二郎是在志津乃婚兩年後才知道這個唯一的條件，而且是鮎子告訴他的。

桂二郎也曾想過，當時如果知道這個條件，自己還會勸志津乃結婚嗎？但後來也漸漸地將志津乃淡忘了。

「……這樣啊，原來志津乃住在橫濱的中華街附近啊。我一直以為她在元麻布買了豪華大廈作為夫妻的愛巢呢。」

對桂二郎這幾句話，鮎子說：「他們去年春天就分居了。她先生又有了年輕的情婦……這次是銀座俱樂部的公關小姐，二十二歲。」

「真是老當益壯啊。志津乃的先生已經快七十了吧。真想向他看齊。」

桂二郎苦笑著朝鮎子看。結果鮎子問起，等他們到了橫濱的中華街，她想去志津乃的住處找她，就不去黃忠錦朋友的店了，不知這樣方不方便。

「當然方便啊。這輛車就給你用吧。杉本先生，請你送送鮎子小姐。」

桂二郎對杉本說。

來到橫濱的中華街附近，黃忠錦醒了。

「我想想，停在哪裡好呢？如果沒下雨，其實停哪裡都可以。」

他這麼說，到了紅、黃、綠多色紛呈的善鄰門前，又喃喃說也許從這裡走過去最快。

「這條路叫作長安道，從這裡過去不遠，有個叫作地久門的門。從地久門筆直通往東南方的路是關帝廟通。中華街裡的路都取了名字，其實，也不過就是個五百公尺見方的街區。但規模還是比神戶的南京町大得多。」

「哦，這裡的確是很有中國的氣氛呢。」

鮎子這麼說，然後對黃忠錦說，自己想借這輛車去拜訪朋友，要就此告辭。

「晚點我再打手機給你，你要記得開機喔。」

鮎子知道桂二郎的手機平常是關機的，所以這麼說。

桂二郎從上衣的內口袋裡取出手機，打開電源時，鮎子已經坐在杉本開的車上經過長安道，在地久門前左轉了。

「中午來點粥如何？呂水元的粥做得很好。」

「粥嗎？好啊。早餐結結實實吃了一頓，現在還不怎麼餓。來碗粥配點榨菜正好。」

桂二郎和黃忠錦共撐一把傘，邊說邊走過善鄰門。

賣旗袍的小店和複合式大樓之間有條勉强容一人通過的小巷，後面住家林立，女性內衣直接晾在外面淋雨。

「這條小巷是我兩個朋友小時候的遊樂場。」黃忠錦說。「這條小巷會經過一家中式食品行的倉庫，從那個食庫的後門偷溜進去，再從另一邊的巷子出來，就是關帝廟的後面了。呂水元和梁兆容，是當年中華街的兩大頑童。食品行就是梁兆容的爺爺開的。他說，這條小巷就是他們的少年時代。」

接著黃忠錦又說明，生長於日本的梁兆容是自己的親戚，而梁兆容的妹妹則是呂水元的妻子。

賣中國飾品雜貨的店隔壁是一家喝中國茶的小店，再過去便是呂水元開的中國粥麵點心館「水仙」。一塊印有「本日午餐六百圓」的黑板斜靠在店門口，上面以粉筆寫著「牛雜粥、小籠包、榨菜」。

正如黃忠錦所說的，只有三張四人座桌子的狹小店內，中午最忙的時間已過，只有一個眼神銳利、將長髮紮成馬尾的男子以三道點心佐啤酒。

牆上只貼著一張寫了大大的「喜」字的紅紙，將外場與廚房隔開的吧檯上擺著《橫濱中華華僑傳》、《中華街讀本》、《中華街旅遊地圖》三本書。

質樸已不足以形容這家活像生意清淡即將倒閉的店，因此桂二郎難以想像黃忠錦的好友呂水元這號人物的風貌。

一個瘦小的女子從廚房後面探出頭來，一看到黃忠錦便以中文說了幾句話。

「她說老闆在隔壁自己的店裡喝茶。」

黃忠錦說，又以中文與女子交談。女子以緩慢的步伐走出店門，過了一會兒，一個削瘦的老人走進了「水仙」。

老人面帶笑容與桂二郎握手。

「幸會幸會。歡迎光臨。我是呂水元。」

寒暄後遞出了名片。桂二郎也同樣寒暄幾句，遞上自己的名片，說：

「我透過黃先生幫忙找一個難找的人，竟麻煩到您。百忙之中前來打擾，真是不好意思。」

「哪裡，我根本沒找。剛才黃先生在電話裡說了這件事，鄧明鴻這個人我很熟啊……這樣根本不算找吧。」

呂水元說完，又問：「還沒吃中飯吧？」

「就給我們外面黑板寫的中餐吧。不過我比較想吃藥膳粥。小籠包兩籠就好。」

黃忠錦這麼說，朝馬尾男一瞟，對呂水元低聲說了什麼。

「這是小思的弟弟。長得活像人口販子，不過他的本行是進口茶葉。」

呂水元這麼說，朝馬尾男的肩上一拍，進了廚房。

「去年，他得了腸阻塞，一部分的腸子壞死，動了大手術。體重掉了十六公斤，現在只剩四十八。」

黃忠錦說。

「您說呂先生嗎？」

桂二郎問，喝了面無表情的女子送來的香片。

「是啊，他差點就沒命了。明明肚子痛得要命卻不去看醫生，跑到箱根打高爾夫……到了高爾夫球場，痛到動不了，被救護車送進醫院。嚴重到醫生都叫家屬來了。」

黃忠錦說，呂水元個子雖矮，但在手術前可是個大砲級的高爾夫球手。

「他那個年紀開球隨時都維持兩百五十碼的水準，很驚人吧？可是他大病一場，好了之後去打球，只打出一百七十碼，就從此封桿了。我就說，一個年近古稀的老先生打出一百七十碼已經很好了，畢竟他身高只有一百六啊。」

馬尾男喝完了啤酒，以中文對黃忠錦說了什麼。黃忠錦回答之後，只見他站起身走過來，逼近黃忠錦以激烈的語氣又說了什麼。

桂二郎感到情況不對，站起來介入兩人之間。

男子笑著向黃忠錦揮揮手，走了出去。

「怎麼回事？他生什麼氣？」

桂二郎問黃忠錦。

「沒有啊，他沒生氣。」

「可是，我看他殺氣騰騰的，一副隨時會揪住別人領口的樣子。」

「他是說，我上週見過黃先生的兒子。不愧是黃先生的兒子，跟我說他在茶的通路方面也有不少人脈，有困難可以隨時找他商量，他聽了很高興……說的是廣東話。」

「哦，原來如此……怎麼我看起來是咄咄逼人，大聲找碴的樣子。」

「我們之間那樣說話是很正常的。看在別國的人眼裡，大概是很像要找人打架的樣子，不過剛才那個年輕人是表示親熱。真要打架，氣勢會更凶猛。」

黃忠錦笑了。

「那是表示親熱啊……」

「是啊。也許是中華民族的特徵吧。無論什麼事，都會和對方靠得很近。談生意也好，政治協商也好，談情說愛也好……夫妻吵架激烈的程度，中華民族大概也是世界第一吧。對罵的話倒也沒什麼了不起，但就是厲害在那個架勢、手勢啊。」

店門開了，進來了一個年輕女子，與桂二郎視線相對。不知為何，她沒有別過視線，桂二郎的視線也一直停留在她身上，無法離開。

對方簡直就是把視線砸過來似地注視著自己，自己也被吸住了般無法轉移視線，又或者是相反？桂二郎也不知道。

也許桂二郎曾在哪裡見過這個近三十歲的年輕女子，所以才莫名驚訝地一直望著她也不一定。

無論如何，桂二郎與女子四目相交就時間而言雖然只有五秒左右，但桂二郎卻覺得好長。女子從桂二郎身邊走過，出聲朝廚房喊。剛才毫無笑容的女人出來，露出一絲微笑，向廚房裡的呂水元說了什麼。女子如寶塚歌劇裡的男角般身材高眺，頭髮剪得短短的，背著一個看似相當沉重的單肩包。一雙又長又大的眼睛有著深深的雙眼皮，臉上明明沒有一絲脂粉氣，卻散發出知性的光輝。

呂水元從廚房裡探出頭來，隨口說聲：「這位是鄧明鴻女士的外孫女。」然後問她吃過飯沒。

女子笑著點頭，以日文說：「我想喝那個茶。」

將令人好奇到底裝了什麼的沉重單肩包放在椅子上。

「哦，那個茶啊。那我教人送過來。熱茶外送啊。」

呂水元笑著說，吩咐端粥過來的女子去隔壁拿那種茶過來。

「這是謝翠英小姐。鄧明鴻女士的外孫女，剛才我接到忠錦的電話，就通知她說，有人想找你外婆，問她要不要過來。」

呂水元這樣向黃忠錦與桂二郎介紹了翠英。

桂二郎將名片給了翠英，說突然有人要找你外婆，你一定大吃一驚吧。百忙之中還勞駕你過來，真是抱歉。

翠英說，外婆已經過世，母親目前因病在台北住院，自己還是學生，住在山下公園附近，接到呂伯伯的電話，不明白是怎麼一回事就來了。她的日文流利，幾乎沒有中國人特有的口音。

「你還在念書？」

桂二郎問。因為實在不像。

翠英回答，目前正在攻讀日本古典文學。

「她一從台北大學畢業就來日本留學了。我就是她在日本的保證人。」

呂水元說，並勸他們先吃粥，事情不妨等吃完了再說。

桂二郎將加了枸杞、微帶薑香味、名為藥膳仍風味十足的粥送進嘴裡。

粥很糊，麻油味很重，吃起來卻很清淡，但大概是用了大量的雞高湯，味道很有層次。

「真好吃。」

桂二郎由衷地說。呂水元以理所當然的表情微微點頭。

隔壁的茶店送來了小茶壺和形似酒杯的小茶杯。茶壺裡似乎已經加了茶葉。

「熱水就用我們的吧。這可是上等好茶。翠英很清楚這茶有多好。」

呂水元這麼說，從廚房裡拿來了電熱水瓶和台灣的瓶裝礦泉水。

「日本的水很軟。以水的軟硬而言，日本可能是最軟的。泡茶要用硬水。所以，在英國喝的紅茶很好喝吧？因為歐洲也是硬水。中亞的水更硬，幾乎是鹼水了。中國的水也硬，台灣往南走，水質的硬度也和歐洲不相上下。所以，用台灣的礦泉水泡的茶最好喝。日本人到了國外拉肚子，頭號原因就是水。因為日本人是喝軟水長大的，硬水不合脾胃。」

桂二郎聽著呂水元的說明，心裡對於竟如此輕易便找到了鄧明鴻的行蹤或多或少感到有點詭異。

在五百公尺見方的橫濱中華街裡，密密麻麻不知有多少家中餐館、中式食品行和雜貨行。

更何況，也數不清究竟有多少中國人住在這裡。

這些人自日本開國以來，應該就是不斷地進進出出、來來去去。有人埋骨於此，有人毅然告別日本回鄉，有人移居他國……

這些情況，從日本首次有所謂華僑的人來到的幕末時期起，經過日清戰爭（甲午戰爭）和日中戰爭（對日抗戰），直到二戰後五十多年的今天，仍不斷劇烈變遷才是。

就算華僑之間的關係再緊密，昭和三十年代曾存在於中華街的「龍鴻閣」看來也在極短的時間內便歇業，鄧明鴻這名女子也漸漸遠離中華街的中心人物，變成人們口中「好像曾經有過那麼一名女子」而被淡忘，極可能除了丁長老之外誰也不記得她。然而，黃忠錦的好友就這麼巧與鄧明鴻一家熟識，而此刻鄧明鴻的外孫女翠英就坐在鄰桌……

自己妻子死別的前夫在中學時，因一件意外而與這個名叫翠英的年輕女子的外婆在中華街一隅的二樓相遇，白紙黑字訂下了約定。鄧明鴻是出於什麼用意要一個素不相識的少年寫下那樣一個約定，如今已不得而知。

既然那個少年年紀輕輕就死了，照理說，那個約定也就作廢了。

然而，少年的父親並沒有忘記約定。不實踐那個約定，自己的人生就有缺憾……須藤潤介這位老人是真心這麼想的……

而現在，自己正在橫濱的中華街為數眾多的中餐館中特別小的一家，而且建築和裝潢都毫不講究、乍看猶如生意蕭條的大眾食堂般的中國粥品專賣店裡，與鄧明鴻美麗的外孫相見……

桂二郎邊想著這些邊吃粥，感覺自己全身緊繃到自己都覺得誇張的程度，難得如此緊張。

因為翠英那與她大大的五官形成強烈反差的、文靜高雅的舉止，不斷吸引著桂二郎，令他對這樣的自己不知所措。

「請教女性年齡雖然失禮，不過，請問翠英小姐幾歲？」桂二郎問。

「二十八。」

翠英說，將熱水瓶裡沸騰的熱水倒進鐵灰色小茶壺。

「日本古典文學範圍廣，數量也多，你主要是從事什麼樣的研究？」

「本來是研究《源氏物語》的，現在對實朝和西行很有興趣。」

「哦……」

自己既沒有讀過《源氏物語》，實朝的詩歌更是一首都背不出來。西行的倒是知道兩首。

——身是出世人，五蘊皆空應照見，天地入此心。鷸鳥振翅點點飛，寂寞深秋向晚塘。

——此生一心願，百花齊放英繽紛，歸寂櫻樹下。釋迦入滅涅盤日，正是仲春望月時。

桂二郎吃著小籠包，在心裡暗自背誦這兩首短歌。

這兩首都是高中時為了考試死背的。

「我這個日本人卻沒讀過《源氏物語》。」

桂二郎說。然後，因為呂水元做的小籠包實在太可口，說：「竟然有這麼好吃的小籠包。一點腥味都沒有呢。」

「那就再蒸個三籠吧。」

桂二郎婉謝了呂水元的這句話，對翠英説：「日本的男性到了某個年齡，好像就捨源氏轉而看平家了。」

「是呀。《平家物語》、《徒然草》、西行、《奧之細道》、山頭火……」

翠英説完微微一笑，在把茶倒進酒杯型的茶杯之前，先倒進了一個小小的筒狀容器。

「第一泡茶，要先這樣聞香。」

翠英品過茶香，將那個瓷製的容器遞給桂二郎。

「這個只聞不喝嗎？」

「也可以喝。不過第一泡的茶苦味和澀味很重。要品茶，第二泡、第三泡比較適合。」

黃忠錦説，中國茶等級愈好的，愈不適合在空腹時喝。

「因為會把腸胃裡的油脂沖刷得乾乾淨淨，如果肚子空空如也，就太傷腸胃了。」

沒有笑容的女服務生清理了桌上的碗盤，將外面的黑板收進店內，剛才那個馬尾男和一名年輕女子進來，親熱地對翠英說了什麼。

和他同行的女子臭著一張臉坐在靠門口的桌位，從手提包裡取出手機，和人說起中文，視線不時往翠英瞟。

她臉上幾乎沒有帶妝，但一身從事八大行業的服裝品味，加上手上斑駁的指甲油，顯得特別寒酸。

男子又要對翠英說什麼，但受到呂水元驅趕，便和女子一起離開了。

「那種驢尾頭的人變多了。台灣和廣州也一大堆。」

呂水元說完，把門鎖上。

「日本也很多啊，尤其是中年人。開咖啡店什麼的，假日就騎哈雷到處去。把老唱片當命根子，老愛把違反華盛頓公約的珍禽異獸穿在身上。像是某某稀有蜥蜴皮做的靴子什麼的……」

黃忠錦說完笑了，又說自己餐後也想來喝杯茶，上原先生要不要。

「好啊。」

呂水元到隔壁茶店時，黃忠錦以日文重新對翠英說明了鄧明鴻與桂二郎的朋友之間的過往。桂二郎又將黃忠錦的說明補充得更詳盡。

翠英聽完，表示由於母親住院，今晚會寫 Email 和家裡聯絡。

「信是家兄的電腦在收，但家兄看了，一定會立刻去醫院告訴家母的。」

然後又說，如果方便的話，能不能請教上原先生的電腦的電子信箱。

「電腦啊……我辦公桌上有是有，但從來沒打開過。也就是說呢，我不會用電腦。」

但桂二郎還是打電話給小松，問他自己的電子信箱帳號。

「咦？社長的 Email 帳號嗎？」

小松大聲說，桂二郎問起他身邊有沒有人。

「有的。因為我在祕書室裡。田畑先生在，遠藤先生在……」

「那你就別這麼大聲。我可是公開宣稱絕對不碰電腦的。」

「呃，對不起，大家都已經聽見了。那個，社長的 Email 是小寫的英文字母 uehara，然後小老鼠……」

「什麼小老鼠？」

「就是一個被圈起來的小寫的 a。小老鼠之後是 dachshund-uehara，接著是點。」

「什麼叫接著是點？你就不能說人話嗎？」

「可是……那就叫作點啊。就是英文的句點，一個黑點。」

在一旁聽桂二郎講電話的翠英笑著問：「要不要由我來？」

當下桂二郎還真想讓翠英來和小松溝通，但平常他常對中年幹部說以後不會用電腦的人在企業裡無用武之地，現在總不好請一個年輕中國女孩救火，所以要小松重複說了好幾次電子信箱帳號，總算抄在記事本裡了。

公司裡的各項公告通知，均傳送到各個員工的電腦，各分店和營業所的報告也以是寄到桂二郎的電腦，但平常都是小松聖司幫他開電腦的。

桂二郎早上一到公司，只會朝辦公桌上的電腦揚揚下巴，說聲：「喂，那個。」

自己連電源都不開。

寄來的 Email 談的全都是公事，沒有任何私人郵件，所以內容不管是讓小松看到還是祕書室的年輕女員工看到，都無傷大雅。

「與鄧明鴻女士有關的事項會以 Email 的方式寄來嗎？」小松問。

「對，沒錯。」

「社長，您不如趁這個機會，至少學會如何收發 Email 吧？只要有心，一下就學會了。」

「我就是沒那個心。重要的事要以信件聯絡，這是最基本的。如果是單純的通知，根本不必用電腦，直接聽各部門的負責人說明就好。」

桂二郎自認為是個相當能接受新事物的人，唯獨對電腦方面强烈排斥。倒不是盡信了一臉「本人深諳此道」的名嘴或媒體動不動就針對網路世界發生的問題大肆針砭，斥之為「虛擬世界的陷阱」，孩童宅化現象的元凶等等言論。

桂二郎對於公司電腦化，全體員工都使用電腦不僅不排斥，甚至認為這是必然的趨勢，所以公司每個人都配備了電腦。還請來了電腦專家，讓包括幹部在內的所有員工研習如何使用。

然而，自己在小松聖司的幫助下，看名古屋分店店長以 Email 寄來的報告時，卻感到少了某種緊張感。Email 的文句，和傳真或實體信件傳送來的，還是有所不同。

那是頭一次寫 Email 給社長，名古屋分店長應該也相當緊張，對文句應該比平常更用心琢磨才是。然而，還是有股說不出的親暱不恭。

當時桂二郎的想法是：原來如此，這就是 Email 所創造出來的獨特世界啊，與寄件人的意願無關。

既不是以電話直接交談，也不是執筆與信紙對峙……看來電腦這個東西，會讓人自然而然地採取這種既非口語也非書信，處於中間位置的語法，或說是面對對方的方式……

桂二郎這麼認為，頓時就對電腦產生了排斥。

資訊的傳達當然愈快愈好，傳達的內容要點則以簡明為上。然而如果電腦通訊在資訊傳達中擺脫不了那種不必要的親暱，那麼自己寧願與電腦劃清界線……桂二郎是這麼想的。

「為什麼我的公司是 dachshund-uehara。臘腸狗是我們的商標啊！為什麼不用 ueharakogyo？」

對於桂二郎這幾句不滿，小松解釋：「因為 domain 和上原工業一樣的太多了。日本名為上原某某工業的公司就有兩百家以上，所以必須以上原以外的名稱作為 domain，我才會想到我們商標上的那兩隻臘腸狗。」

「domain？domain是什麼？」

「domain就是小老鼠之後的那一串字。」

「那你就直接這樣說啊！講日文，日文。什麼modem、blouser、install的……這些術語我又不懂。」

桂二郎的話，讓翠英笑了。

掛了電話，桂二郎把抄在紙上的Email帳號交給翠英，說：「我想應該沒錯。」

正要把手機放回上衣內口袋時，電話響了。

是本田鮎子打來的。

「我和志津乃好久不見了，想一起吃晚飯。我剛已經打電話給『都都一』的老闆了。」

「是嗎，好啊，我也滿肚子好吃的藥膳粥和小籠包。六點要在『都都一』吃飯實在吃不下。」

桂二郎邊說邊看黃忠錦。黃忠錦邊把剛起鍋的第二籠小籠包送進嘴裡，邊搖著另一隻手。看他的意思是要取消今晚「都都一」的晚餐。

志津乃現在去買東西張羅晚餐了，要我代為問候阿桂。

鮎子說完便掛了電話。

「既然取消了『都都一』，就在這裡多吃點好吃的點心吧。」

桂二郎這麼說，看了菜單，點了「魚翅餃」、「鮮蝦燒賣」和「腐皮卷」。

「網路，其實就是人們向自己以外的人發表各種事情的小報。」翠英說。

「喏喏，你看你看，我現在正在想這些，或是，這種嗜好是我人生的價值所在。每個人以自己的想法製作了自己的小報，貼在大街小巷，讓有興趣的人來看……和江戶時代的小報的不同，就是可以自由使用各式照片和顏色，要製作也很快……我想只是這樣而已。」

「原來如此，電子小報嗎。」

說到這，桂二郎想起自己兒時的少年雜誌上，也是有一些讀者投書，諸如「喜歡收集昆蟲的人，請當我的筆友」、「我是女明星B・K的頭號影迷。有意和我一起成立影迷俱樂部者，歡迎來信」等等。

其中想必也有人冒充兒童，懷著不良居心來找筆友吧……

網際網路，說穿了，也可以說是複雜精密的機器版投書欄吧……

桂二郎對翠英的「小報」比喻深有同感，便對她微笑。與翠英令人退縮的視線相遇，桂二郎想起這女孩進店來的時候，也是以這種眼光注視我。

那一瞬間，一種堪稱猙獰的感覺貫穿了桂二郎全身。身遭雷擊……就是那種衝擊。

到底是什麼如雷擊般打到自己身上……

這個名叫謝翠英的年輕女子，並沒有光彩奪目的美貌。那雙長長的會說話的眼睛也好，比一般日本人粗的鼻梁也好，圓潤沒有稜角的唇形也好，若說平凡也算平凡。但她光潤的臉上卻籠罩著一股卻卓越之氣。

話雖如此，卻又不是咄咄逼人地彰顯於外。不僅是臉，肩部和胸部的線條、全身的體形，處處都很平凡，而且身為年輕女性的彈性也和一般年近三十歲的女人差不多，但桂二郎的視線就是無法離開這個名叫翠英的女人全身。

「翠英有男朋友嗎？」黃忠錦問。

桂二郎覺得黃忠錦是幫他問了他想問的事，便裝作對這個話題不感興趣，吃了小籠包。

「沒有。如果有好對象，請黃伯伯幫我介紹。」翠英說。

「該不會有男朋友在台灣等你吧？」

翠英笑著回了黃忠錦這句不帶刺的取笑：「要是有，我早就回台灣了。」

然後品了茶香。

「日本的古文好難。全都是些看不懂的字。讀《源氏物語》原文，才兩行我就覺得頭好痛。我想，要是我是英語系或拉丁語系國家的人，也許比較容易了解。因為，日文的漢字和中文明明幾乎都是相通的，可是才多加一個平假名或片假名，句子就有好幾種解釋，真教人無所適從。」

然後翠英對桂二郎微笑，說：「不過，電腦的話，我大致都懂。」

這種說法，有股長輩取笑孩子的意味，但或許這正是翠英天生的魅力，完全不會令人感到失禮逾越。

「大致都懂嗎……真厲害。我的祕書也平常也常用電腦，但他說假如一台電腦有一千種用法，他自己頂多只會十到十五種。」

聽桂二郎這麼說，翠英說：「我搞不好能用到一半喔。」

桂二郎覺得必須進入正題，便想提須藤芳之與鄧明鴻之間簽下的誓約書。

結果翠英說：「我們去買上原先生的電腦吧。」

「咦？」

桂二郎當下無法回應，望著翠英的臉。

他無法判斷她是開玩笑還是在逗他，便說：「我在公司有電腦了。」

「可是那是用來工作的吧？而且您自己也不會用。」

「祕書會幫我，所以也不會不方便……」

「您不考慮在家裡也擺一台自己的電腦嗎？這麼一來，就能清楚了解到，啊啊，原來網路世界是這樣，而且和朋友互通 Email 也很好玩呢。」

「我沒有會和我互通 Email 的朋友啊。頂多就是我那兩個兒子吧。我身邊會電腦的，除了公司的人，就只有兩個兒子了。」

聽了桂二郎堅拒的語氣，翠英流露出的表情，好似因父母的緣故不得不放棄期待已久的野餐的小女孩，桂二郎在感到過意不去的同時，也對翠英這名女子意外的多重面貌產生了興趣。

他覺得，她在明理知性的外表之下，有著天衣無縫的爽朗，而爽朗之中卻又富含了令人不得不投降的稚氣。

「我如果在家裡擺了電腦，要用來做什麼呢？」

桂二郎微笑著問。

「我會告訴您幾個我推薦的網站。」

「Email 呢？沒有人寄信來，未免令人傷感。至少要有一個常常來信的朋友，可是我這個人本來就沒什麼朋友。」

「那，我來當您的 Email 筆友。這在日本叫作『MERUTOMO』。」

「走吧。」

桂二郎把香氣怡人的高級烏龍茶喝完，站起來。

「走？去哪裡？」翠英問。

「去買電腦啊。我在家裡用的。」

「咦？現在嗎？」

「趁還沒有改變心意之前。不光是我，還有翠英小姐也是……」

黃忠錦一臉好笑地看著他們兩人對話。

「電腦這東西，用習慣了是很簡單，但要習慣可不簡單。會一直出問題，讓人火大，搞不好就把電腦摔壞。」

翠英雖然這麼說，卻也一邊從椅子上站起來。

「誰會火大摔壞電腦？我嗎？」

桂二郎邊問，邊以手機找司機杉本。

「因為，我覺得上原先生好像會把電腦摔壞……」

「我這個人雖然不算有耐性，但脾氣也沒像外表看起來這麼火爆。再說，是翠英小姐勸我買電腦的啊。」

杉木本接了電話，桂二郎問他人在哪裡。杉本說，他送過鮎子之後回到中華街，正在中華街大馬路上的拉麵專賣店吃中飯。

「已經快吃完了……」

「那麼，十分鐘之後，我會到剛才下車的地方。」

桂二郎掛了電話，對黃忠錦說：「買好電腦，我再回來這裡。」

黃忠錦說，既然行程有變，他想去找一個平日難得見面的朋友。

「我朋友就在附近的華僑會館。賠償鄧明鴻懷表的事，你就直接和翠英小姐談吧。接下來就沒有我和呂水元的事了。」

桂二郎本來是計畫好，打完高爾夫要用自己的車到「都都一」吃飯，然後送黃忠錦回家。身為東道主，不能把黃忠錦留在「水仙」這家中華粥品專賣店。

「那麼，等我們回來之後，如果黃先生不在這裡，我就到您說的華僑會館去接您。」

「不了，別這麼客氣。這一帶也算是我的老巢啊，朋友很多。有的也好幾年沒見了，我就趁這個機會去打個招呼，再搭電車回去。」

「華僑會館在哪裡？」

「在關帝廟後面那邊。關帝廟通東邊那條路向左轉就到了。」

桂二郎和翠英來到店外。雨沒有要停的樣子，或許正因如此，整個中華街很安靜，幾乎沒有行人。

「要到一般的電器行買嗎？還是電器用品的量販店？」翠英邊打傘邊問。

「都可以，到距離這裡最近的地方買吧。量販店或許比較便宜，但故障的時候電器行的服務應該比較周到。」

翠英說，新橫濱站附近有一家店，雖然不是量販店，但專售各機種的電腦。

走在大馬路上，一個撐著傘騎腳踏車的少年駛過一汪積水，停在一家小小中餐館前，朝二樓大聲喊。年紀大約十歲左右，戴著圓眼鏡，理得短短的頭髮被雨打濕了。

聽他語尾拉得長長的，以中文一直朝二樓喊，桂二郎從他身旁經過，問翠英：「如果以日文來說，他是不是在朝那戶人家的二樓喊他的朋友：『某某某，出來玩』？」

翠英微微一笑，說：「嗯，是啊。他喊的是一個男孩子的名字。以日文來說的話，應該就是那種感覺吧。」

一名沒打傘的女子邊講手機邊走過來，語氣很像與對方激烈爭論。

「剛才那個人，沒有在吵架？」桂二郎問。

「這個嗎，不知道是不是吵架……她在生氣，說『就不是我的錯，你是要我說幾遍。你煩不煩，真是夠了』。」

「那麼，還是很接近吵架了。算是爭執吧。」

原以為從巷子裡走出來的兩個人是日本人，但嘰嘰呱呱地邊說邊走的十八、九歲女孩說的仍是中文。

「她們說的是廣東話嗎？」桂二郎問。

「嗯，是啊。這一帶幾乎都是廣東人。」翠英說。

「她們在說什麼？」

翠英說她沒仔細聽，不過好像是在說如果明天也是這麼大的雨，活動就中止，然後問：「中華街好玩嗎？」

「很有意思啊。讓人覺得不愧是中華街……才小小五百公尺見方的地方，卻讓人深深感覺到這裡不是日本，而是中國社會啊。」

「在橫濱中華街裡，也有分台灣派和中華人民共和國派，有些爭吵是從外表看不出來的。」

翠英說。

「所以，學校也有兩個。中華民國派的孩子上的學校，和中華人民共和國派的孩子上的。」

桂二郎對華僑世界幾乎一無所知，因而有些意外。

「哦，那這家店支持中國共產黨，這家店是台灣派的，有什麼記號可以識別嗎？我還以為華僑和共產主義之間沒有什麼接點。」

翠英說，店的外形並沒有差異，端出來的菜色也沒有不同，從外表完全無從得知，更何況是日本人，當然無法分辨。

「而且雙方也不是一天到晚劍拔弩張。無論支持哪一方的體制，都沒有那麼重要。我自己是這麼認為的，其他中國人的想法也和我差不多。」

「沒有那麼重要嗎？」

桂二郎發現自己的傘滴落下來的雨水打濕了翠英的肩頭，便稍微離她遠一些。

「手上的王牌愈多愈好呀。像美國的華僑，有支持共和黨的，也有支持民主黨的，而且到現在還有人把中國共產黨的毛澤東大頭照掛在家裡呢。比起意識形態，打點生活才重要。」

原來如此，王牌是嗎。打點生活啊……

「這番說明真是簡單明瞭。」

桂二郎到處尋找車子，與翠英的距離因而拉開。翠英身上的衣服絕不粗陋，但桂二郎這樣重新觀察她的姿容，不禁想像起她穿那樣的衣服或許會更美，穿這樣的衣服會更加强調她的知性氣質。

他對年輕女孩的時尚從不感興趣，妻子還在世的時候，也不記得曾經做過如此想像。

「啊啊，就是那輛車。」

桂二郎發話的同時，司機杉本也看到了桂二郎，將車緩緩駛來。

「抱歉啊，讓你中飯吃得那麼趕。」

桂二郎說，向下了車在雨中幫忙打開車門的杉本介紹翠英。

「這位是我要找的人的外孫女。」

杉本向坐進後座的翠英打過招呼。

「沒想到會看到社長和一位漂亮的小姐並肩從橫濱的中華街走來……」

說完微笑問：「要上哪裡去呢？」

「我們要去買電腦。聽說在新橫濱車站附近。」

那麼，我就先開到新橫濱車站——杉本這麼說，讓車子向右轉。

「杉本先生在芭蕉方面的研究，有『在野遺賢』之稱喔。」

桂二郎對翠英說。

「您從事芭蕉方面的研究？」

「哪裡，不敢當。『在野遺賢』是社長太誇大了。」

杉本輕輕拍著自己的後頸說。

「您對西行有興趣嗎？」翠英問。

「芭蕉無疑受到西行相當大的影響，所以我也讀過西行的短歌，但只是略懂皮毛而已。」杉本說。

「您去拜訪過西行相關的遺跡嗎？」翠英探身向前問。

「只去過奈良的吉野。不過是很久以前的事了。」

翠英表示，自己也探訪西行遊踪，但才剛交完一篇報告指導教授就要求提出另一篇報告，實在沒有時間。

「而且這個暑假我又必須回台灣……」

「暑假要回台灣省親嗎？」

桂二郎這一問，翠英停頓了一會兒才說：「醫生說，那時候多半是要與家母告別了……」

是嗎，原來鄧明鴻的女兒來日無多了啊……既然如此，自己的台灣行勢必就得儘快進行了……桂二郎這麼想。

在靠近新橫濱車站不遠處開始車多擁擠，翠英指著大大的招牌說那就是我們要去的電器行，但車子卻停滯不前。

雖然看得到招牌，但若要步行到那家店，看來也必須花上二、三十分鐘。

據說大型商場的一樓與二樓都是那家店。

「我撒了一個小謊。」翠英說。

「撒謊……?什麼謊?」

「我說我對電腦很在行，其實是騙您的。」

桂二郎微偏著頭，身子靠向椅背，望著翠英。遭雷擊的那種感覺依然沒有消失。

「一直到最近，我才學會怎麼成功收發信。我說電腦的機能假如有一千項，我會五百項，那是騙人的。不止是騙人，根本是大吹法螺。」

翠英這幾句話，讓桂二郎笑意油然而生，止也止不住。

「大吹法螺嗎……那你為什麼要大吹法螺?」

「我也不知道為什麼，但我就是希望上原先生有自己專用的電腦……」

「那，要是我用電腦出了什麼錯，你目前也沒有能力幫我了?」

「沒有。我最拿手的就是強制關機。」

桂二郎笑了。

「既然決定要買就買吧。買了電腦，只有翠英小姐會寫 Email 給我，那我就天天在電腦前等著你的信。」

桂二郎笑著這麼說，翠英聽了便雙手在胸前交握，說：「啊啊，還好您不介意。」

然後問杉本他最喜歡芭蕉的哪一首俳句。

「むざんやな甲の下のきりぎりす（嗚呼憐哉，盔下蟋蟀，悲鳴不停）。」

杉本當即如此回答。

翠英將這首俳句低聲吟了好幾次，說：「上句むざんやな的『やな』的用法，正是日本文學的深奥之處啊。」

「上原先生呢？」

這回翠英問起了桂二郎。

「芭蕉的俳句嗎？」

儘管覺得一個日本男人都五十四歲了還說不出一首芭蕉的俳句實在有失體面，但他還是老實説：「我對短歌和俳句之類的一無所知。因為無知，所以也沒有特別喜歡哪一首。」

「那麼，日本的小説呢？」

「這個也沒有特別喜歡的。」

「日本的畫呢?」

「沒有。」

「陶瓷器呢?」

「也沒有。」

桂二郎覺得自己的話愈來愈冷漠,但這不是對翠英的發問生氣,而是為自己過去從未對文學、繪畫等藝術感興趣而慚愧。

但翠英似乎誤會了,道歉說:「對不起,問這些無謂的事。」

「哪裡,一點也不會。我只是為自己的沒有文化素養感到慚愧而已。」

「可是,您在自己的工作上發光發熱不是嗎?男人還是工作至上的。」

「沒這回事。我只是把我祖父開創、我父親發展的公司勉强維持著不倒而已,說不上發光發熱。上原工業也不過就是做鍋子的。」

桂二郎說著,發現翠英的日文比這年頭的日本人還要優美許多。

敬語也好,中國人最怕的「てにをは」的用法也幾近完美。

他一說,翠英便說:「聽說我外婆的日文非常好。」

但是，本來一直天真爛漫的翠英臉上卻出現了一絲陰影。

那家電器行雖然不是量販店，但商品有七成是電腦用品，店內有各式各樣的電腦。

「客製部門」裡，十幾台老闆自己組裝的電腦一字排開。

翠英在賣場裡邊走邊找，指著一台電腦說，這和上個月她買的是同一個機種。

「那就這個吧。」

一說完，桂二郎便指著電腦對店員說要這個，從錢包裡取出信用卡。

「必要的週邊用品，也買翠英小姐用的一樣的。」

「有台印表機會很方便。」

「那印表機也一起買。」

「還有更小型的攜帶式的電腦。」

「攜帶式？」

「就是方便帶出門，去旅行的時候也能用。喏，也有體積這麼小的。」

「小型的機器，尤其是電器，和容量大的比起來，在各方面都比較敏感，所以容易發生問題，電腦也一樣。」

這樣說完，桂二郎便指著電腦對店員說，還是買這個。無論是說法還是表情，連自己都覺得冷漠，甚至會被人當作生氣了。

他想找回早上那場大雨中在高爾夫場上的笑容，卻好像連怎麼笑都忘了，反而更讓自己變成所謂的「可怕的臉」。

抱著兩個大紙箱走出店門，杉本趕緊跑過來，一臉驚訝地說：「原來電腦這麼大啊。」

將紙箱接過去。

「是箱子大。」

這話聽起來還是像在生氣，桂二郎心想，也許自己真的在生氣，只是連自己都不明白為什麼。如果是這樣的話，心情變差的原因只可能有一個。便是都已經五十四歲的大男人了，在俳句、短歌、繪畫、陶瓷裡竟然沒有一樣喜歡的……

桂二郎這麼想，便對杉本說：「繞到哪個大一點的書店去。然後就回家吧。翠英小姐，你會設定電腦吧。」

「我應該沒問題。請問，我可以到上原先生府上打擾嗎？」翠英問。

「啊啊，真是不好意思，也沒先問過翠英小姐的意思……如果可以的話，能不能現在就到我家去，幫我設定好這台電腦呢？」

桂二郎終於在無意識之中露出笑容了。他以手機聯絡了家裡，確認幫傭的富子在不在。要是到家的時候富子出門去買晚餐要用的材料，那就有點尷尬了——他心頭閃過這個想法。

自己今晚本來是準備外食的，所以富子應該不會出門買東西，但也可能有其他的事要辦。

在空無一人的家裡，自己和翠英兩人獨處有些不方便……

雖然不明白具體上有什麼不方便，但總之就是不方便……

桂二郎是這麼想的。

但是，富子接了電話。

「哎呀，您現在要回來嗎？那麼，我這就去買材料準備晚餐。您想吃什麼？」富子問。

「我帶著客人一起。幫我買點好吃的蛋糕吧。」

「蛋糕嗎？蛋糕就好了嗎？」

桂二郎曾聽小松說對電腦還不熟悉的人要設定電腦，其實會很花時間，便問翠英：「晚餐想吃什麼？」

「順利設定好之後，我就要告辭了，請不用費心。」

翠英說，看看自己的手表。

「大概幾點會到家？」

桂二郎也看著自己的手表問杉本。

「路上開始塞了，很可能會超過五點。」

設定電腦固然重要，但自己還有更重要的事沒有辦完——桂二郎心想。

他必須詳細說明在翠英出生之前，發生在橫濱中華街的一起小小事件，以及因這個事件而訂下的約定。也必須讓她看俊國的父親寫給翠英外祖母的誓約書和壞掉的懷表……

「你喜歡壽司嗎？」

桂二郎問翠英。

「我不敢吃生的魚。」

「那，鰻魚呢？」

車站附近有一家三代相傳的鰻魚料理。

「我喜歡鰻魚。台灣人也吃鰻魚喔。不過不像日本的鰻魚煮得帶甜味，而是用各種辛香料來蒸。鰻魚也比日本的大……」

翠英這麼說，然後專心看起從電器行要來的電腦設定簡介。

「那麼，我先預約我家附近的鰻魚料理好了。」

桂二郎又打了一次電話回家，告訴富子晚餐的安排。然後，把今天與黃忠錦打的高爾夫球多麼令他印象深刻說給翠英聽。

「雖然僅僅打了一洞，對我而言也是美好的回憶。而且，你看這雨……高爾夫球場的雨下得更大。」

翠英對高爾夫球似乎不感興趣，說這麼大的雨也打球嗎，如果是定住不動的球自己應該也打得到，一雙眼睛都沒有離開說明書。

「我是個沒有文化素養的人。雖然大學畢業，但也不曾發奮向學過。我很早就考慮到將來遲早要繼承家業，心思都用在研究經濟方面，而且專門著重於市場行銷的研究。不過，其實也說不上研究……所以，不但沒有文化素養，也沒有學問。偶爾看看工作以外的讀物，也幾乎都是歷史方面的書。」

「您對哪個時代的歷史書有興趣？」

被翠英這麼問……

「也不是特別有興趣才看的。因為沒有別的想看的，就隨便逛進一家書店，走到歷史書那裡，買最靠左那一櫃上方數來第二層書架的最左邊那本書。」

翠英微微一笑，說：「不管那是什麼書嗎？那家書店的歷史書陳列架左邊從上數來第二層書架上的書，而且只挑最靠左的那一本，好有趣的選書方式喔。」

「兩年前，擺在那個位置的書，是深入研究中國清朝宦官的書。我花了一年看完那本書之後，又到同一家書店以同樣的方式買了書，這次的書好厚一本，說的是『當鋪』的歷史。多虧這本書，我也了解了當鋪。原來世界上有各式各樣的當鋪。公元前就已經有當鋪的存在，人們把自己的寶貝拿去那裡抵押，以支應眼前的生活……」

去年底買的書，是希特勒的傳記，但不好看便丟下了……

說著說著，桂二郎覺得所謂的沒有文化素養、沒有學問這兩句略嫌誇大的自謙之辭，既不誇大也不謙虛，而是真真切切的事實。

不，也許沒有文化素養和沒有學問的說法並不正確……

而是自己少了什麼……

而這個什麼，並非一項兩項……

身為喪妻的鰥夫、工作外不願動腦、不具任何藝術知識、沒有任何嗜好與趣……與這些的性質有所不同的欠缺，使自己這個人變得冷漠乾澀……

桂二郎這麼想。

他曾在不知什麼書裡看到，江戶時代之前曾經有個時代是不讓沒有文化素養的人當軍人的，而自己正是最沒有資格當軍人的人。

話雖如此，這把年紀也不想再去學俳句、短歌，也不願上陶藝教室捏陶土。

自己欠缺的，不是淺嘗這些便能填補的……

「滋味」……桂二郎心想，若是要找一個詞來表示，應該就是它了。

「作為一個人的滋味」……自己就是不夠味。不僅不夠，根本是沒有……

雖然不至於到自我厭惡的地步，但從車窗看出去，在塞車的大雨中，莫名不耐地望著整片灰暗的風景，桂二郎漸漸愈來愈討厭自己。

這種感覺也是頭一次，也許是這個名叫謝翠英的二十八歲女子所具有的某些特質，無意中引發了自己內在的什麼。

「那家書店，看起來像是藏書不少的書店……」杉本說。

大樓的一樓是書店，沉靜的氣氛是一般架上淨是週刊、漫畫和偶像裸露寫真集的書店所沒有的。

「等我一下。」

桂二郎說，撐著傘在雨中小跑著進了那家書店。

書店裡雖然也有漫畫區，但看來是一家近來罕見以專業書集為主的書店，大學時代教授指定作為教材的日本經濟史首先映入桂二郎的眼簾。

桂二郎買了附白話翻譯的《源氏物語》上中下共三卷。請店員放進袋子裡，然後又到日本古典文學區，拿了《謠曲集》和《新古今和歌集》到結帳櫃台。

桂二郎沒有說他買了什麼書，翠英也沒有問。

抵達目黑區自家時，雨勢終於轉小，車子在門前停住的同時，雨停了，淡淡的陽光露了臉。

起居室旁就是難得使用的客廳，但桂二郎向來就不太喜歡那個房間。那裡有種無人的房間獨有的寂靜，牆上掛著父親收集的三幅油畫，寬敞舒適的義大利進口昂貴沙發組，從窗戶可以看到連接大門與玄關的路以及四周的樹木，但只要一進這個客廳，桂二郎就莫名心緒不寧。

父親收集的那三幅油畫，是昭和初期三十多歲便謝世的日本畫家所繪，但桂二郎不知道畫家的名字。其實不是不知道，是不記得。

畫的筆觸細膩，三幅都是暴風雨前的農村風景，感覺得出畫家緊繃的神經。父親似乎就是喜歡這一點，但桂二郎總覺得三面牆上都掛著不幸的預兆，非常掃興。

所以，偶爾有人來訪，桂二郎只會將想趕快送出門的客人帶進客廳。

「我請她來幫我設定電腦。俊國的房間拉了專門給電腦用的電話吧？那條電話線應該還沒退掉。我要用那條電話線。」

桂二郎對富子說，問起俊國的房間有沒有整理。

俊國留下了很多書和ＣＤ，但都堆在房間的角落，看起來並不亂——富子說。

「我這就去泡咖啡。要帶客人到客廳嗎？」

富子知道桂二郎不喜歡客廳，小聲這麼問。

「到起居室吧。」

桂二郎也小聲說，也要抱著大紙箱的杉本到起居室。

桂二郎請翠英坐在他平常抽雪茄的那張椅子，說兒子房間裡有不同的電話線。

「先吃蛋糕再設定電腦吧！咖啡很快就來了。」

翠英先在椅子上坐下，朝隔著玻璃門可以望見的廚房看，邊問：「夫人出門了嗎？」

「內人四年前就去世了。」

桂二郎說，心想，對了，論興趣，自己也有一個興趣啊，便把雪茄盒放在翠英面前。

但是，正要打開盒蓋的時候，桂二郎又不確定抽雪咖能不能算是興趣，

「每天晚上準備就寢前，我都會抽一根雪茄。這算是我唯一的興趣，或說是嗜好……」

說著，打開了雪茄盒。

「哇啊，這些全都是雪茄？」

翠英出神地看著大木盒裡排放得整整齊齊的好幾款雪茄。

「有好多形狀喔。」

「是啊，雪茄的菸葉也有分哈瓦那產、多明尼加產、宏都拉斯產……還有很多各地產的。」

桂二郎取出最長最粗的雪茄，

「這叫作 Montecristo A。上次我沒多想就隨手拿起來慢慢抽，結果從點著到抽完，一共花了二小時又二十分鐘。」

說完，微微一笑，

「這個是 Davidoff 的 Aniversario。比 Montecristo A 短一點，但一樣是最高級的雪茄。這是 Cohiba 的 Esplendidos。這根短的是 Cohiba 的 Robustos。然後這個是 La Eminencia Pyramid。這是 Bolivar 的 Belicosos。呃，然後這根短的是 Zino 的 Mouton Cadet No.7……這是 Cohiba 的 Siglo II。Davidoff 的 No2 和 No3，女性也喜歡抽。要不要來一根？」

桂二郎取出 Davidoff 的 No2，拿到翠英面前。

「還是你要試試道地的雪茄？這是 Hoyo de Monterrey 的 Churchills，味道很重喔。」

桂二郎並不是真的向翠英勸菸。這麼做多少有些是在逗她，也是掩飾自己的難為情。在看到翠英的那一瞬間，突然身遭雷擊的感覺仍滯留在桂二郎心中，他不希望被任何人察覺。

「我這輩子從來沒抽過菸。」

說著，翠英拿起雪茄盒裡的一個圓形的小工具，問這是什麼。

「雪茄剪。」

像這樣把裡面的東西轉出來，就會看到打開大、中、小三個孔，用來裁雪茄的……

桂二郎這樣解釋，教翠英如何使用。

「哦，好像很好玩呢……」

翠英把雪茄剪拖在掌心，問這裡面最貴的雪茄是哪一個。

「Davidoff 的 Aniversario 和 Montecristo A 吧。」

「那，我要這個。」

翠英指著長二十二公分、直徑一點九公分的 Davidoff Aniversario。

哦，看樣子她是真的想抽抽看……

桂二郎覺得有趣，便教翠英如何點火，如何以手指夾住 Davidoff 的 Aniversario。

「哇啊，光是這樣夾著，就覺得好像變身為成熟的貴夫人了呢。」

翠英不太會用雪茄剪，桂二郎便幫她裁出吸口，劃著雪茄專用的長火柴，教她：「火柴點上二、三根都沒關係，要讓前端全部都點著……」

「這根雪茄，比我的臉還長了吧？」

翠英笑著，笨拙地點著了雪茄。雖然無法均勻地點火，但用了五根火柴，總算全部都點著了。

「要慢慢抽。不要把煙吸進肺裡，要停留在舌頭和嘴裡。讓菸灰自己掉落。雪茄頭形成的菸灰有散熱器的功用，避免雪茄燃燒過度，或是輕易熄滅。」

如果不是逼不得已，不能熄掉雪茄。因為不一次抽完，味道會變差。

桂二郎邊說，邊將雪茄專用的菸灰缸放在翠英面前。只見她雙眼朝向天花板，叼著雪茄，看著裊裊升起的煙。

那樣子好像幼童舔著長長的棒棒糖，桂二郎不禁被這樣的翠英逗笑了。

杉本打開紙箱，取出裡面的電腦和附帶的相關物品，富子端來了咖啡和蛋糕。

「不要抽得這麼猛。先慢慢抽一口，看火快熄了再抽。」

桂二郎說我來示範吧，點著了Cohiba的Robustos，示範了抽法。

「雪茄的味道如何？」桂二郎問。

「我還以為會更辣更苦。有泥土的味道，或是說，肥沃的大地的味道。」

「哦，大地的味道嗎……的確，有時候會有這種味道和香氣。不過，味道會慢慢改變。有時候會變成不甜的蜂蜜味，有時候會再加上一點酸味……」

當前端的菸灰大約三公分長時，桂二郎建議翠英先把雪茄放在菸灰缸上。

「菸灰差不多該自然掉落了。等菸灰一掉下來，就再抽個兩、三口讓火不至於熄掉，就可以放回菸灰缸了。」

「很好抽呢！有憂鬱熟女的感覺……很棒。」

翠英的話，聽起來並不像客氣話。

有生以來連一般紙菸都沒抽過的二十八歲女子，現在點著了第一根雪茄，雖然動作生硬，仍摸索著味道、香氣，抽得津津有味……

桂二郎很高興，看這樣的翠英看得出神。

杉本也興致勃勃地看著翠英，喝著富子端來的咖啡。

「頭好像有點飄飄的。」

翠英說，把 Davidoff 的 Aniversario 放在菸灰缸上。三公分左右的菸灰自然掉落。

「雖然沒有吸進肺裡，尼古丁還是會從口中的黏膜和舌頭被吸收進去。這畢竟是你有生以來第一次抽嘛。」

桂二郎笑著說，然後請富子預約了車站附近的鰻魚餐廳。

「我明明是來設定電腦的，卻迷上了高級雪茄。」

翠英這麼說，抽了二口好讓雪茄不至於熄滅，然後吃了蛋糕。那是塊分量不小的香橙蛋糕，但翠英一分鐘就吃完了。

她吃的樣子，讓杉本和富子偷偷對望。翠英的吃相一點也不會令人感到粗俗，既精采又痛快。

翠英拿著雪茄站起來，問了電腦的所在，又問桂二郎：「這雪茄可以一直抽嗎？」

「儘管抽，別客氣。我幫你拿菸灰缸，請邊抽邊設定電腦。」

桂二郎說，拿著菸灰缸，帶翠英到自己寢室旁的俊國的房間。杉本也帶著電腦和其他附屬品過來，放在俊國高中時用的書桌上，便又回到起居室。

翠英在電腦上插了幾條電線，又連上插座和電話線，慢慢品味雪茄之後，低聲說：「好，絕對不能出錯。」

便將雪茄放進桂二郎端在手上的菸灰缸。桂二郎叼在嘴裡的Cohiba的Robustos的菸灰，剛好落進菸灰缸。

中途遇到「咦？」「這是什麼意思？」的時候，翠英都會看說明書，每看一次就抽一口雪茄，面向電腦的時候，雪茄就擱在桂二郎站著端在手上的菸灰缸裡。

「要和網路公司簽約。上原先生，請輸入信用卡號和資料。」

聽翠英這麼說，桂二郎才終於把菸灰缸放在書桌上，從錢包裡取出信用卡。

翠英要桂二郎親自用鍵盤輸入必填事項，所以從椅子上站起來，把位子讓給他。

「咦！要我自己來？」

桂二郎將雪茄放在菸灰缸，邊在電腦前坐下邊問。

「要我用鍵盤打字，實在是不可能的任務。我沒碰過打字機。兒子還小的時候，我是買過電動給他們，可是我自己也沒碰過。我連文字處理機都不會用……我不行啦。」

但是，若是一直說不會不行，永遠都學不了新東西……

即使心裡這麼想，桂二郎望著電腦螢幕上顯示的姓名、住址、信用卡號的填寫欄，求救般抽起Cohiba的Robustos。

「文字處理機您也沒用過嗎？」

「沒有。我都是用鋼筆。」

「那麼，我來輸入。以後要練習喔。」

她的口氣，宛如老師對一個跟不上上課進度而被留下來輔導的學生下令，桂二郎不禁後悔買了電腦。

翠英中途用自己的手機打了二次電話，問別人如何設定。她說的是廣東話。電話那頭的人似乎對電腦非常熟悉，翠英的廣東話裡不時夾雜著日文，低聲說：「哦，這裡啊。要點進這裡。」

或歪著頭說：「咦？作法不同……」

然後照朋友所教的移動游標。

當網路連接、Email可以收發信的時候，翠英抽的Davidoff Aniversario只剩下一半。

「好了。這是上原桂二郎先生的電子信箱。我的已經輸入到電腦通訊錄裡了，像這樣點一下……」

桂二郎看著自己的電子信箱，說：「我是keuehara……翠英小姐為什麼是sabasaba？因為個性爽朗（音同sabasaba）嗎？」

「是魚，鯖魚（音為saba）。」

「鯖魚……」

「是的。所以才取sabasaba。」

她說，雖然所有生的魚她都不敢吃，但來到日本第一次才吃到鯖魚壽司，唯獨特別喜歡這個。

「泡過醋再用薄薄的昆布捲起來，非常好吃，所以才取名為 sabasaba。」

「原來你喜歡鯖魚壽司啊……」

桂二郎看著翠英幫他輸入的 sabasaba@……這串小寫的英文字母笑了。

俊國的房間有三坪大，俊國還住這裡的時候，除了書架和床之外，還有筆記型和桌上型兩台電腦，還有 CD 架，所以實際上的空間只有一坪半左右，但現在是空房，所以三坪的空間都空著。這房間裡瀰漫著桂二郎和翠英抽的雪茄的煙，充滿了著類似巧克力的香氣。

「好，現在請寫 Email 給我。」

翠英這麼說，然後看著桂二郎說輸入法有假名輸入法和羅馬拼音輸入法，自己只會羅馬拼音輸入法，所以要教這個。但她說話的樣子有些無力。

「怎麼了嗎？抽了菸不舒服？要是不舒服，最好別抽了。我把窗戶打開好了。」

「不會，輕飄飄的，很舒服。我很喜歡這個味道。」

翠英以令人不敢相信是頭一次抽雪茄的熟練手法將粗粗的雪茄拿到嘴邊，雙頰微微內凹吸了一口，再緩緩地吐出來。

「『う』是u，『え』是『e』，『は』是『ha』，『ら』是『ra』。打了uehara之後，再轉換成漢字。」

「這是我的第一封Email。不知道能不能確實送到翠英小姐的電腦裡。」

「應該可以。如果送不到，就是我哪裡設定錯了。」

「我是上原。謝謝你今天幫我設定電腦。聽說你喜歡鯖魚壽司。下次讓我請你吃好吃的鯖魚壽司。我想打這些。」

但是，只是短短的這幾句話，有翠英在旁邊一個字一個字教如何打字，桂二郎還是花了將近一個鐘頭。

「然後，點一下傳送的地方。」

桂二郎照翠英所說的點了之後，出現了「信件已寄出」的字樣。

翠英的雪茄剩下四公分左右。

桂二郎覺得眼睛深處好痛，肩、背也非常僵硬，但仍盯著電腦螢幕。

「好累人啊。」

桂二郎喃喃地說，脖子轉動了兩、三次，揉揉自己的肩。桂二郎的Cohiba Robustos抽到一半就自然熄了。

「啊，變成好濃的可可味。」翠英說。

「你真不像第一次抽雪茄呢。雪茄抽到這麼短的時候，味道會一下子變得非常好。」

說完，桂二郎打開了窗戶。

「ちゃ、ちゅ、ちょ要怎麼打？ティ呢？」

桂二郎這一問，翠英把說明書翻到羅馬拼音輸入法那一頁，說：「可以看著這個練習。像是用來寫日記啦，或是用打字來代替工作的筆記……慢慢地就會愈打愈快了。也有練習盲打的軟體。那個很好玩喔。」

「什麼是盲打？」

「就是不看鍵盤，用十根手指頭來打字。」

「那對我實在太難了。如果不是真的很有心練習的話。我現在用一根手指就很勉强了。剛才右手食指就好像快抽筋了……」

桂二郎揉著自己的手指笑了。

「我剛才寄出去的Email，不知道是不是已經寄到翠英小姐的電腦裡了。」

「應該已經寄到了吧。」

說完，抽了最後一口，翠英才終於把雪茄丟進菸灰缸裡。

「腦袋、嘴唇和指尖都麻了。」

雖然面帶微笑，翠英的臉色卻不好。

「也難怪啊。你把二十公分的Davidoff Aniversario抽到只剩三公分啊。你最好先躺一下。喝點水，在起居室的沙發上躺一躺吧。」

桂二郎與翠英一起回到起居室，要富子端水來。不見杉本的人影。富子說他在大門口洗車。

桂二郎悄聲要富子離開一下，等翠英的臉色復原，便再次詳述俊國的父親與翠英的外婆之間的往事。

說完，桂二郎將誓約書和壞掉的懷表拿來給翠英看。

「舒服點了嗎？要是還是覺得不舒服，要不要打開窗戶，做幾次深呼吸？」

「還是覺得有點暈暈的。」

翠英說，胃也有點反胃，然後一臉過意不去地低聲說，看樣子吃不下鰻魚了。

「是我不好，不該勸你抽雪茄的。鰻魚就別吃了。我會取消預約的。」

「是我自己要抽的。我想以後我一定會想再抽的。雖然現在連看都不想看到……」

「等你想抽的時候，我再送你一盒 Davidoff 的 Aniversario 吧。」

「一盒有幾根？」

「這個牌子是十根。」

過了三十分鐘左右，由杉本開車送翠英回去了。

桂二郎請店家外送鰻重餐盒，與富子一起吃，邊吃邊對翠英不管是對須藤芳之與鄧明鴻數十年前發生的事，還是對須藤潤介無論如何都要賠償三百萬的心意，完全沒有發表自己的感想，非常有好感。

只傾聽事實的陳述，不加入自己的想法或疑問，轉達給住在台灣的母親……母親會下判斷的……自己只是把上原桂二郎所說的正確地轉達給母親而已……

雖然沒有說出口，但謝翠英多半是這麼想的吧——桂二郎這麼認為。

桂二郎也欣賞她吃蛋糕的樣子。頭一次抽雪茄的抽法也令人激賞。而最重要的是她的清新，外表明明並不特別出色，卻楚楚動人。

她說她沒有男朋友，這一點倒是很可疑。這樣一個女人，怎麼可能沒有人追求……

桂二郎吃著鰻重餐盒想著這些時，杉本來電報告，剛才已經將謝翠英小姐送到她住的公寓前了。

「到公寓的時候，謝小姐的精神已經恢復了。」

杉本說。「謝小姐說，那是僅限女性租用的套房式公寓，房租其實是十萬圓，但房東算她八萬。還要我代她向社長道謝。」

說完，杉本掛了電話。

平常吃過晚飯，喝了咖啡，桂二郎會在起居室的沙發上看晚報，但現在一心只想到剛買的電腦前。

他想打開電腦的開關，依照翠英所教的順序操作，試著收Email。翠英一回自己的公寓，應該就會確認上原桂二郎寄的Email是否寄到，然後立刻回信……

但是，桂二郎不願意被富子發現自己人在心不在，便對她說：「那家鰻魚料理店的老闆還好嗎？」

「現在店已經交給下一代打理了，不過聽說他很好。」

富子從廚房探頭出來說。

「他們那裡是女婿接棒吧？」

「是的。三個孩子都是女兒，之前聽說是二女婿繼承的。」

「當那個頑固老爹的女婿也不容易啊。我真是同情他。他們賣的明明是滑不溜丟的鰻魚，老闆卻是寧折不彎，比鐵棍還硬。」

「聽說大女兒離婚了。」

富子拿圍裙擦著手說。

富子說，鰻魚料理店的大女兒與某大學工學院的教授結了婚，小女兒在高中教書，目前仍小姑獨處。

「你好清楚啊。」

桂二郎以笑容如此回應，在心裡對自己說：「要面帶笑容、面帶笑容。」要改改這張可怕的臭臉。不是說相由心生嗎。自己既不貪婪，也不算壞心眼，更不是可怕的人。

的確，說臉臭是臭了點，但並沒有特別憤世嫉俗，對生活也沒有什麼不滿。

但是，自己的臉卻給人可怕的印象，可能是少了作為一個人的從容吧……

「沒學問，沒文化素養……就是這個吧。就是這些出現在我臉上。」

桂二郎的視線落在晚報上，心裡這麼想，看了看鐘。杉本來電之後，才只過了十分鐘。

進了公寓才十分鐘，翠英也來不及寄Email吧……

儘管心裡這麼想，桂二郎還是想：不如先到俊國的房間，把電腦的電源先打開好了。

桂二郎坐在電腦前。

「電源是……這裡吧。」

自言自語地打開了電源。

畫面上種種東西出現了又消失。

「在沙漏消失之前，什麼都不要碰。」

小聲念出翠英教的、自己抄下來的筆記，桂二郎緊盯著電腦。光是這樣，肩頭好像就僵了。

「呃，要點這個是吧。」

忍不住懷著「嘿！」的想法點下去，畫面卻沒有任何變化。

「怪了？啊，對喔，要點兩下。」

再次點了兩下，結果還是一樣。

「我不是照做了嗎！」

桂二郎忘我大罵，又重複點了兩下。

結果，畫面上出現了看不懂的英文，要使用者選擇「取消」或「結束」。

「什麼結束，根本就還沒開始。」

桂二郎盯了電腦畫面好久，大聲喊富子。然後請她打電話給俊國。

雖然也可以打電話向祕書小松求救，但既然在家放了一台自己專用的電腦，公司裡的 Email 就有可能寄到家裡來，而且他都斷然宣稱「我死也不碰電腦這東西」了，怎麼拉得下這個臉。

再說，小松一定會很想知道社長為什麼會在家裡多放一台個人用的電腦吧。

雖然他不是個不識相多問的人，但一定也會好奇原因究竟是什麼……

桂二郎考慮到這些，才決定向俊國求援。

富子拿著通話器進了房間。俊國已經接起電話了。

「抱歉啊，工作時來吵你。方便說話嗎？」

桂二郎問。

「嗯，可以啊。我正在資料室查東西，旁邊沒人。」

聽他說得好像擔心到底是怎麼回事，桂二郎這才想起自己是頭一次打電話給工作中的俊國。

「出了什麼事嗎？」

「不是啦，就是，電腦不動了……我不知道該怎麼弄，想請你幫忙……真抱歉，打擾你工作。」

「電腦？」俊國大聲問。「爸現在在哪？電話是富子阿姨打的，我還以為是從家裡打來的。」

「我是在家啊。從你的房間打的。我剛買了自己要用的電腦，設定好了，想收 Email，電腦卻不動了。」

「咦！爸買了個人電腦？」

俊國驚訝地說，然後笑了。

「現在畫面是什麼樣子？」

被俊國問起，桂二郎把畫面顯示的文字念給他聽。

「哦，那就點一下最右邊的地方，等一下就好了。」

「就連那個什麼點一下，我都控制不好。想把箭號向右移，結果給我跑到左邊去。想往上它就往下。」

「箭號啊，那個叫游標。」

桂二郎照俊國所說的，盯著畫面。

「完全沒反應。」

「好，那就先結束。」

俊國依序教了步驟。

桂二郎照著俊國所教的移動游標，點了他說的地方，Email 的畫面就出現了。

「然後，點一下傳送接收那裡看看？」

桂二郎移動游標，點了那個地方。畫面顯示收到一封信。

「啊啊，出來了出來了。收到Email了。」

俊國又教了接下來如何處理，以及中斷電話播接的方法。然後笑著說：

「爸，你就耐著性子加油吧！要是再出什麼問題，束手無策的話，儘管打電話給我。」

「嗯，謝啦。我有點事想當面跟你說。你下次什麼時候回來？」

「明天我要出差到富山和長野交界那裡。要是一切順利能當天來回，明天晚上就過去。」

桂二郎掛了電話，看了翠英寄給自己的Email。

——上原先生您好：

上原先生的Email確實寄到了。啊啊，太好了，可見得我的設定沒有裝錯。所以，我的這封Email應該也會寄到才對。

我外婆與上原夫人的亡夫的事，我這就寫Email告訴在台灣的家兄。家兄會列印出來給住院的家母看的。

待家兄回信，我會轉寄到上原先生的電腦。

今天非常感謝您招待可口的蛋糕和雪茄。上原先生說，雪茄基本上不吸進肺裡，對健康的危害比紙菸少，讓我能安心享受那苦中帶甜的味道和香氣。可是，雪茄應該是在心靈和時間充裕的時候，悠然品味的吧。否則，難得的高級雪茄也只不過是陣陣飛煙，這一點，連我這個初學者中的初學者都懂。

您若看了這封Email，懇請回信。任何事都是需要一再練習的喔。

謝翠英上。——

桂二郎沒查覺自己臉上掛著微笑，將翠英的來信看了一遍又一遍。

「要我馬上回信，我也沒辦法啊……」

桂二郎準備寫信，想在主旨欄打「mail已收到」。

但他已經忘了如何將平假名變換成片假名，便翻開自己寫的筆記。

「哦，是這個啊。」

桂二郎足足花了將近一小時，才寄出給翠英的回信，然後在起居室寫信給須藤潤介。

寫到一半，他勸富子回家，然後又花時間寫信，所以當他在信封上寫好收件人姓名時，已經超過十點了。

給須藤潤介的信，明天以限時投遞即可……

桂二郎這麼想，寫好寄件人的住址和姓名後，感覺到猶如完成一件耗時費事的大工作般疲累。

今天一整天完全沒有碰工作，卻累得好像一連四、五天都專心致志投入工作一般，到底是怎麼回事……

所謂的疲勞困頓，指的就是這種狀態吧……

「高爾夫球也只打了一洞就收場了啊……」

桂二郎喃喃地這麼說，打開雪茄保濕盒的蓋子準備抽菸，但早就定好一天一根的，而今天的份已經在翠英教授電腦的時候抽完了。

總覺得精神很亢奮睡不著，桂二郎便去了放電腦的那個房間。結果電話響了。是俊國打來的。

「順利收到Email了嗎？」俊國問。

「嗯，收到了。謝啦。我想回信也順利寄出去了。沒有說有問題就是傳送出去了吧？」

「嗯，沒錯。」

桂二郎把已經到嘴邊的話嚥了下去。那句話是：為什麼你不告訴冰見留美子你的真名？

多半是十年前那封信的事還留在俊國心裡，擔心如果說自己叫「俊國」，對方就會認出寫信的人就是他，可是又何必用弟弟的名字呢？

要是冰見留美子因為什麼機會與浩司交談，不僅謊話會立馬拆穿，她還會因為這則謊話，知道十年前寫情書的人就是上原俊國。

雖然是臨時脫口而出的謊話，但這個作法實在不聰明……

但桂二郎判斷最好不要說出自己的想法，所以直到今天都沒有提這件事。他決定繼續不碰這個話題。

「爸，跟我說一下你的電子信箱吧。」

俊國說。

「呃——，keuehara@……」

桂二郎說完，俊國便說他這就發 Email，然後掛了電話。

桂二郎望著電腦畫面托起腮，心想，如果要去台灣的話，想帶須藤潤介一起去。

第五章

留美子負責的公司稅務申報期撞期，所以假日也要到西新宿的檜山稅務會計事務所加班，有時回到家又在父親的書房工作，整個五月就是這樣過的。累積的疲倦讓她一進入六月就得了重感冒，連續四天高燒不退，下不了床。

等到感冒好得差不多，覺得次日應該可以開始工作了，留美子便前往澀谷，到固定去的美容院剪了頭髮，傍晚五點前回到家。

家門前停了一輛車身全是泥、連車牌號碼都看不見的傾卸車。傾卸車的車斗上，堆著好似巨大岩石的粗大樹根。

玄關的硬泥地上擺著同樣沾滿泥的男運動鞋，起居室裡傳出弟弟亮的笑聲。

「那輛傾卸車，是亮開來的？」

來到起居室，一看到好久不見的亮，留美子便這麼問。亮身旁坐著一個眉毛粗、膚色黑的青年，母親正吃著在兼職的精肉店炸的可樂餅配啤酒。

「我明天就要去熊野了。他會幫把我的『財產』送到熊野。我可不會開那麼大的傾卸車。」亮介紹了名為寺內京兵的青年後，這麼說。

「整張臉只看得到那兩道眉毛……」

留美子心裡這麼想，邊向名叫寺內京兵的青年打過招呼，然後問亮是不是辭掉了大分的製材所的工作。

「嗯。師傅說：我這裡已經沒什麼能教你的了，趁名人還沒改變心意，趕快到熊野去學木工……前天，他們全家為我舉辦了盛大的歡送會……」亮說。

「那些樹根就是亮用盡所有的財產到處搜羅來的？」

「對啊。那樣也才三分之一而已。其他的，大分的製材所的師傅買下來了。因為我現在要去拜師的熊野的木工所沒地方給我放。師傅肯買是幫了我大忙，可是我真的心如刀割。不過多虧師傅買下來，我也才付得起傾卸車這一路經過東京再到熊野的運費……」

「你事先什麼都沒說，就坐那麼大一台傾卸車回來，嚇了我一跳。」

母親邊說邊炸亮愛吃的炸牛排。

「為什麼不直接從大分到熊野？」

留美子邊幫忙準備亮和寺內京兵的餐點邊這麼問。

「因為京兵哥說無論如何都想看看我們家。京兵哥做的雖然是處理沙礫和石頭的工作，但比我還了解木材。」

寺內京兵老家一直到父親那一代都從事製材業。

「在大分嗎？」留美子問。

「在熊本一個叫小國町的地方。離大分的宇佐市不算遠。」

寺內說。他的聲音又尖又細，留美子吃了一驚，差點露出驚訝的表情。留美子心想，所謂的男童高音是不是就是這種聲音。他那與「粗獷」的長相和身軀完全相反的少年般的聲音，以及喝起啤酒的豪快，再再令留美子驚訝。

「我們家，你都看過了？」

留美子問，將剛起鍋的炸牛排盛在盤內，端到寺內面前。

「真是好木頭。很有靈魂。亮的爸爸看木材的眼光是一等一的。」

「他的聲音很神奇吧？」

亮笑著說，然後拍拍寺內的肩，說兩小時後就要出發去熊野了，啤酒就到此為止吧。

「很像維也納少年合唱團吧？」

聽到亮這句話，留美子無言地瞪著他，怪他怎麼可以當著人家的面說這麼失禮的話。

「京兵哥唱美空雲雀的歌可是九州第一呢！」

「我這聲音，真不知道是吃虧還是占便宜。」

寺內說，先將大塊的炸牛排用餐刀切成五塊，才開始配飯吃。

才三口就吃完一碗飯，然後以「能不能再來一碗」的表情朝留美子看。

「這吃相……」

留美子邊盛第二碗飯，邊在母親耳邊悄聲說。

「剛才就先吞了五個可樂餅和三個肉包呢。」

母親故意睜大了眼，微笑著小聲說。

又說，亮和寺內兩點左右到家，花了將近三小時把房子仔細看了個遍。

留美子上了二樓，在自己房間裡換上居家服，打開電腦。裡面應該有檜山寄的工作上的Email。

但「我是蘆原小卷」這行標題卻讓留美子低聲驚呼。

「……小卷回信了。」

上次收到小卷的Email是黃金週期間，所以都已經超過一個月了。當時留美子回信問她這十年來與什麼樣的病搏奮，一直沒有收到回信。

——收到留美回信的時候，我高興得心一直狂跳。我立刻回了信，卻出現錯誤，緊接著，表姊的老電腦就故障了。雖然是台小電腦，螢幕看起來很吃力，又跑得很慢，可是終究是我的頭一台電腦，所以我拿去請廠商修，結果對方勸我不如買新的比較划算。

也不知是不是表姊把電腦操得太凶，電腦幾乎不能修。

我好不容易找到打工的工作，才剛開始上班，實在沒有能力買新電腦，心裡雖然想著一定要早點寫信給留美，但家裡又陸續發生棘手的問題，沒有寫信的心情。

今天，我發狠買了新電腦。電腦是早上送到的，但我沒有設定好，一直到剛剛才終於能收發Email。一個多月都沒回信，我想你一定很生氣，覺得我這個人很沒禮貌吧。

這個星期五，我會去東京辦一點事。我預定搭星期一早上的飛機回小樽，所以要是留美有空，能不能見個面？星期六或星期天都可以，時間和地點就看留美方便——

蘆原小卷寄來的Email的內容大致如此。

「太好了……這個週末……」

留美子喃喃地說，立刻回覆。

——一直沒收到你的回覆，我好擔心，不知道是怎麼了。我週六、週日都沒有計畫。碰面的地點和時間，我想由小卷決定會比較好。你應該好久沒來東京了，就選一個你知道，而且不會迷路的地方吧。非常期待這次碰面。——

留美子立刻傳送了這樣一封Email，下了樓。

亮和寺內都吃完飯，正在喝咖啡。再過一會兒就要出發前往和歌山的熊野了。亮要拜師的那位木工師傅的工房開在距離新宮市車程約二十分鐘的地方。寺內京兵送亮到熊野，卸了行李，就要直接回大分。

「熊野從這裡開車過去大概要多久？」

留美子問，想要包一點錢別禮給即將在新天地拜新師傅、正式學習木工的弟弟，便再次來到二樓自己的房間，從錢包裡抽出紙鈔，放進信封裡。

「我也不知道。不過聽說從名古屋到新宮開了一條新的路。半路上請京兵哥小睡片刻慢慢開，我想明天中午之前應該會到吧。」亮說。

亮要拜師的木工師傅名叫宇和三郎，五十歲，家族代代都是宮廟木匠，他排行老三。

「宮廟木匠是專門在修復重要文化財的。他的爺爺和爸爸經手的也幾乎都是文化財等級的木造建築，他爸爸現在正在京都蓋某座名剎的經堂。要把三年前燒毀的經堂復原成和原來一模一樣。宇和三郎先生也是十七歲就進了這一行，不過後來就把家裡世代相傳的工作交給他哥哥一個人做，他自己則進入製作桌椅櫃子的木工世界。提到熊野的『宇和工房』，在我們這一行可是鼎鼎大名，無人不知無人不曉。他有三個徒弟，我是第四個。我要和那三個師兄一起住。」

亮聞聞寺內京兵呼出來的氣，確認沒有酒味，便說：「走吧。」

留美子和母親一起送他們到門外，悄悄將裝了餞別禮的信封遞給亮。

「我就快領年中獎金了，分你一點。要小心保重身體。」

「咦！真的可以嗎？剛剛媽已經給我一筆生活費了……」

「媽媽的歸媽媽的，我的歸我的。」

「賣掉李朝多寶槅的那三十萬我幾乎都沒動，大分製材所的師傅又買下我收集的三分之二的原木，我現在好有錢喔。」

亮說，到了熊野，別的先不管，會趕快把電腦裝好寫Email。然後便坐上傾卸車的副駕駛座。

「這是什麼？」留美子指著直徑約有二公尺、樹皮還沒乾透的樹根問。

「杉樹啊。樹齡差不多有四百年吧。」

「這邊這個扁扁的呢？」

「龍柏。這麼好的龍柏原木可是可遇而不可求的呢。」

沾滿了泥的傾卸車朝熊野開走了。

傾卸車在十字路口轉了彎之後，母親仍站在門口，說：「熊野可是很遠的。」

又說，二十年前表姊的兒子結婚，和你爸爸一起到大阪去時，順便到和歌山的勝浦溫泉玩了兩天，記得從大阪到勝浦的電車之旅好遠好遠。

「新宮比勝浦還遠呢。那時候正好遇上熊野的火祭，你爸爸說想去看，問我要不要再稍微走遠一點到熊野去，可是我身體不舒服，結果沒去。」

「那，下次我們母女倆一起到熊野去吧！去偵察一下亮在什麼樣的地方學藝。」留美子說，催一直望著傾卸車轉了彎的十字路口的母親進屋。

「到美國留學四年究竟所為何來……現在電腦業界是搶手得不能再搶手了……我聽到荻野家的兒子的年薪嚇了一大跳。荻野家的兒子的公司，規模才只有亮之前那家公司的五分之一。」

「亮找到自己喜歡的工作，這樣不就好了嗎。」

回到起居室，留美子邊收拾桌上的東西邊說。

「亮辭掉的那家公司，現在要進去可難了……報紙上說，今年要徵五個大學畢業生，結果有四千個人來應徵。要是還在那家公司上班，亮就可以跟我們一起住這裡，而且搞不好連媳婦都有了……」

「當媽的人才會發這種牢騷。」

留美子一邊小心著別潑母親冷水，邊面帶笑容這麼說，聞到後院傳來花香，便打開了窗戶。

一盆盆的石斛蘭、蝴蝶蘭、蕙蘭幾乎占據了整個狹小的後院。

「這些是怎麼回事？好像蘭花園一樣。」

「是佐島先生送的。」

「什麼時候？」

「我一回到家就馬上送來了。」

佐島家在從這裡步行二十分鐘左右的地方還有一塊地，已經標售五年，但因為地價高找不到買家。

佐島老人在那塊地上蓋了專用用來栽培蘭花的大温室，在裡面養了三種蘭。

「為了替亮和寺内先生準備吃的，沒時間整理，就先放在後院。」

「這些，我們家擺得下嗎？」

留美子咕噥著，然後數了數花盆的數量。一共十二盆。

佐島老人的兒子媳婦從高爾夫與温泉的伊豆之旅回來之後，留美子家就頻繁地收到不太尋常的禮物。

就兒子媳婦的立場，或許是因為自己去旅遊期間老父親受了重傷，直到返抵家門都不知情而心生内疚，儘管留美子一再辭謝，種種禮物還是一直送來。

法國名牌包、純蠶絲絲巾、飾品、最高級的牛肉、大塊冷凍黑鮪魚、英國製的咖啡對杯……

食品類的，一家就母女兩人實在吃不完，能冷凍保存的全都進了冷凍庫，但冰見家那台不算大的冰箱已經到了再怎麼東挪西騰都塞不下任何東西的狀態了。

即使如此，謝禮還是不斷送來，兒子媳婦當面向留美子道謝卻僅止一次，之後完全沒碰面。

想來他們是那種認為只要送上昂貴的謝禮就算有了交代的人，但隨著東西不斷送來，留美子漸漸覺得這樣好像在作弄人，心裡非常不舒服。

但是，那些與自己身分不相襯的包包和飾品類，她決定當作意外之財，心存感激地收下，不過全都還原封不動地收在房間裡。

「這個呀，是佐島先生親自送來的呢。」

母親到十二盆蘭花那裡，端起其中一盆說。

「他說，養蘭是他唯一的樂趣……」然後將這盆蝴蝶蘭放在玄關。

母親這樣低聲說著，在家中和後院之間來來回回地走動。

「我想，上原先生家一定也收到很多東西。」

留美子說，心想要把那盆白色蝴蝶蘭擺在自己房間。

捧著花盆，不經意地從二樓走廊的窗戶向外看，上原家的門開了，上原桂二郎揹著裝了幾根高爾夫球桿的長筒形包包走出來。

上原桂二郎注意到留美子在窗邊，點頭致意。留美子打開窗戶，問：「您要去練習高爾夫球嗎？」

步行二十分鐘處有一家高爾夫球練習場。

「是啊。我決定洗心革面，來練習一下高爾夫……」

上原桂二郎這麼說，然後看了留美子手中的蝴蝶蘭盆栽。

「這個，佐島先生送了我們很多。十二盆。」

留美子說。

「我也收到了，十五盆。」

門燈照亮了上原桂二郎的笑容，留美子覺得他整張臉似乎瞬間充滿了大無畏的精神。

留美子覺得從二樓窗戶俯視交談太失禮，而且也必須為桂二郎上次從「都都一」驅車送她回家道謝，便匆匆下了樓，來到上原家門前。

「那也沒什麼，用不著特地跑出來道謝的。」

說完，上原桂二郎輕輕一點頭，轉身要走，但卻又立即停步，問留美子會不會用電腦。

「嗯，大致都會。」

「我也在家裡弄了一台電腦，上了別人建議的網站，結果整個就不會動了。就是所謂的『當機』吧。我試過別人告訴我的方法，都沒有用……打電話給兒子求救，卻沒找到人。」

「當機經常無緣無故就發生了。畢竟電腦也是機器嘛。」

留美子說，又問，如果方便的話，我來幫忙處理吧？

「等您練習完高爾夫回來，請別客氣叫我一聲。我今晚有書要看，會很晚才睡。」

「高爾夫球隨時都可以練。」

說完，上原桂二郎打開關上的門，但又立刻把門關上。

「我忘了。今晚我請了練習場的教練教我打球，時間還是我指定的。要是請冰見小姐幫我看電腦，就會遲到了。」

上原桂二郎露出窘笑的表情，為明明是自己說電腦當機卻又沒時間道歉，行了一禮後，快步走過寧靜的住宅區街道。

走二十分鐘的路去高爾夫球練習場，練習之後，再走二十分鐘回來，算起來運動量不小，留美子考慮著自己是否應該仿傚上原桂二郎的方式開始練習高爾夫球。

新負責的微型事業女老闆很喜歡打高爾夫球，頻頻勸留美子打球。她是個還很年輕的美容師，但已在橫濱開店，最近又要開一家分店，想成立有限公司，所以這方面的手續也一併交給留美子辦理。

「減肥效果一定很好……」

來回走路四十分鐘，再加上打高爾夫球……

「可是，高爾夫球很難吧……」

就這樣自言自語著準備轉身進自家家門的時候，看到上原家的兒子自上原桂二郎離開的反方向，從車站那邊的路走來。

「令尊剛剛出門了。」

留美子對上原浩司說。

「咦？真難得。這個時間還出門。」上原家的兒子說。

「去練習高爾夫球了。」

「高爾夫球？」

「是啊，走路去。」

上原浩司表示手機裡有好幾通父親打來的電話，讓他有點擔心，下了班回到好久不曾回來的家，人卻不在，說完苦笑。

「既然還有心情去打高爾夫球，看來是沒出什麼大事。」

「聽說是電腦當機了。」

「又當機了啊。」

上原浩司說自己有鑰匙，便打開了門，這時候上原家幫傭的阿姨騎著腳踏車過來，說：「哎呀，俊國，你回來了。」

又說：「我忘了東西……」

然後向留美子打了招呼。

留美子回應了，看著兩人朝門口走去，自己也進了家門，上了二樓。

「『俊國』……他果然是『俊國』。」

為什麼要謊稱他叫浩司呢……

雖然叫「俊國」，但同樣的發音也有各種不同的漢字組合。字是怎麼寫呢……

留美子邊想邊將她擱在走廊的蝴蝶蘭搬到自己房間的窗口。本來也想拿一盆裝飾隔壁父親的書房的，但母親已經把一盆石斛蘭放進去了。

上原家有兩個兒子。老大叫「俊國」，老二叫「浩司」。而佐島老人受傷那晚在路上巧偶的是上原家的老大沒錯。

剛才見到的是同一名青年，幫傭的阿姨清清楚楚地喊他「俊國」。

應該不是雙胞胎。因為年齡相差了有三、四歲……

上原家的老大不知幾歲？大概有二十五、六，但目前為止只見過兩次面，而且都是在晚上，所以也許比自己推測的再相差個兩、三歲。

無論如何，都比我年輕……

為什麼他要謊報弟弟的名字呢……

留美子進了亡父在書房牆上打造的那個舒適的洞穴，播放CD聽起莫札特的《安魂曲》。聽了頭兩個小節……

「也許他就是俊國。」

留美子脫口而出，連自己都覺得聲音太大。

十年前在車站附近把那封信交給我就跑的十五歲少年，會不會就是上原家的老大……他不想讓我發現，所以才謊報了弟弟的名字……

「可是，那封信上的署名寫的是須藤俊國啊。」

雖然同名，卻不同姓。可是，十五歲的少年過了十年，年紀應該和隔壁的「俊國」差不多。

假如，須藤俊國和隔壁的「俊國」是同一人，就能解釋為什麼他不願表明本名了……

留美子有些激動地這麼想，卻又覺得這番推測也太巧。十年前姓須藤的俊國，是在何時又是基於什麼理由變成「上原俊國」的？他總不會是在這十年之內，從須藤家到上原家當養子……

《安魂曲》播放到據說是莫札特死後由學生蘇斯麥爾完成的部分，留美子便關掉CD。

她將頭靠著洞穴的牆，試著回想十年前少年的長相。

樓下一直傳來母親在後院與家中來來去去的腳步聲。

若是將多達十二盆的蘭花全數擺設在家裡，這個小小的家會被蘭花擠滿……

留美子只記得以全身的比例而言，少年的脖子顯得特別長，除此之外完全想不起與十年前那名少年的外表相關的任何線索，便去想剩下八盆的蘭花該放哪裡。

「我房間再一盆。爸爸的書房也再一盆。玄關再一盆。媽房間也兩盆。二樓走廊二盆……」

這樣幾盆了呢……

想著想著，留美子發現也可以倒過來想：也許十年前，那名少年寫在信上的姓名才是假的。其實名叫上原俊國，因為上原家就在新搬過來的冰見家正對面，馬上就會被發現自己是這戶人家的孩子……所以少年才故意謊稱姓須藤……

這樣想，是目前可以為留美子釋疑的推測中最不牽强的。

但這也只建立在上原家的老大就是十年前那個少年的推測上，如果不是的話，這麼想就等於是自己臭美的可笑妄想……

留美子這麼想，從ＣＤ架上取出約翰．柯川的紀念ＣＤ，拿來換掉莫札特的《安魂曲》。

柯川的《My Favorite Things》開始在小小的洞穴裡低低流竄。

「俊國」這個名字，一般都會用什麼漢字呢……

留美子以指尖把所有她想得到的與「俊國」發音相同的字寫在豎起來的膝蓋。

敏國、敏邦、敏久仁、俊邦……

有個朋友的哥哥叫斗士男。所以也可能是斗士國。

「這樣好像相撲力士的藝名喔。」

對了，還有一個關鍵字──留美子心想。不，不止一個，有兩個。

一個是「會飛的蜘蛛」，另一個是「岡山縣總社市」。

那名少年畫的那張標示了他看到蜘蛛在空中飛的地點的地圖，上面注明了「岡山縣總社市」。

可是，與其苦苦思索要如何以這兩個關鍵字查出上原家的老大是否就是須藤俊國，不如單刀直入地開口問最快。

問上原家的老大：「你十年前是不是以須藤俊國之名寫了一封信給我？」可是，要是根本猜錯，未免太丟臉，而且對上原家的老大也很失禮。別的不說，既然他謊報弟弟的名字，可見得不想讓人知道他就是寫信人，就算問了也不可能會老實回答「對，就是我」……

留美子雖然這樣轉了念，但還是愈想愈覺得十年前的少年的模樣，與上原家的老大有相似之處。體型、眼神、下巴到脖子的線條……

明明幾乎想不起來，卻覺得若上原家的老大重返十五歲，在腦海中讓他站在車站附近的路上，就會化為那名少年。

「我一定要查出來。」

留美子低聲這麼說，聽到母親從樓下喊人，便關掉CD，從洞裡出來，下樓來到起居室。

「還剩兩盆，實在沒地方放啊。」

母親在茶几上鋪了報紙，將剩下的兩盆蘭花放在上面，坐在椅子上喝茶。

「聽說上原先生收到十五盆。」

留美子說。

「這是遺傳嗎……」

「遺傳？」

「送禮的時候，就是想送一大堆的遺傳……」

留美子笑了，問母親佐島老人是怎麼將十二盆蘭花搬過來的。

「佐島先生自己搬了一盆過來。後來幫忙的太太就搭著園丁的車，把剩下的十一盆送來了。」

「會不會第一盆是佐島先生的心意，剩下的十一盆是佐島先生的兒子或媳婦要送的？再怎麼想，我都不相信佐島先生是那種沒常識到送我們十二盆、送上原先生十五盆蘭花的人。」

聽了留美子的話，母親沉思片刻，說：「佐島先生受了那麼重的傷，會不會是老人痴……」說了一半又打住了。

「絕對不會。之前我和佐島先生在附近遇到聊了一下，他頭腦清楚，雙眼炯炯有神……我還暗自佩服，覺得佐島先生的眼睛好有知性好漂亮。」

留美子說。

「羽島婆婆的眼神也一直很有知性很美呀。」

母親提起以前住家附近一位老太太。那位八十四歲的老太太深信自己家在千葉，每個月有兩、三次都會搭電車往那裡去。而她深信自己目前所住的家，其實是她出生長大的老家。

「佐島先生本來不知道他兒子媳婦送了那麼多禮物給我們。」

母親說。

今天，佐島老人帶著一盆蘭花來訪的時候，母親為那些禮物道了謝，佐島老人一臉吃驚地看著母親問：「五公斤鮪魚？」

「我可沒有抱怨的意思。雖然量已經超越一般善意的麻煩，很想叫他們別鬧了，但心意畢竟是值得珍惜的，所以道謝純粹是謝謝他們的心意。不過，或多或少是有點反諷的意思啦……」

「佐島先生很吃驚嗎？」留美子問。

「他說，送一戶家裡只有媽媽和女兒的人家五公斤鮪魚，到底是在想什麼。別說吃不完了，連保存都是難題，他們難道不懂嗎。然後道了歉……」

「松阪牛壽喜鍋片也是五公斤……」

留美子苦笑著說。

這時候，佐島家傳來有東西倒地的聲音，留美子和母親驚慌地從椅子上站起來，趿著涼鞋來到後院。怕的是會不會佐島老人又在哪裡跌倒了。

但馬上就聽到佐島老人的聲音。聲音很宏亮，一反往常地快速，帶著怒氣。

「給我滾！」

罵完之後，響起東西摔破的聲音。

「是不是和兒子還是媳婦吵架啊……」

母親這麼說，回到起居室。留美子也跟在母親身後進了起居室，心想先把剩下的兩盆蘭花放在現在暫代儲藏室的亮的房間好了，但漸漸就擔心起佐島老人。

如果是和兒子媳婦吵架，外人最好不要介入，但如果不是，就不能不去關心一下……

「我去看看。」

留美子說完，從玄關走出去。來到佐島老人家門前，站在關上的大門門口，拉長了身子想往裡頭看，結果佐島家玄關的門傳出開門聲，有人出來了。

留美子小跑步回到十字路口，看佐島老人的兒子返回自己家裡，才放了心，轉身要回家。

帶著高爾夫球包的上原桂二郎一手撫著右側腹回來了。

「啊，練習完了嗎？」

留美子一問，

「我沒做伸展操就用力揮桿，結果肋骨這邊發出一個怪聲。」

上原桂二郎說。

實在痛得不得了，不但無法練習，教練還要他去看醫生，但這個時間沒有人看診，所以就直接回來了——上原桂二郎說。

「我的客戶也有人練習高爾夫球練習到肋骨骨折的。」

「啊，您回來了。」幫忙的阿姨對上原桂二郎說。

「怎麼，你只帶一盆回去啊？至少也帶個三、四盆啊。」

「可是，這輛腳踏車就只能載一盆。萬一掉了砸壞就不好了。俊國說晚點要開車幫我送五盆回去。」

「俊國回來了？」

「說回來幫爸爸修電腦。」

他果然叫「俊國」……

留美子這麼想，但只對上原桂二郎說：「請多保重。」

便回家了。

上原家的老大叫「俊國」這件事，已經無庸置疑了。但他為什麼要謊稱他叫「浩司」呢……

留美子將門開了一個縫，看上原桂二郎進屋之後，便又走出來，叫住準備跨上腳踏車的阿姨。

「我們家也收到佐島先生送的十二盆蘭花。我和媽媽正為沒有地方放頭痛呢。剛才和上原先生提起，上原先生說他也收到十五盆。」

「還不止蘭花呢。」

阿姨壓低聲音說。

「還有最高級的火鍋肉片五公斤，蒲燒大鰻魚十隻，再加上……」

東西多到想不起來，說得不厚道一點，簡直是找人麻煩……

在上原家幫傭的阿姨一臉受不了地苦笑。

「俊國先生的名字怎麼寫呀？」

留美子就是為了問這個，才提出蘭花盆栽這個話題的。

「俊，加上國。」

人字旁的俊，國家的國——阿姨告訴留美子。然後以「為什麼要問這個」的表情看著留美子。

「佐島先生受傷那晚，要不是有俊國先生在，只有我和我媽媽的話大概會不知所措。我必須和救護車一起去醫院，我媽媽那時候又正好在洗澡……所以我想寫個謝卡。」

留美子邊說邊暗罵自己「你這個放羊的孩子」。

「俊國那天晚上回來真的是很巧啊。他兩個月都不見得會回來一次的……」

上原家的阿姨笑著說，騎著腳踏車回去了。

留美子在洗澡的時候，與母親閒聊的時候，母親就寢之後，滿腦子都是十年前那名少年。

十年……過了之後回想起來猶如過眼雲煙，但十年畢竟是段漫長的歲月。這段期間，即使平凡如自己，依舊經歷了不少事。

十年前的那名少年給我那樣一封信又逃也似地跑掉，是基於少年常有的惡作劇心態，想作弄我嗎？

或者，那時候他是真心的，對比他年長的我一見鍾情，決心十年後向我求婚呢……

「年紀相近，名字同樣寫成『俊國』的人，這附近不可能有第二個了。」

留美子穿著睡衣，坐在床上靠著牆，將不能不看的稅務書籍攤開來放在膝頭，心中如此低語。如果，上原俊國與須藤俊國是同一個人，他謊報名字就是想要抹滅十年前那次惡作劇或一時的鬼迷心竅吧……

留美子這麼想。

「可是，我連『飛行蜘蛛』都查了，書也從頭到尾都看完了……」

會飛的蜘蛛。迎雪。寒冬來臨前，蜘蛛不怕艱難的習性。為此，牠們將吐出來的絲交織成一個半透明的小球。

不光是在日本，凡是有蜘蛛生存的地方，自古以來都被各地的人們視為神奇的現象。

有些國家的人視為災難的前兆，有些國家的人則認為是人類智慧無法解釋的超自然現象。

其中，也有人將自己的愛情與人生寄情於這飄渺虛幻的浮游物，吟詩作詞，甚至有音樂因而誕生。

如果，那名少年就是上原家的老大……

「今年的十二月，他會等我嗎？」

留美子心想。

「即使還記得那封信，也早就沒有那份心了吧。」

留美子進了父親的書房，從保險箱裡拿出那封信，又看了一遍。

——你看過在天上飛的蜘蛛嗎？我看過。蜘蛛會在半空中飛。十年後的生日，我就二十六歲了。十二月五日。那天早上，我會在地圖標示的地方等你。如果天氣好，這裡應該可以看到很多小蜘蛛起飛。到時候，我要向你求婚。謝謝你看完這封奇怪的信。須藤俊國——

重讀之後，只覺信中充滿之前從未感覺到的真誠。

她相信裡面的心意與惡作劇和捉弄相距甚遠。

「十二月五日啊……」

留美子翻了翻月曆。今年的十二月五日是星期二。

留美子打開電腦，搜尋是否有岡山縣總社市的網站。

她馬上便找到市政府製作的網站。

總社市緊鄰倉敷市，並沒有名特產，也沒有具有競爭力的在地產業。地處古稱吉備路之地，自岡山車站搭乘伯備線需時約三十分鐘，自倉敷車站約十分鐘。市內的高梁川流域寬廣，水量豐沛，是一條清澈美麗的河川。

人口約五萬七千人。戶數約一萬九千戶。過去居民多務農，但由於工廠積極招募人力，在工廠上班的人也增加了。本市氣候溫暖，自然災害少，安全而適宜居住……

畫面上有這樣一番介紹。

看著地圖，留美子思索著須藤俊國是在哪一帶看到了會飛的蜘蛛。

由東西貫穿山陰、山陽地方交界北側的中國自動車道所分出來的岡山自動車道，與自東而西通往總社市的山陽自動車道交會處，有一條名叫足守川的河。

留美子拿十五歲少年所繪的地圖相對照，推斷出應該是在足守川，與西邊一座叫作備中國分寺的寺廟之間。

這一帶似乎有低短的山丘，但四周看來都是田地。

地圖一般都是北方在上，但少年畫的地圖卻是西方在上。

看到會飛的蜘蛛的地點。少年在今年十二月五日等候留美子的地點打了X，那個地方看起來應該是總社宮再稍微往東。

「他當然不會等我。他連本名都不肯說了……」

留美子邊列印總社市的網頁邊這麼想。

對於須藤俊國與上原俊國是同一人，留美子已深信不疑。

「他一定很為難吧……」

留美子努力在腦海中回想不曾在大白天看過的上原俊國的長相邊想，

「我們家一直都在待售中，他一定作夢也沒有想到我會搬回來吧……」

留美子正準備要關掉電腦，為了保險起見又按了一下信件的傳送接收。

——你好，我是小卷。

她看到了這樣一個標題。

——謝謝你的回信。預定行程臨時更改，我後天就要去東京了。我會在東京停留兩晚，住我弟弟在足立區的公寓。後天晚上，留美有沒有空？不過，請千萬不要勉强喔。——

留美子立刻回信表示後天晚上沒事。

蘆原小卷指定的碰面地點是東京車站八重洲出口附近一家大書店前面。

如果小卷方便的話，留美子想請她到銀座的「都都一」吃飯。她在東京車站站內的百貨公司買了要送小卷的禮物，比約好的七點提早了二十分鐘之多便來到書店前。

本來打算在小卷來之前翻翻書，但小卷已經先來了，站在大批在那裡等人的人群之中。

找到與小學時幾乎一模一樣的蘆原小卷的那一瞬間，「哇啊！小卷，你還是留著蘑菇頭！」

留美子不禁大聲這麼說，伸出雙手抱擁般抱住嬌小的小卷。

「留美，你好漂亮。」小卷說。

「我還在想那邊走過來的女生好漂亮喔，看著看著，開始想她會不會就是留美啊……然後心臟就開始怦怦跳……」

「嘴巴這麼甜……今天晚上，我請你吃好吃的。」

問起小卷肚子餓不餓，小卷說中午只吃了一小片吐司披薩。

「昨天九點起就不能吃東西，連水都不能喝。」

今天是半年一度的檢查，還要做胃的檢查，所以昨晚就開始斷食，搭一大早的飛機，在醫院檢查完之後，口渴得不得了，看到咖啡店就進去了。

「既然你喝了顯影劑，那後來也吃了瀉藥吧？現在方便吃東西嗎？」

留美子這一問，小卷說醫生沒有拍胃透視的X光，而是照了胃鏡。

留美子攔了計程車，前往「都都一」。

「你還是一樣白，眼睛好圓。」

留美子在「都都一」的吧檯坐定，就看著小卷這麼說。

「看起來一點都不像三十二。」

「所以我才煩惱啊。這張娃娃臉。每次和小學的照片比，整個人都好無力……好希望能多一點女人味喔。」說完，小卷笑了。

「你平常都是到東京的醫院做檢查嗎？」留美子問。

「嗯，半年一次。醫生說要是今天的檢查沒有發現任何異狀，以後就不用來了。我是癌症。二十二歲的時候得了肝癌。」小卷說。

「什麼！」

留美子小聲驚呼之後，望著小卷那張說不到二十五歲也沒有人會懷疑的臉。

「肝癌？小卷你得的是肝癌？」

留美子心想二十二歲就得肝癌，過了十年還能夠健康存活的例子少之又少，便說：「今天的檢查沒有異常的話，就算痊癒了對吧？」

小卷說，大學畢業在即時，去找念醫學系的學姐，到學姐的研究室去玩，學姐以當時還在最後實驗階段、尚未正式推出的內臟檢查儀器檢驗了她的身體。

「我就半好玩地當了白老鼠。學姐當時也才念醫學系五年級，再念一年才會去實習，所以我們兩個真的是為了好玩。」

然而，那部儀器照出了小卷肝臟有零點七公分的東西，學姐眼尖沒有看漏。學姐覺得奇怪，但當場沒說什麼，事後把拍下來的照片給自己的指導教授看。教授當下就透過那位學姐建議小卷接受精密檢查。就這樣發現了僅僅零點七公分的初期肝癌。

「真的很幸運。可是，我那時候才二十二歲，而且是肝癌喔？馬上就動手術切除了三分之一的肝臟……」

「切掉這麼多？」

「肝臟的再生能力很強，切除三分之一還是會長回原來的大小。」

癌細胞沒有擴散到其他器官和肝臟四周的淋巴結，但二十二歲這麼年輕的年紀，當然不是只動完手術就沒事了。

「吃抗癌藥好痛苦啊。」小卷面帶笑容說。

吃好幾種抗癌藥吃了兩年，手術後剩下三分之二的肝臟卻又得了新的癌症。

「我覺得沒救了，對醫生說，我不要動手術，也不要再吃抗癌藥了。也就是說，我放棄了。」

然而，主治醫師卻誠懇地說服她，應該再一次與癌症展開攻防戰。因為人類的生命，並不會照醫學理論和公式走。

「這次的癌也是零點七公分。第一次發現的時候，很巧也是零點七公分。

肝癌在這麼小的階段就發現，是非常罕見的。小卷很幸運喔。」醫生這麼說。

「然後又切除了三分之一個肝臟。」

第二次手術後過了半年，頭髮全部掉光，體重掉到三十八公斤。

「我日日夜夜都夢想著奇蹟發生……」

小卷這句話也是面笑容說得輕描淡寫。

「動完第二次手術的第三年，想說應該不會再復發了吧。我應該都好了吧，正當我開始這麼想的時候……」

小卷還沒說完，留美子便問：「又得了癌症？」

她以為自己已經儘量把聲音放低了，但吧檯裡的年輕板前師傅還是朝留美子和小卷看了一眼。

留美子這才注意到她們什麼都還沒點，便問小卷：「你可以喝酒嗎？」

「我最愛啤酒了。可是，如果是罐裝啤酒的話，頂多只能喝三百五十CC。明明很愛卻沒酒量。沒超過三百五十CC的話，會喝得非常舒服。」

留美子點了啤酒，和小卷一起看菜單。

「先為您送上啤酒。其他的等談完重要的事再點就可以了。」

年輕板前師傅說，端出了以小小的瓷器盛裝的山椒花開胃菜。

「想說也許我完全好了、也許奇蹟真的發生了的時候，我得了憂鬱症。」

小卷說。

「很妙吧？癌症痊癒的喜悅，竟然變成憂鬱症……長久以來我對死亡的恐懼，讓我的心累了。」

這「憂鬱症」的痛苦，也非言語所能形容……

小卷這麼說。

「可是，還好我馬上就去看了精神科醫師。我二十二歲就生大病，習慣就醫也習慣服藥，所以照醫生指示吃憂鬱症的藥，我一點都不覺得排斥。」

這「憂鬱症」也終於治好了。花了五年的時間。說治好以醫學的角度而言可能不太正確。這多半和個性有關，偶爾還是會出現「憂鬱」的症狀，但這時候就馬上去看精神科醫師。就這樣順利抵抗疾病，現在非常健康……

「癌症呢？」

留美子問。

「好了。動完第二次手術已經八年了，每年追蹤檢查兩次，都沒有異常。」

大聲說完「沒有異常」這四個字，小卷望著裝在薄薄的圓筒形陶器的啤酒的泡泡。

「奇蹟真的發生了呢。」

留美子說，與小卷碰杯。

「好棒。」

除了這句話，留美子對小卷這十年別無其他方式足以表達。

「說得誇張一點，我這十年就像在生與死的吊橋上晃盪，在生與死的拔河中被拉過來拉過去，在生與死的漩渦裡上下翻滾……」

蘆原小卷說到這裡沉思片刻。

「本來一直想著死，漸漸地就明白活著是怎麼一回事，然後，就不再害怕死了。」她說。「這十年，我哥哥出了車禍，對方車上的人不幸死了……弟弟上班的公司倒閉，爸爸的生意失敗……唯一沒出事的，就只有我媽。」

留美子一直以為小卷搬到小樽是她父親工作調動的關係，所以問：「你爸爸自己做生意啊？」

小卷回答，搬到小樽的第五年辭掉了工作，開始自己做生意。

「做的是水產加工。賺了很多錢，在可以俯瞰小樽市的地方蓋了好大的房子。可是，我們在那個房子只住了五年。」

對不起喔，說來說去都是這種灰暗的話題——小卷說，看著菜單，問：「我沒吃過甲魚。丸鍋就是甲魚鍋吧？」

「聽說丸鍋是京都那邊的說法。要吃嗎？我也沒吃過。」

留美子問板前師傅這丸鍋一人份的量大約多少。

板前師傅說明他們用來煮丸鍋的砂鍋，大小介於一般茶碗蒸和碗公之間。

「若是第一次吃，我會幫忙把量減少一點。這很補的。明天早上，全身肌膚都會骨溜骨溜。」

板前說得有趣，留美子和小卷都點了甲魚鍋。

「在鍋煮好之前，我要來個嫩煮章魚。」留美子說。

「我要炸豆腐。」

小卷點了菜，語氣顯得有所顧慮。留美子猜想她應該不常來這種店，便在她耳邊悄聲說，這家店氣氛很高貴，但價錢其實沒有那麼貴，也從來不講什麼生硬的規矩。

「留美這十年是怎麼過的？」

被小卷問起，留美子便將父親死於意外、搬出剛蓋好的房子、然後與一個本應與妻子分手的男人談戀愛的事告訴了她。

「真是個沒用、沒擔當的男人……」

小卷這麼說，然後微笑說，沒和那種人結婚是留美的運氣。

「和他分手之後，自己走到車站的背影，到現在還深深烙在我心頭。明明就沒有看過的。」

留美子這麼說，喝了啤酒。

小卷說她現在在一家大型宅配公司的配送中心當約聘人員，做的是總務。一年後，如果公司認為不錯，便能轉為正職，但前幾天人事部的幹部對她說，要改聘她為正職。這家公司幾乎沒有才來幾個月就從約聘轉正職的例子，所以現在她好高興，心情非常雀躍。

說完，小卷也喝了啤酒。

留美子想著，原來這就是十年來一直站在生死邊緣的人的眼睛啊，望著小卷眼底除了美之外無以名之的光芒，決定不要再製造自己的虛偽、平庸，說：「小卷，你說的約定是什麼約定啊……我忘了中學的時候和小卷約定什麼了……」

「那麼久以前，而且是十三歲小孩的約定我卻還記得，是我比較奇怪啦！」

小卷笑了，告訴留美子，冰見留美子與蘆原小卷約好兩人要合力出錢，在尼泊爾的T村蓋學校。

「在尼泊爾蓋學校？」

小卷說了之後，留美子還是想不起她曾做過這樣的約定。

當時的級任老師是位中年女子，師丈也是老師，但在登山界則是小有名氣的登山家。

有一天，留美子和小卷到級任老師家玩，才剛征服尼泊爾一座名山、於前兩天平安回到日本的師丈也在家。師丈是高中老師，但一張臉只有戴了護目鏡的眼周沒有被曬黑，爬了近八千公尺的高山時長出來的鬍子還沒剃，所以在孩子眼裡看起來簡直像從漫畫裡跳出來的妖魔。

「惡魔！」

留美子和小卷背著老師、師丈這樣叫師丈。

那個惡魔讓留美子和小卷看了剛剛顯影、沖洗出來的照片，是他親自拍攝的。然後說，這個村子沒有學校。不止這個村子，距離該村一百公里之遠的鄰村也沒有學校。知道這件事的日本有志之士便花了五年募款，捐贈了一所學校。他自己也是其中一員，所以在挑戰攻頂之前，先出席了剛落成的學校的開學典禮。

惡魔這樣說明，然後說這裡是M村，位於地勢比M村高二千公尺的高地上有個T村，又給她們看了幾十張照片。

村子位於一個叫作南崎巴札的聚落再往西的地方，在那裡喜馬拉雅群山彷彿伸手可及。

照片中，有一張拍的是一個牽著小犛牛的少年，他在小犛牛脖子上繫了繩子，像溜著心愛的狗狗般走在梯田的小徑上。

惡魔對留美子和小卷說，這個少年的三個哥哥兩個姊姊，爸爸媽媽，還有爺爺奶奶外公外婆，都沒有上過學。

「這個啊，是他們家。房子很大吧？」

惡魔從T村的照片裡拿出另一張照片。

那是一幢老房子，由木材、石頭和土牆砌成，一樓養家畜，他們一家人在二樓起居。

「他們是大家庭喔。有爺爺奶奶，姑婆，爸爸媽媽，六個孩子。還有他們嫁娶的丈夫和妻子，三個孫子。樓下有十五頭犛牛，二十頭山羊。」

一家人個個都有禮又勤快，非常聰明。孩子們立刻就學會他隨口教的日語。

「好了好了，不可以吵架。」

「説謊是變壞的開始。」

惡魔説的話，他們只聽過兩、三次就記起來。

排行老五的女孩尤其聰明。三天就學會以日語從「一」數到「一百」，惡魔教的加法和減法也馬上就學會了。那個少女當時七歲，但恐怕一輩子都無法上學。因為那裡沒有學校……

「以日本的國家預算來看，在尼泊爾的村子裡蓋一所學校的費用，比一個國會議員的公務車還低。可是，日本卻從來沒考慮過要幫這個忙。」

發起為尼泊爾貧村建校活動的植物學家主要是從事藥草的研究，當初是為了採集尼泊爾喜馬拉雅山高地的藥草而前往。因而在當地得知了尼泊爾孩童教育設施的現況。

「只要有一百五十萬圓就能建一所學校。也能採購課本，付薪水給老師。尼泊爾物價低，而且村裡的人們也會幫忙找木材、搬石頭、粉刷牆壁，來幫忙建學校。」

留美子漸漸憶起惡魔告訴她們的那些話，兩人在回家路上，約好長大以後要存錢、一起在尼泊爾的T村蓋學校的事，也鮮明地復甦了。

「我都忘了……對不起。小卷卻一直都沒有忘記……」留美子說。

小卷笑著搖搖頭，說自己在二十二歲的某一刻之前，也是一直將這件事拋在腦後。

「和我同病房的，有一位六十歲的女士。」

小卷這麼說，然後吃了一口炸豆腐。

「她在女子大學教書，專門教日本古典文學。她被宣告只剩下一年……和我一樣是肝癌。我就想，六十歲的人只剩一年，大概就像二十二歲的我只剩下一個月吧。」

那位女士因為十分複雜的家庭因素，父母明明健在，卻從小由叔叔嬸嬸扶養。一直到成年，與父母只見過三次面。

她向小卷訴說自己一直以來多麼痛恨自己的父母。

「可是唯一感謝他們的是，他們對我的教育毫不吝嗇。」

她說。

「再好的寶石原石，如果不加以雕琢，也只是一塊石頭。我認為全世界充滿了美麗的寶石原石，只是因為各種原因，沒有就學的機會而已。真的很可惜。」

聽了這位女士的這番話，小卷驟然想起惡魔讓她們看的照片，以及惡魔對她們說過的話。

「然後我就想起，曾經和留美這樣約定……」

自己是為了什麼出生在世上？自己為何正值二十二歲的青春年華，便必須告別人世……

「想著想著，我就決定要活下去，活著，實現那個約定。因為，除了這個，我沒有別的活下去的目標。」

小卷說，她將那位女士推薦的古典文學作品抄在記事本上，這十年來全部都讀完了。

「最先看的是《源氏物語》。古文好難，我是先看了白話文譯本，才又回去看原文的。」

第二本是《今昔物語》。第三本是《古今和歌集》……

小卷扳著手指數著，逐一列舉作品。《古事記》、《枕草子》、《和泉式部日記》、《日本書記》、《雨月物語》、《徒然草》、《方丈記》、《竹取物語》、《平家物語》、《謠曲集》。

那位女士建議她看的，不僅止於日本古典文學。

杜斯妥也夫斯基的《罪與罰》、《群魔》；司湯達爾的《紅與黑》；福婁拜的《包法利夫人》；愛蜜莉·勃朗特的《咆哮山莊》……

「樋口一葉的所有作品。不止小說，還有小林秀雄的文評。《莫札特》、《各式各樣的圖案》、《亂暴》、《杜斯妥也夫斯基的生活》、《梵谷的信》、《讀書與人生》，然後……」

小卷有點害臊地抓抓鼻尖，說：「偶爾也看一些情色書刊。」

「情色書刊？好比說？」

留美子笑著問，小卷說，絕對不能告訴別人，

「就是自己絕對不敢拿去書店櫃台結帳的書。」

然後壓低聲音補充，「因為我想增長一下見聞……」

「看情色書刊嗎？」

「因為，我沒有異性經驗啊。都三十二歲了……」

「你生病之前也沒有嗎？二十二歲之前都沒有？」

留美子覺得她們悄聲說話的樣子，在「都都一」反而引人側目，便低聲提醒肌膚白膚潤澤的小卷。

「年過三十的女人還窸窸窣窣地說話，好像很不得體喔。」

小卷這麼說，恢復平常說話的樣子。

「都是我媽啦，我小學的時候，她跟我說，除了真心相愛的男人，否則絕對不可以讓人看到脖子以下的部分，而且是一直千叮嚀萬囑咐的喔。就念咒催眠那樣。而且還真的就生效了。我說，脖子以下都不能讓人看到，就不能上街

了啊，我媽說穿著衣服就好了……何必兜這麼大的圈子，明明單刀直入地說不就得了。結果害我真的以為不可以穿泳衣在游泳池裡游泳。」

「你什麼時候才發現不對勁的？」

「一直到小學畢業。」

為她們上甲魚鍋的板前師傅一直忍著笑。

「上了中學，去游泳池的時候，我想說要盡可能不讓別人看到脖子以下的部分，一直泡在水裡，結果身體發冷，我嘴唇都發青了。我向我媽抗議說，為什麼要說『脖子以下的部分不能讓別人看到』？應該有別的說法吧，我媽就說，外婆就是這樣跟她說的，外婆的媽媽也是這樣說的……我媽媽娘家的姓是峰尾，她說『脖子以下』什麼的是峰尾家的家訓……等我生病住了院，不要說脖子以下了，連肚臍以下都被好多醫生看光光了。」

「這家訓好啊！」

被這句話嚇了一跳回頭一看，「都都一」的老闆就站在那裡。

「以後我也要跟我孫女這麼說。雖然她現在才五歲。」

老闆這麼說，又說很抱歉打斷了她們的談話，然後解開提在手上的一個小小包巾。

「有人送我一個很棒的東西。」

他把一個桐木盒放在吧檯上，從裡面取出了一個茶碗。

「都都一」本店有位常客是著名的作家，前些日子過世了，在過世前幾天交代要把這個茶碗送給「都都一」的老闆。

「他三十年前得到這個茶碗，非常鍾愛，不僅拿來喝茶，也拿來喝酒。我去他府上打擾的時候，只是很羨慕地說過一次『真是個好茶碗啊』，他就記住了……」

那是個偏小泛青的茶碗，看起來就是有人愛用多年。

淡淡一抹茶色，在碗身上勾勒出一筆似雲似浪的曲線。

小卷一看，便說了一個留美子不知道的人名，說：「哦……原來大師也做這樣的茶碗呀。」

「都都一」的老闆以驚愕的眼神看著小卷，說：「你竟看得出作者，而且是一眼就認出來了。」隨後在小卷身旁坐下。

「我看過這位大師的作品集。然後，前年在奈良有展覽，我就去看了。雖然有酒瓶、盤子、碗等三十來件，但沒有這樣的茶碗。」

聽了小卷的話，「都都一」的老闆解釋，這個茶碗原是陶藝家作為消遣做來給自己用的，被那位作家半搶半要地帶了回家。

然後說：「冰見小姐身邊，弟弟也好，這位朋友也好，都是些年輕卻眼光獨到的行家啊。」

老闆這個茶碗是拿來想擺飾在李朝的多寶槅上的。

小卷往留美肩頭一拍，說：「喏，趕快打開鍋蓋吧？總覺得會有什麼驚人的東西跑出來，我好好奇。」

然後伸手要去掀砂鍋的蓋子。

「這很燙的。」

板前師傅似乎一直在等留美子她們掀鍋蓋，拿著抹布的手迅速取下了蓋子。

「白白的地方，就是甲魚的膠質。」板前師傅告訴她們。

「請先喝湯。」

留美子聽了這句話，嗅了嗅砂鍋中蒸騰而上的熱氣。

有微微的薑香，一點腥味都聞不到。

「……好好喝。」才喝了一口湯，小卷便稱讚。

留美子也喝了湯，怯怯地將膠質的部分送入嘴裡。

「千萬不要去想原形。」

留美子說，很快就吃完三片甲魚，湯也喝光了。

「把湯留下一半，冰起來，隔天早上撕法國麵包沾湯吃，很好吃喔。」

板前師傅說。

師傅說，有些年輕女士點了丸鍋卻說噁心，碰也不碰。這時候，他們會直接撤回廚房，年輕的板前大家猜拳，贏的人另外裝回去。

「大家都是煮成粥，但我會把料吃掉，把湯留下來。我自己把那個吃法取名叫法國麵包甲魚粥，好吃得不得了啊。」

小卷問板前師傅可不可以裝在別的容器讓她帶回家。

「明天早上，我想試試師傅說的吃法。」

然而，師傅卻說，店裡規定生鮮的東西不能讓客人外帶。

「有客人保證一定會當天吃或是第二天早上吃，而且也一定會放冰箱，可是帶回去之後卻放上三、四天才吃。要是客人因為這樣吃壞肚子，同樣是我們的責任，所以……」

但是，一度回進廚房的板前師傅卻拿了個大酒瓶般的東西出來，

「可以用這個把湯裝回去。我們老闆說要特別為小姐破例。請不要告訴別人，您要離開時再交給您。」

師傅留意左右不讓別的客人聽見，說完便將小卷前的砂鍋帶進了廚房。

「早知道我也留一點湯就好了。」

留美子這麼說，望著自己也佩服自己怎麼能吃得這麼乾淨的甲魚鍋。

小卷問起了留美子的工作。留美子大致說明了自己的工作內容，說：「我裝作一副能獨當一面的樣子去拜訪客戶，其實很不要臉。我總覺得應該要多鑽研稅務再去為客戶服務才對，對自己的工作實在很沒自信。」

但小卷說，她不這麼認為，「這一點《徒然草》的第一百五十段就有提到，我可以整段背出來喔。」說完，仰頭朝向天花板。

「學藝者常言：『學藝未成，勿令人知。待藝成方始示於人，是為風雅。』如此之人，必一事無成。於學藝未精之際，置身高手之林，不以訕笑為恥，坦

然勤學苦練，縱使天分闕如，仍堅持不懈，勤謹以對，假以時日，必將優於不求精進之能人，終臻化境，德高望重，衆口稱善，享無雙盛名。

「天下之高手者，初時有不堪之評，瑕釁屢彰。然則，倘嚴守正道，毋妄行擅為，必成當世楷模，萬人之師。此乃諸道不變之宗。」

聽著小卷口中毫無滯塞，行雲流水般的《徒然草》第一百五十段，留美子望著與自己同年的蘆原小卷，只覺除了感動這兩個字，已想不出其他詞足以形容這無以名狀的感覺。

「這就是徒然草的第一百五十段嗎？」留美子問。

「嗯。意思大致都懂吧？」

「有些還好……不過有四分之三不懂。小卷，你再背一遍。」

留美子這樣央求，然後點了日本酒。

小卷說剛才一口氣邊想邊背有點緊張，渴了，喝了還剩下一半以上的啤酒。

「再背一次？難得人家一個字都沒錯……第二次可能就會出錯了。」

「錯一點有什麼關係。好啦，再背一次給我聽。」

小卷端正坐好，清了清嗓子，圓滾滾的眼睛望著天花板，再次以沉靜的語氣背誦《徒然草》第一百五十段給留美子聽。

「白話譯文我記得是這樣的……」

——想學技藝的人，常說「在尚未學成之時，寧願不讓人知道。待日後學藝有成再於人前展露，才是風雅」，但會說這種話的人，什麼技藝都學不成。而尚未學成之時，便置身高手之中，遭人蔑視、取笑也不以為恥，泰然堅持，勤於練習的人，即使沒有天分，在學藝的路上仍孜孜不倦，持之以恆，日積月累，比起有才卻不努力之人，最後達到更高的境界，也贏得十足的人望，眾口交讚，贏得無與倫比的名聲。

被譽為當代一流的佼佼者，最初也有笨拙之說，也有重大缺點。但若這個人看重並克守學藝的道理，從不輕忽懈怠，那麼終將成為當世楷模，萬人之師。無論是哪一門技術，都是一樣的道理——

小卷背誦白話文譯文的時候，「都都一」的老闆已經換上了日式廚師袍，拿著剛才的茶碗，東擺西擺，斟酌著該放在李朝多寶槅的哪個位置。

「所以，等到真的厲害了再出來工作的想法可能不是很妥當。認為搞砸很丟臉、出了錯就會被瞧不起，告訴自己這是禮儀、高尚的人，其實就是愛面子，又沒有勇氣，空有才幹也無法成器……我想徒然的精神就是想告訴我們這些吧……」

小卷的話裡，既沒有向留美子說教的意味，也沒有炫耀自己知識的地方。

「都都一」的老闆回頭問：「剛才你說的是《徒然草》的其中一節嗎？」

然後，說句「說的真是一點也沒錯」，隔著吧檯探身過來，說：「小姐不僅有看陶瓷器的眼光，還精通古典文學啊。真不是普通人物。」

他的說法有點激動，聲音也大得異常，所以留美子覺得好像在挨罵。

小卷似乎也有同樣的感受，說：「對不起，我太不知分寸了。」

低頭抬眼朝「都都一」的老闆看。

「怎麼會，這是哪裡的話。剛才聽你講解《徒然草》，讓我想起了過去的自己啊。」

「都都一」的老闆這麼說，對幾個年輕板前師傅下令：你們也給我仔細聽。

然後，問小卷能不能把剛才那一段再講給這幾個傢伙聽。

「都都一」的老闆看來不像在說笑，所以廚房裡的年輕人全都出來，一臉「怎麼回事」的表情看著小卷。

「咦？要我當場再說一次嗎？」

小卷雙手握著裝啤酒的陶杯，一臉困惑地說。

「拜託你了。真不好意思，要客人來教育底下的年輕人。」

無奈之下，小卷便再次幾乎一字不錯地背誦了白話文譯文。

「聽到了嗎！懂不懂？覺得自己還在學、還沒出師，要等到厲害了才做東西給客人，有這種的人永遠都沒辦法獨當一面。只有不怕丟臉、不怕挨罵，努力不懈地做菜給挑剔的客人的，等時候到了，一跳就是一、兩級。」

像自己的學藝時代，師父和師兄大罵還不成氣候休想為客人做菜，穿著木屐就往自己腿上踢。自己大為反彈，才不要跟這種把落伍的精神主義當成學藝和傳統的人學，便趁早離開了。

自己認定的師父，從不說這種器量狹小的話。當自己好不容易學會刀工，正退縮畏怯的時候，是師父要自己在客人面前獻藝……

「料理有料理的基礎。刀工，食材的處理，火候的控制……重點是要『嚴守正道』。所以師父是很重要的。要是這些基礎都做對了，沒有理由為自己還不夠成熟自卑。無論什麼事，都是在出醜、挨罵、懊悔中成長的。在人前只想要展現自己最好的一面中，這種膽小鬼成不了大器。」

說完，「都都一」老闆對一個才剛滿二十歲的光頭矮個子板前師傅說：「喂，你在這兩位客人面前把那條鯛魚做生魚片。」

又說：「我請兩位吃上等的鯛魚生魚片，謝謝兩位讓這幾個聽到金玉良言。這小子膽子小，光是幫客人上菜就緊張。他的刀工雖然不好，還請兩位別嫌棄，賞個光。」

還在實習的板前師傅取出包在紗布裡的鯛魚肉，以「真的要我在客人面前切生魚片嗎？」的表情朝師兄輩的板前師傅看。

「大將都叫你做了。」那位師兄有點幸災樂禍地說。

實習板前一張臉像著了火般，洗了手拿起菜刀。

這時候有客人進來了。

「敝姓上原。」

聽到這句話，「都都一」的老闆說：「哦，正在等候幾位呢。令尊來電交代過了，請放心開懷大吃吧。」

說完，請客人坐留美子右手邊的位子。

看到這組三位年輕男客的其中一人，留美子的臉忽然發燙。

那是上原家的長子俊國。

上原俊國也注意到留美子，驚訝地張開了嘴，輕輕點頭致意。然後，向看似公司同事的兩名男子介紹：「這位是住在我老家正對面的冰見留美子小姐。」

一在吧檯坐下，上原俊國便對留美子說：「我幾乎每晚都回家幫我爸處理他的電腦當機，所以我爸說可以來『都都一』記他的帳打打牙祭……」

留美子向俊國介紹了小卷，說自己每個月都來「都都一」奢侈一次。

「怎麼會是奢侈呢……我這家店可是不顧成本，是自己開高興的。」

「都都一」的老闆說，然後小聲指導正在切鯛魚薄片壽司的實習板前刀工。

「以我的身分，來『都都一』畢竟算是非常奢侈的。所以每個月我都非常期待來這裡享受美食。」

留美子說，然後想到要是上原俊國的同事要是喊他「俊國」自己不知該如何應對，便一心希望他們千萬別以名字喊他。

他們兩個都喊俊國「小上」。

「小上，這次的案子可操了。」

坐在右首的同事說，他左邊的大個子說：「今天是小上老爸買單，我就不客氣囉。」

鯛魚薄片壽司做好了，盛上盤子。

「你這樣擺盤，魚都被你擺死了。」

「都都一」的老闆說，然後親手加以調整。

「剛才說的尼泊爾的學校啊……」

小卷這麼說的時候，實習板前將老闆調整好的生魚片放上了吧檯，留美子和小卷都道了謝。

這個在光頭上綁了白色手巾的板前師傅，大概是入行以來頭一次當著客人的面切鯛魚生魚片太過緊張，向留美子和小卷行禮時，嘴巴微張，吐了好大一口氣。

這是順利完成一項意想不到的工作時所鬆的一口氣，實在令人莞爾，留美子與小卷相視而笑。

結果卻聽到「都都一」的老闆以小而低沉、卻絕非感情用事的話：「身為一個料理人，不能在客人面前張嘴呼吸。我們處理的是吃的。而且是客人要吃的，所以廚師在料理附近用嘴呼吸是大忌，這一點不用教也要懂。」

實習板前以無精打彩的聲音回答「是」，對留美子和小卷說：「真的非常抱歉。」

「很好吃。」

聽到小卷這麼說，他一臉惶恐地道了謝，退回廚房。

原來如此，廚師不能邊做別人要吃的東西邊用嘴呼吸啊……的確很有道理……

留美子心想，無論在哪個領域，都有一些細微的常規和禮儀，而這些最後都超越了體貼與用心，直逼教養的境界。

「剛說要捐贈學校給尼泊爾……」

留美子吃了一片鯛魚生魚片，把話題拉回來。

「二十二歲的我想到自己得了癌症，得救的機率幾乎等於零，被死亡的恐懼嚇得不知如何是好。」小卷說。

「接著就會想，會發生奇蹟嗎……如果真的有奇蹟，要怎麼樣讓奇蹟發生在自己身上呢……不過，有的時候，在這兩種情緒之中，會產生『放棄』和『接納』之類，很像悟道的精神狀態。可是……」

小卷收起微笑，接著說：「我卻愈來愈常認為自己是個非常沒有價值的人。你說，難道不是嗎？我是為了什麼出生的？為了二十二歲死於癌症嗎？一點價值也沒有……我會這麼想。就算我平凡、一輩子都老老實實、沒做過壞事，我這個人也不會在這個世界上留下任何東西。父母當然會想起我，我哥我弟，和我很要好的表姊，也許偶爾會想念我。可是也就只有這樣了……換句話說，蘆原小卷在這個世上走過一遭也完全不會留下任何有形的東西……我會這麼想。」

留美子只能傾聽小卷的話。因為她認為，小卷二十二歲便罹患肝癌，歷經兩次大手術，到了三十二歲的現在，竟能健康地活著，她的心路歷程，終究不是自己所能臆測的。

「我想過自己想留下什麼，但每次開始想，想到的反而是一件又一件想消滅的東西。」

「想消滅的東西？」留美子問。

「自己死了之後，不想留在這個世界上的東西。」

「例如？」

「日記。雖然寫得不是很勤，但也有三本。我死了以後，家裡的人可能會看。裡面寫了弟弟的壞話，還有自己也覺得『實在太過分』的一些話……所以我第一個想到的，是先把日記燒掉。」

「還有呢？」留美子特意以笑容問。

「自己的內衣類。平常都洗得很乾淨，所以沒什麼好丟臉的，可是還是不想留下來。」

「再來呢？」

「不滿意的照片也全部不要了。」

「啊啊，這個我懂。」

「對吧？」

小卷笑了。

「這幾個我很快就想到了，可是再來就想不出來了。」

小卷幫留美子倒了酒。

「我的一生無法留下任何東西，但想消滅的東西卻也只有這麼一點。也難怪，只活了二十二年呀……」

可是，在想著還有沒有其他東西的時候，想起了借了沒還的書和錄影帶等等——小卷說。

「那個人幫我墊了六百三十圓我還沒還，這個人請了我吃好吃的豬排，說好下次我回請，卻遲遲還沒有成行……我把想到的這些全都寫在記事本裡，看著這些想隨著自己的死一起消滅的東西竟然這麼少又這麼微小，我覺得自己好可悲，我只想大哭大喊我不想死，好想從醫院屋頂上跳樓。這是真的喔，因為怕死而想尋死。」

小卷換個說法解釋：不是想尋死，而是產生了一種矛盾的精神衝動，為了逃離死亡的恐懼，只剩下死這條路。

「同一棟病房的患者，有人一直刺繡，有人把各種紙裁成一平方公分的小方塊，一直折好小好小的紙鶴……有的在病房的窗畔養盆栽，有的寫自己這一生的回憶錄……什麼人都有，可是我看著他們，就覺得他們『是不是想為自己在這個世上留下一個有形的東西』。」

「墳墓不行對吧。」

儘管覺得這麼說不太妥當，留美子卻覺得多少理解了小卷的言外之意，大膽說出口。

「對。墳墓不行。要自己親手做的有形的東西……就是下意識地想留下這樣的東西，才會不斷折幾千幾萬隻小紙鶴……也許其中有幾十個幾百個被人要走，裝飾在書桌、書架、電視機上。也許有一天，會有人覺得這麼小的紙鶴竟然能折得這麼精巧，想起『這是某某人折的呢』。雖然當事人沒有明確地這樣希望，但其實她內心深處暗藏著這個願望，只是她沒有發現……當我開始這麼想的時候，就覺得自己也想留下些什麼……要是我不求任何回報，在尼泊爾的偏遠山村幫忙建一所能讓孩子們受教育的學校，裡面出了一個特別優秀的學生，而這個學生因為這個機緣上了大學，到歐美或日本、印度的好大學留學，也許他能為世界上的人們做出莫大的貢獻。這麼一來，我也就有了出生在世上的理由了……這個想法是我最純粹的幸福……」

小卷的話在這裡結束，她恢復了笑容，吃了鯛魚薄生魚片。

留美子發現上原俊國他們三人熱鬧的談話中斷了，便若無其事地朝他們看。三人自斟自飲，或是望著李朝的多寶槅，或是看手中的酒杯出神。他們的沉默和表情，讓留美子懷疑上原俊國和他的兩個同事剛才都豎起耳朵聽了小卷的話。

「現在的物價和我們中學那時候不一樣了，蓋一所學校大概要三百萬。」

一個月存兩萬，一年就是二十四萬。十年兩百四十萬……

「可是，十年後很可能三百萬又不夠，也許要四百萬。」

小卷說，又笑著說一個月要存兩萬，對現在的自己來說很吃力。

「我因為生病，有好長一段時間無法工作，而且之前從來沒有出過社會，一直等到出來工作，才知道原來錢消失得這麼快。不過，也是因為我薪水少啦……」

「我也幾乎存不了錢。我有一次發奮開了一個戶頭，專門用來存錢，可是今年春天換季折扣的時候，一時衝動買了衣服包包和鞋子，結果不得不把那個戶頭裡的錢領出來。」留美子說。
然後答應小卷，下週要出差沒辦法請假，等忙完一個落段，連之前假日上班補休，應該可以請一整週的休假，到時候再去小樽。
「得在梅雨季之前去喔。」
留美子這麼說，小卷一聽，就笑說北海道沒有梅雨。
「《徒然草》最短的一節是什麼？如果只有一行，記性很差的冰見留美子也許也背得起來。快，教我。」
應留美子這個要求，小卷想了想，說：「我記得是第一百二十七段吧。」
「改而無益之事，無須改之。」
「唔——原來如此。意思是叫我們不用減的肥就不必減了。」
留美子大大點頭說的這句話，讓上原俊輕聲笑了。留美子知道那含蓄的笑是反應了自己的話，便面向上原俊國，對他說：「其實有很多女人根本不算胖，四周的人看起來體型非常理想健康，卻拚了命要減肥。」
留美子心想，自己大概一直在找機會和上原俊國說話。
「對不起，我在旁邊偷聽。」

上原俊國向小卷道歉，請她再說一次剛才《徒然草》最短的一節。

小卷複誦了那一段。

「意思是說，要一個人改正對他來說其實無傷大雅的習慣、作法、想法，是錯的？」

上原俊國右邊的青年問小卷。

「嗯，我想這樣解釋也可以。」

小卷圓圓的眼睛骨碌碌地轉動著，這麼回答。

小卷的表情如實地表達出她不習慣與年輕男子交談，留美子對小卷熬過二十二歲起那慘烈的十年、勇敢生還的事實，不禁感到五體投地。

「就是啊。其實公司裡多的是那種明明沒怎麼樣的小事，卻一直囉嗦要別人改的人。」體型壯碩的青年說。

「你是說野崎大叔吧？他自己有事沒事就嘖來嘖去，我只是和客戶講電話的時候稍微抖了一下腳，就說什麼『你真是個毛躁的阿斗』。我心裡就想，總比你沒事愛嘖別人好，你自己先改掉那個嘖來嘖去的毛病再說。」

坐在吧檯右首的青年這麼說。

「可是，抖腳還是改掉比較好。那不是『改之無益』，是『改之有益』。」

上原俊國這麼說，說起了學生時代有個朋友簡直就是算準了時間般，每次都一定比約定的時間晚到兩、三分鐘。俊國邊說，邊不時看留美子。

「我跟他中學、高中到大學都同校。要是他說今晚九點打電話給你，一定是九點一分或二分打來。要是約好十點在哪裡碰面，一定是十點一分或二分，有時候還會遲到五分鐘才來。因為他遲到的方式太精準了，我也曾經以為他是故意的，結果不是。」

高中時，曾經和這個朋友去遠足。自己本來是不想去的，可是他堅持非要我去不可……

「回程的公車是傍晚五點十五分發車。可是那傢伙卻說無論如何都想坐纜車到山頂。那時候是四點四十分。問了纜車的行車時間，是十五分整……也就是來回就要三十分對吧？距離公車的時間只剩三十五分鐘，那傢伙竟然說，那我自己去，就上了纜車。在這麼緊迫的時間下搭纜車到山頂看五分鐘景色，到底有什麼好玩的？我氣得吼他說，要是你晚到，我就丟下你自己上公車。」

公車來的同時，也看到纜車從山頂下來。

「我拜託公車司機，說請再等一下，我朋友在那台纜車上，很快就會到了，司機答應了。那傢伙衝上公車的時候是五點十六分。」

不光是時間方面。上原俊國說，他發現這個人的所作所為都有同樣的毛病，所以至今都一直與他保持距離。

「他的想法是，反正趕得上就好了。晚個一、兩分鐘有什麼關係。要是晚了三十分鐘或一小時，等的人可能會生氣，可是不就才一、兩分鐘嗎。公車也一樣，趕得上就好了啊——他是這樣想的。」

咦？我本來是想說什麼來著？——俊國說著托起腮。

「就是說呢……平常人很怕搞不好會遲到，所以用跑的到約定的地點，或是等紅綠燈的時候心裡會很著急，但他就是少了這根筋。他少的這個部分不知道能不能也算在『毛病』裡——我大概是想說這個吧……」

聽了上原俊國的這段話，蘆原小卷說：「對，毛病。我想那不是一般『天下無完人』之類的小毛病，而是把一個人的一切集結在一起的元凶以毛病的形式出現在他身上，就變成一定會晚一、兩分鐘的毛病。」

「會不會就是懶而已？」坐在右首的青年說。

「你這就是小看了人和人生了。」坐中間的青年說。

留美子閃過一個念頭，考慮自己要不要也裝作發表意見喊上原俊國「浩司先生」，但又覺得這麼做是一個年過三十的女人的壞心眼，便改變心意，問：

「上原先生，令尊的側腹怎麼樣了？」

「兩根肋骨裂了，肋骨旁邊的肌肉拉傷也相當嚴重。」俊國說。

「咦！裂了？」

「那天晚上去的那家醫院拍的X光沒拍出來，只說是肌肉拉傷，領了藥布回來，可是我爸痛得睡不著，天亮以後側腹又腫起來，連呼吸都沒辦法正常呼吸，又去了另一家外科醫院重拍X光才發現的。」

「那麼，也要住院嗎？胸部和腹部要上石膏？」

「沒有，和平常一樣正常上班。右側十二根肋骨的最下面那根不是很軟嗎？裂開的就是那裡，醫生說就算以石膏固定也沒什麼效果。所以只能貼藥布。只能在身體自然痊癒之前儘量不要動到那個部位……所以醫生說完全治好要花上一個月。現在我爸搞到沒辦法深呼吸，心情很差……」

上原俊國苦笑著說。

右首的青年說，聽說很多人打高爾夫球打到肋骨骨折，而且這和年齡無關，然後做了自我介紹。他叫作八千丸義英。

「八千丸……」

小卷以不知如何寫的表情問，青年說是數字八和千，加上丸。

「小時候，我家附近有一隻狗叫作八丸，常常從狗屋裡逃脫。每次牠的主人都喊著『八丸、八丸』找牠。我常以為是在叫我，還會回應呢。」

八千丸義英說完笑了。

坐在中央那個身材壯碩的青年也說：「我是大西史一。歷史的史加上數字的一，念作『humikazu』。比上原大一歲，因為重考過，所以在公司是同期。」

留美子和小卷也分別作了自我介紹，幾乎同時說：「年紀比各位大一點。」

說完，相視而笑。

「還一點呢，臉皮真厚。」

聽留美子這麼說，小卷反擊：「留美自己還不是這麼講。」

「其實，我們比各位大七歲。可以算是大姊姊了。」

留美子說完，若無其事地朝俊國看。俊國沒有反應，從西裝外套的內口袋裡取出一個金屬製的圓筒。

「這個，是我跟我爸借的雪茄筒。裡面有一根上等的雪茄，和一根平價的雪茄。這兩根雪茄的標籤都撕掉了，我爸說，要是我猜得出哪一根是三千圓，哪一根是七百圓，就幫我出換新車的頭期款。」

俊國又說，會帶來是想說八千丸這個老菸槍也許分得出來，但這裡是日本料理店，不能抽雪茄。

「不過，再過去三間就有一家雪茄吧。要不要到那裡試試味道？」俊國說，雪茄吧的人大概一眼就看得出品牌，更不用說價錢了，但這樣違規，所以稍後再到那家雪茄吧去抽抽看。

「今晚是我爸請客，冰見小姐和蘆原小姐要不要也一起來？」

有了俊國這句話，八千丸義英也力勸她們去雪茄吧。

留美子沒去過所謂的「雪茄吧」。要是再同席，拆穿你的本名是「俊國」我可不管……

留美子心裡這麼想，問小卷的意思。

「雪茄吧是抽雪茄的地方嗎？」小卷問。

「既然都叫作雪茄吧了，當然有雪茄，不過因為現在正值反菸浪潮，有些裡面也會設『禁菸區』。雪茄吧當然是一般的酒吧，不過店裡準備了好幾種雪茄，就是讓大家喝著酒，順便來一根雪茄的酒吧。」

大西史一為小卷做了說明。

「在美國現在正流行『雪茄吧』，有很多人不抽紙捲菸但抽雪茄。」上原俊國說。

「哦，我想去看看，但不要說雪茄了，我連一般的菸都不會抽。」

小卷這麼說，留美子也說自己也是，問俊國：「去雪茄吧一定要買雪茄來抽嗎？」

「不想抽的人不抽也沒關係。不想喝酒的話，他們也會幫忙做不含酒精的飲料。」說完，俊國從攜帶用的雪茄盒裡取出兩根雪茄。兩根的長短粗細差不多，但顏色大不相同。

一根是深褐色，另一根是帶有光澤的琥珀色。

「雪茄這種東西，無論再怎麼裝，就是不適合年輕人。抽雪茄還是有一個適合的年齡。」

大西史一說，表示他覺得日本人還是要年過五十才適合。

「我想去那個雪茄吧看看吔。」

小卷在留美子耳邊悄聲說。又說，只要在十二點之前回到弟弟的公寓就好。

好，今晚就揭穿他的身分——留美子朝俊國瞥了一眼，心裡這麼想。

吃了最後的款冬炊飯和甜點雪酪，留美子她們走到位於「都都一」十公尺外的雪茄吧。

這家店並非這兩、三年才變多的雪茄吧，而是昭和二十年代便開張的老店。

上原俊國說他是跟著客戶負責廣宣的董事來，才知道這家名為「水野」的雪茄吧的。

「不過，今天也才第三次來。」俊國說。在黑得發亮的一枚板厚木吧檯和六人座的皮沙發座之間，選擇了後者坐下。然後從他帶來的雪茄盒中取出了「雪茄」這個正題。

「全世界的雪茄，這裡幾乎都有。」

俊國這麼說，然後請中年酒保為他調蘭姆酒底的雞尾酒。

留美子吃得很飽，而且也喝了幾近自己極限的日本酒，便問酒保有沒有無酒精、讓胃清爽一點的飲料。

「不甜的綠檸檬汁如何？我們店裡取名為 Blue Sky。是創始人的夫人為自己設計的。這位夫人沒辦法喝酒。」酒保這麼說。

「綠色不甜的檸檬汁……哦，真不知道是什麼味道？我要點這個。」

小卷這麼說，悄聲對留美子耳語說：要活著才能來這麼好的酒吧呢。

上原俊國向酒保出示兩根雪茄，解釋父親要他猜哪一根售價較高。酒保拿起兩根雪茄，微微一笑，又歸還給俊國，端出一個雪茄保濕盒，說：「我有禮物要送兩位小姐。這種的，我想也很適合女性。」

然後選了又細又短的雪茄，以雪茄刀切開吸口，還幫她們點著。

「咦！這是要給我們的？」

留美子心想著自己和小卷都很討厭菸，但還是向細心、耐心為她們將雪茄的前端點著像火炭餘灰的酒保道謝，接過雪茄，與小卷對看一眼：這下好了，該怎麼抽？

「把煙含在嘴裡就可以了。雪茄就擺著，讓菸灰自然掉落……這樣會燒得比較乾淨。」

酒保說雪茄本來是藥草，然後回到吧檯後方開始調製俊國他們的飲料。

「好香喔……」

小卷說，以極度笨拙的手法叼起雪茄，吸了一口。留美子也這麼做。

原以為一定會又苦又辣，沒想到竟然還好，甚至令人懷疑這真的是雪茄嗎，但等到菸灰長約二公分的時候，微微的甜味和苦味一起釘上舌頭。

俊國他們點著了兩根雪茄，卻無法像酒保示範的那樣，將雪茄的前端均勻地點燃。三人輪流抽了兩根雪茄，不斷比較味道。

「我覺得顏色深的這個比較甜，很香。和黑糖的味道很像。」

八千丸這麼說，而俊國則說：「不，顏色淺的這個有高級的感覺。葉子捲的方式也比較細緻。」

三名青年你一言我一言地互相發表意見，最後的結論是深褐色的雪茄比較可口。

「認為味道好的就比較貴，有點太直接了。俊國，你不覺得嗎？」大西史一說。

同事的口中吐出「俊國」的那一瞬間，留美子的心臟跳動加快了，但在酒吧昏暗的照明之中，俊國的表情看來模糊朦朧。

也許是雪茄的關係，留美子有種類似睡意的酩酊感。

「要不要反過來，猜這個比較苦的比較貴？」八千丸說。

「不了，我決定了。這個顏色深的比較高級。這個味道比較好，又香又甜……」俊國說。「我已經決定了，就這個。畢竟事關新車的頭期款啊。我打個電話給我爸。」

說完，俊國拿著手機走到店門外。

「感覺好像不那麼緊張了。」

小卷說，而她也像她說的，表情中出現了與在「都都一」時截然不同的從容，視線隨著雪茄的煙飄。

「我不行了，嘴裡又苦又辣。可是喝了這綠色的檸檬汁，雪茄的苦味一下子就不見了。」

留美子把抽不到一半的雪茄擱在菸灰缸上，又要了一杯顏色鮮豔的不甜檸檬汁。

酒保從吧檯裡問：「決定猜哪一邊了嗎？」

大西史一挾起只剩下三公分的深褐色雪茄，說：「決定猜這個。」

「那個啊，是相當有名的一款喔。前英國首相邱吉爾也愛抽的雪茄之一。」

聽到酒保這句話，八千丸笑道：「太好了！俊國那傢伙，終於可以告別那輛破銅爛鐵了。」

「另一根是哈瓦那雪茄。一根要價三千圓。」酒保說。

「咦！原來雪茄這麼貴？那你請我們抽的呢？」

留美子這一問，酒保回答那一款是一根一千二。

俊國回到店內，笑著對酒保說：「猜錯了。我們選的那根一根七百，另一根古巴產的三千。」

然後抓著後腦，坐回原位。

「這個，是菲律賓產的雪茄，La Flor de la Isabela 牌的 Tabacalera，一根七百。這邊的是古巴產的，一根三千。唔——，對我來說，這七百的味道好多了。」

俊國說，然後說得意洋洋的父親在電話那頭一笑就肋骨痛得大喊：「痛痛痛！」

「新車只好等到發年終再說了。」

俊國說，畢竟現在開的這輛車里程已經超過十萬公里，引擎的氣缸好像磨壞了，排出來的廢氣是黑的，而且以前上坡輕輕鬆鬆，現在卻氣喘吁吁，好像隨時都會熄火。

「這菲律賓產的 Tabacalera 可是貨真價實的頂級雪茄呢。」

酒保帶著忍俊不住的微笑前來，將留美子續點的飲料放在桌上，談起雪茄。

「這是工匠人工手捲的好雪茄，在工廠出貨的階段都還保持著理想的濕度，但在九〇年代以前，這款雪茄在市場上流通太久，或是以船運進口到日本的時候，已經體無完膚，換句話說，就是變成 dry cigar 的狀態了。如果本來就是 dry cigar 會以 dry cigar 的方法製作，但這本來是頂級雪茄，只是因為被擺在保存狀態最差的店面，狀況變得比 dry cigar 還糟……菲律賓的香菸行不是每一家都有保濕盒，進口的人也因為是菲律賓產的就沒認真對待，在船裡沒有加裝保濕機，就這樣駛過了那酷熱的海域來到日本。不過現在的管理就做得很好了。」

酒保拿起快抽完的 Tabacalera，「一定是令尊將這乾透、傷透的雪茄放進西班牙杉包圍的搖籃裡，悉心治療，讓它們熟成的。所以各位剛才抽的，是花了很長的時間才復活的 Tabacalera。」

酒保接著說，但，另一款古巴產的也是名品。在世界排名中永遠都數一數二，也是自己最愛的三款雪茄之一。

「一個人如果覺得味道好，或是覺得『啊啊，這個我喜歡』，那那款雪茄就是他專屬的了。和價錢啦、一般大衆的評價無關。」

更何況，雪茄的味道，特別會受到抽的人的身體或精神狀況左右——酒保說。

「平常愛抽的最愛，有一天可能突然覺得味道不好……這種事經常發生。」

「我爸爸說這 Tabacalera 是二十幾年前朋友送的。一盒十根，一共五盒。所以他有一個保濕盒是專門用來保存這款雪茄的。現在大概還剩三十幾根吧。……原來，那我爸就是用自己的保濕盒讓保存狀態很差的垂死雪茄起死回生的啊……」

酒保接著俊國的話說：「起死回生，就結果而言，也是讓那些雪茄熟成了。」

「如果這一根七百，我會買。每個月找一天來裝裝酷，抽抽粗粗的雪茄。七百圓買一個月一次的奢侈。」八千丸這麼說。

「而且頂級雪茄也可以單根零買。」

酒保說完，回到吧檯裡去了。

「雪茄真是深奧啊。」

大西史一低聲感嘆後，望著像在舔拐杖糖般一直抽著雪茄的小卷的眼睛，說：「雖然不會把煙吸進肺裡，尼古丁還是會從口腔黏膜被吸收進去，所以不可以太逞强喔。蘆原小姐看起來好像有點眼神渙散了。」

「真的好像輕飄飄的呢。雖然嘴裡苦苦的……」

小卷說，酒保說很久以前雪茄是藥草的一種，我想一定是真的，然後終於把雪茄放到菸灰缸上。將近四公分長的菸灰落入菸灰缸。

「我想買一、兩根這種雪茄回去。」

小卷對留美子這麼說，以睏倦的眼神看著她。

八千丸和大西站起來，將名片遞給留美子和小卷。他們倆還要回去工作。

「他們兩個要去羽田那邊的攝影棚看拍片。」俊國說。

留美子也給了三人自己的名片，但俊國只取出名片夾，辯稱名片用完了。

留美子心想他一定是不想讓我看見「俊國」這兩個字，心中又泛起壞心眼的想法，說：「佐島先生受傷那天晚上，我把上原先生的名字聽成『浩司』了。明明是俊國，我到底是怎麼聽才會聽成『浩司』的，真奇怪。」

「哦，是嗎……真的很奇怪。」

俊國說，然後對離開的兩個同事輕輕揮揮手。

蘆原小卷也不經意地看了表，留美子這才發現該是離開雪茄吧回家的時間了。

「你一個人回得了你弟弟的公寓嗎？」

留美子一問，小卷回答說這是第三次去弟弟的公寓，沒問題的，然後叫留美子一定要到小樽來玩。

上原俊國問了小卷她弟弟的公寓所在地，告訴她最有效率的交通方式，說：「我送你到地鐵站。」

然後請酒保結了帳。

一走出雪茄吧，小卷便辭謝了留美子和上原俊國送她的好意，說想買點東西給弟弟，揮揮手消失在通往銀座本通那條人還很多的路上。一隻手還提著裝了甲魚湯的酒瓶。

「我藍姆酒喝太多了。在『都都一』喝了三合日本酒，再喝三杯藍姆酒底的雞尾酒是太多了點……」

俊國這麼說，然後表示自己今晚要在父親家過夜，問留美子接下來如果沒別的活動，要不要一起回家。

「上原先生為什麼要住公寓？你家明明就在東京呀？」

留美子邊走向車站邊問。

「因為我的工作時間不固定。有時候要到半夜甚至天亮才會回家，有時候過午才出門。我爸雖然一臉凶巴巴的樣子，其實是個很體貼的人，我半夜三、四點下班回家，雖然盡可能不發出聲音，但洗澡啦、睡前在客廳喝啤酒看電視的時候，他就會擔心，起床來跟我說家裡有什麼起司要不要吃啦，或是叫我喝果菜汁什麼的……然後，我爸就再也睡不著了，隔天還是照常去公司上班……」

俊國說，他覺得要是和自己一起住，爸爸會太累，而且也想試試離開父母膝下一個人生活。

「忘了是聽誰說，令堂去世已經四年了。令尊今年五十……」

「五十四歲。」

「兩個兒子都離開家，晚上幫忙的阿姨也回去了，那麼大的房子裡就只有他一個人。」

留美子說。本來是想問令尊不打算再婚嗎，但還是算了。

「別看他那樣，他可不是池中物，女朋友很多呢。」

俊國說。「像是祇園的藝妓啦，茶屋還是料亭的老闆娘啦……最近，又交了一個年輕的女朋友。」

「咦！年輕是有多年輕？」留美子問。

俊國鑽過候客的計程車車陣縫隙，笑著說：「一個二十八歲的中國人。從台灣到日本的大學留學的，我爸和她好像會以 Email 通信。」

「上原伯伯很有女人緣。我是女生，我說的絕對不會錯。」留美子說。

「那張乍看之下凶巴巴的臉讓人不敢接近，也許反而是占便宜。因為等熟了聊起來，就會發現他非常溫柔體貼。」

俊國說，弟弟曾半開玩笑地以不太正經的語氣勸父親再婚，結果惹火了父親。「他生起氣來真的很可怕喔。我弟嚇得臉都發青了……」

公司裡有個祕書起了惡作劇的念頭，告訴父親一個成人網站的網址。父親的說法是「基於想見識一下的好學精神」點進了那個連結，在各個畫面點著點著，電腦就當機了……

「直接就停留在很離譜的畫面，怎麼點都消不掉，急得半夜打我的手機找我。說拜託，幫我把這畫面消掉……」

俊國笑著這麼說。

「因為要是畫面還在，他就無法離開電腦。要是幫忙的阿姨來了看到電腦畫面，會怎麼想？叫我快告訴他怎麼消掉……」

然而，自己在電話裡教，畫面還是消不掉——俊國說。

「那段期間，我爸的電腦一直在打國際電話。」

雖然要父親以拔掉電源、也移除電池這種粗暴的手段強制關機，但昨天收到電話費帳單，結果還是打了四十五分鐘的國際長途電話到俄羅斯……

「我老爸嚇了一大跳。說他明明不記得有打電話到俄羅斯過……」俊國說。

「哦，那個網站的畫面是俄羅斯傳過來的？」留美子問。

「俄羅斯，多明尼加，再來就是美國和加拿大了。」

傳送這種網站過來的人，手法愈來愈巧妙，不會標示點進連結就會收費，故意讓人自動撥打國際電話——俊國說。

「我老闆也遇過同樣的事。」

說著，留美子笑了。雖然不知道是什麼樣的畫面，但想像著上原桂二郎在電腦前抱著頭萬分苦惱的表情，怎麼也止不住笑意。

電車上十分擁擠，明明不是假日前夕，醉客卻很多。

一個酒臭味特重的男子抓住吊環卻連站也站不穩，留美子與俊國繞過他，在車廂中央處站好。

車窗玻璃映出了俊國，但臉的上半部被黑影遮住，看不見五官，只見頸肩浮現其中。

看到的那一瞬間，留美子心想：啊啊，十年前的那個少年就在這裡。常見於發育中的少年的長脖子，雖緊張仍想勇敢面對而聳起的雙肩，再再重現於電車的玻璃窗上。

話題中斷了，一直到他們下了這輛電車轉了車，留美子和俊國之間都沒有對話。

當留美子想到這時候應該非找個話題不可時……

「蘆原小姐單身吧？」

俊國問。

「嗯。三十二歲單身，跟我一樣。」

留美子回答。

「八千丸那傢伙，對人家蘆原小姐動了心。」

「哦，你怎麼會這麼想？」

「他在工作之外把名片給一個初識的女人，就我所知這還是第一次。蘆原小姐是八千丸的菜。個子嬌小，五官圓圓的……」

「可是，大七歲會不會太大姊姊了？」

「不會啊。我也不覺得冰見小姐是姊姊。」

留美子不知該如何回答。

「二十五歲和三十二歲，女人會變很多。」

她說。

「怎麼變？」

「這七年當中，女人會失去很多東西……像是膚質啦，彈力和緊緻度都會變得很糟……」

「可是，一個人的成長也是呈比例增加吧？」

「畢竟多活了七年，是學到不少東西，可是我總覺得這七年失去了好多很重要的東西。」

接著，俊國便以非常迂迴曲折的說法，問留美子現在是否有喜歡的人。

「沒有。工作、工作、工作。生活中全是工作，一點都不精采的三十二歲。」

說完，留美子微微一笑，問：「上原先生呢？」

「我有喜歡的人。可是，長久以來，一直都是單戀。」

俊國面對著車窗說。

「長久大概有多久？」

留美子心跳快得幾乎讓她感到不安，望著俊國映在玻璃窗上那張輪廓不明確的臉問。

「有多久了啊……久到我都不知道是從什麼時候開始的了。」

俊國說。然後忽然改變了話題。

「關於我爸的再婚，我弟弟比較不介意。我則是有點，不，應該說是相當介意。我爸才五十四歲，要是有適當的對象，再婚是理所當然的，可是另一方面，我還是不希望他娶新太太……很奇怪吧。明明我弟才是上原桂二郎的親生兒子，我又不是……」

留美子的視線從車窗上的俊國移到站在旁邊的俊國的側臉。

「你不是……？」

「我是我媽前一段婚姻的孩子。我的親生父親死了，我媽帶著年紀還小的我再嫁給上原桂二郎。就在我兩歲的時候。」

所以，有血緣關係的弟弟對父親的再婚態度開放，沒有血緣關係的自己反而不支持實在很奇怪，但自己很喜歡上原桂二郎這個父親——俊國說。

「我爸本人是很生氣，說他絕對不會再婚，要我們就算開玩笑也不許拿這個當話題，可是我和我弟卻自己假設了我爸再婚，兄弟倆吵起架來。我弟那傢伙，竟然笑我說『哥太幼稚了』。」

然後俊國低聲說：「我乾脆搬回家和爸一起住好了……」

「我覺得這樣比較好。」

留美子說。

「因為，住外面房租也是一筆不小的開銷，吃飯一定也是經常吃外食吧？可是重點不是錢方面……」

「嗯，是啊。不是錢的問題……嗯，我決定了。我要退掉公寓搬回家。今晚就跟我爸說。」

「你決定得好快呀。你是剛想到、剛決定的嗎？」

留美子笑著問。

「嗯，剛想到剛決定的。」

「令尊一定會很高興。」

「我看他八成會表情完全不變，只會說一句『是嗎』。」

我對那個二十八歲的中國女人放心不下——俊國終於面向留美子露出笑容說。

「放心不下？」

「總覺得有股浪漫的味道……」

這種說法活像個為二八年華的女兒擔憂的父親，留美子不禁笑了。然後不知為何，她將這個小自己四歲的中國人想像成一個適合穿旗袍的嬌豔女子。

「你見過那位中國女孩嗎？」留美子問。

「沒有，沒見過，也沒聽過她的聲音。幫我爸修電腦的時候，稍微瞄到她寫的 Email 一眼，可是我覺得不應該看，馬上就把畫面關掉了。可是她幾乎每天都寫 mail 給我爸喔。聽說中國女人很厲害……忘了是公司哪個人說的，說中國在談戀愛方面也有四千年的歷史。」俊國說。

留美子抓著吊環，笑彎了腰，說自己的父親五十歲便過世了，她完全無法想像五十多歲的男性對女性暗藏了什麼樣的視線。

「壯年這兩個字，意思是精力旺盛的年紀吧？可是我的職場上卻沒有五十多歲的男性。最年長的是所長，三十八歲。客戶的負責人和社長當中，也沒有五十多歲的人。不是四十多，就是六十多……一個五十四歲的男人的，該怎麼說？生理狀況？我實在沒有頭緒。」

聽留美子這麼說，俊國說自己也才二十五歲，不要說五十多歲了，三十多、四十多的男人的事他也猜想不到。

「我們部長五十五歲，但就是愛去年輕女孩多的六本木的俱樂部……是小姐全都是大學正妹那種貴得嚇死人的俱樂部，可是他卻不是為了招待客戶，而是自己想去。他那個人簡直就是活生生的欲望凝聚起來的。」

說完，俊國問起女性如何。

「五十多歲女性的生理狀況呢……我母親要是還在世，今年是五十二歲。因為自己的父母都是五十多歲，所以五十多歲的人在我看來，都是輩份很高的長輩。」

「我在父親過世兩、三年的時候，問過我母親的生理狀況。結果她說，等你五十歲就知道了。……會不會真的很讓人難以啓齒啊？」

電車到了兩人的車站。

留美子和俊國走出收票口，開始走在夜晚的路上，但她故意在麵包店前停下腳步。十年前，少年就是在那裡把信交給她的。

關於這件事，留美子雖然很想試著給點暗示，但又在內心告訴自己「不要臭美」。

但她還是非常想找個方式透露給他知道：我相信你就是十年前的那個須藤俊國。

「我母親說，這家麵包店的味道不如十年前了。」

對於留美子這句話，俊國也回應：「富子阿姨也持同樣的意見。」

「富子阿姨？」

「就是來我們家幫忙的阿姨。她喜歡吃麵包……」

然後俊國說自己念高中的時候，雖然只有短短一星期，曾在這家麵包店打工過。

「那時候，店裡會接受電話訂單，早上把剛出爐的麵包送到客人家。可是因為上了電視，生意變得超好，就不再外送了……」

那時候我就是大清早騎著腳踏車，後座載著裝滿剛出爐的麵包的籃子送貨的工讀生，但送貨中腳踏車被偷，受到麵包店老闆娘的責罵，一星期就辭掉了——俊國說起這段往事，邁步朝通往住宅區的路走。

「我送貨去給住在公寓三樓的客人，下了樓，籃子裡還有好多麵包的腳踏車就不見了。我過了好一會兒才發現是被偷了……因為那時候人還沒完全清醒，又驚又怕，以為自己在作夢。」

俊國說，母親接到麵包店老闆娘賣人情說不用賠償腳踏車的電話，買了全新的腳踏車去還，而且以難得嚴厲的語氣說，不要再到那種店打工了。

「那次是為了暑假和朋友一起騎腳踏車旅行才去打工存錢的。可是，後來那個朋友的爸爸公司倒閉了，結果沒有成行……」

看得到上原家的門燈了，一個遛狗的中年女子朝佐島家的門的方向轉了彎。

「要不要搭地方火車到古老的小鎮去？」俊國說。

「古老的小鎮？」

留美子為俊國突如其來的邀約吃驚的同時，又覺得他提出邀約的方式，和十年前那封信的文句有共通的氣氛。而這一點，不知為何又為留美子帶來一股心癢難搔的喜悅。可是，留美子卻只是將頭微微一歪，為俊國在雪茄吧作東道了謝，走進了自己的家。

（待續）

約定之冬・上（約束の冬・上）

作者　宮本輝
譯者　劉姿君
特約編輯　戴偉傑
美術設計　POULENC
內頁排版　高嫺霖

發行人　林依俐
出版 / 青空文化有限公司
100台北市中正區忠孝西路一段50號22樓之14
電話：02-2370-5750
service@sky-highpress.com

總經銷 / 大和圖書有限公司
電話：02-8990-2588
印刷 / 前進彩藝有限公司
2018（民107）年2月初版一刷
定價 440 元
ISBN 978-986-94889-7-6

國家圖書館出版品預行編目（CIP）資料

約定之冬 / 宮本輝著; 劉姿君譯.-- 初版 -- 臺北市
：青空文化, 民107.2 上冊；公分. --（文藝系；
12-13）譯自：約束の冬
ISBN 978-986-94889-7-6（上冊：平裝）
ISBN 978-986-94889-8-3（下冊：平裝）
ISBN 978-986-94889-9-0（全套：平裝）
861.57　　106021213